Texas !
Le destin de Lucky

SANDRA BROWN

L'inconnu de minuit
Le douloureux secret
L'enfant du jeudi
L'invité du matin
Mille feux scintillants
Texas! Le destin de Lucky *J'ai lu* 3282/3

Sandra Brown

Texas !

Le destin de Lucky

Traduit de l'américain
par Marie- Claire Tranchart

Éditions J'ai lu

Titre original :

TEXAS ! LUCKY
A Bantam Book
published by arrangement with Doubleday

1

Sûr, ça allait tourner mal. Et ça ne lui plaisait pas du tout.

Juché sur un tabouret de bar, Lucky Tyler sirotait son second whisky à l'eau. Agacé par les rires gras qui venaient du fond de la taverne, il jeta un coup d'œil exaspéré dans cette direction.

— C'était à prévoir que Little Alvin allait la repérer, dit le barman.

Lucky se contenta de grommeler en guise de réponse. Reprenant son whisky, il arrondit les épaules et se tassa davantage sur son tabouret. Voilà qui ne le regardait pas. De toute manière, si la fille ne voulait pas être importunée par Little Alvin ou un autre type, elle n'avait qu'à ne pas venir seule dans cet établissement.

Un établissement, ça ? Quel euphémisme ! songea Lucky. Un infâme troquet, oui !

On avait beau chercher, on ne trouvait rien pour donner un minimum de classe à ce boui-boui cradingue datant de l'époque du grand boom du pétrole.

Depuis combien de temps existait-il ? Depuis au moins cinquante ans... Mais les choses avaient bien changé ! Autrefois des néons étincelaient au-dessus de la porte. Il y avait des toilettes convenables à l'intérieur. On servait de l'alcool de contrebande à tous les clients : brutes mal dégrossies qui travaillaient dans les puits ou prospecteurs marrons. Avant, les filles étaient là pour consoler les ouvriers quand les puits s'asséchaient, ou pour prendre leur argent quand l'or noir coulait à flots. Autrefois...

Si ce bistrot situé au bord de la route nationale avait jamais eu un nom, personne ne s'en souvenait. En tout cas, il n'avait plus d'enseigne. Les gens du coin l'appelaient tout simplement *cet endroit-là.* « Viens prendre un verre à cet endroit-là après le travail. » Le message était à la portée de tous.

On y rencontrait aussi bien des hommes respectables que d'autres qui l'étaient moins. Mais une femme comme il faut aurait préféré mourir plutôt que d'y être vue. Celles qui s'y aventuraient ne venaient que dans un seul but. D'ailleurs, tout le monde le savait et, dès qu'une personne du sexe apparaissait sur le seuil, la chasse commençait. C'était la loi.

Voilà pourquoi Lucky ne s'inquiétait pas trop au sujet de cette fille harcelée par Little Alvin et l'un de ses compagnons encore moins recommandable, Jack Ed Patterson.

Pourtant, quand un autre éclat de rire fusa au bout de la salle, Lucky ne put s'empêcher de se retourner. Plusieurs détails lui parurent alors bizarres.

Tout d'abord, sur la table en Formica craquelé devant laquelle s'était assise la fille, il y avait une bouteille de bière et un verre. Un verre ? Il fallait qu'elle l'ait réclamé, parce qu'ici on n'en donnait jamais pour la bière, même aux femmes. Curieux qu'elle en ait demandé un.

Et puis elle était loin d'être pomponnée. Oh ! Certes elle n'était pas mal mais son maquillage demeurait des plus discrets et ses vêtements restaient dans la note classicisme, élégance et bon goût. Non, ce n'était pas une nana sortie pour draguer. Ni même une ménagère en quête d'une petite distraction pour tromper l'ennui de ses tâches domestiques. Pas davantage une femme au foyer cherchant à se venger d'un mari peu attentif. A vrai dire, Lucky n'arrivait pas à la situer, et cela l'intriguait.

— Elle est là depuis longtemps ? demanda-t-il au barman.

— Elle est arrivée peut-être une demi-heure avant vous. Vous la connaissez ?

Lucky secoua négativement la tête.

— Alors elle n'est pas du coin, conclut le barman, flattant ainsi tacitement Lucky.

Celui-ci ne tenait-il pas une comptabilité plus précise de la population féminine locale que le bureau de recensement ?

— Elle avait à peine commandé une bière que tous les gars l'ont entourée, poursuivit le serveur. On aurait cru des mouches autour d'un pot de miel... Bien sûr, quand Little Alvin s'en est mêlé, les autres ont laissé tomber.

— Ouais. Little Alvin est le chouchou de ces dames, fit Lucky d'un ton sardonique.

Si on l'avait surnommé *Little*, c'était tout simplement parce qu'il était le dernier des huit enfants des Cagney. Mesurant deux mètres, il pesait près de cent quarante kilos. Et chaque année, depuis qu'il avait été forcé de mettre un terme à sa carrière de footballeur professionnel, il en prenait dix de plus.

Il faisait partie de l'équipe des Denver Broncos. Au cours d'une partie contre les Dolphins, il avait plaqué un adversaire au sol avec une telle brutalité que le pauvre type — un jeune espoir des Dolphins — était resté handicapé. Problèmes de la vue, troubles de la parole et... une pension à vie.

Little Alvin s'en était tiré avec une épaule démise. Mais l'entraîneur en avait profité pour ne pas renouveler son contrat à la fin de l'année. Les mauvaises langues prétendaient que la direction des Denver Broncos avait saisi l'occasion pour se débarrasser de lui.

Après sa suspension, Little Alvin avait repris le chemin du Texas. Et il était redevenu, comme autrefois, la terreur de Milton Point. Ce qui ne l'empêchait pas de se prendre encore pour une étoile du football au zénith.

Ce soir, cependant, son charme douteux pas plus que sa renommée ne semblaient captiver la fille sur laquelle il avait jeté son dévolu. De loin, à travers l'atmosphère enfumée du bar, Lucky pouvait se rendre compte qu'elle commençait à s'énerver.

La musique diffusée à fond par le juke-box l'empêchait d'entendre ce qu'ils disaient. Mais quand Little Alvin posa sa grosse patte sur l'épaule de la jeune femme, la réaction de celle-ci ne laissa guère de doute sur la manière dont elle appréciait les avances d'une pareille brute. Le repoussant, elle attrapa son sac, puis essaya de se glisser hors du box. Mais les cent quarante kilos de Little Alvin lui bloquèrent le passage. Il était secondé par son acolyte, Jack Ed Patterson, un autre voyou qui venait de faire un séjour à la prison d'État de Huntsville pour attaque à main armée.

Lucky soupira. Si ça continuait, il allait devoir s'en mêler. Pourtant, l'humeur n'y était pas. N'avait-il pas assez d'ennuis ? Cette semaine, tout allait en dépit du bon sens. Les affaires marchaient mal et à la fin du mois il serait obligé de rembourser un emprunt important. Pour tout arranger, Susan ne cessait de multiplier les allusions au sujet du diamant qu'elle aimerait voir briller à son annulaire gauche. Bref, les problèmes se succédaient et ce n'était vraiment pas le moment de se bagarrer avec deux pochards comme Little Alvin et Jack Ed Patterson.

Pourtant...

Et si ces vauriens s'en étaient pris à sa petite sœur, Sally ? Il aurait été bien content, alors, qu'un garçon convenable vienne à son secours... Mais Sally n'était pas assez sotte pour se mettre dans une situation pareille. Cependant, refusait-on d'aider une femme sous prétexte qu'elle manquait de jugement ?

M. Tyler avait inculqué de solides principes à ses deux fils. Pour Lucky et Rocky, son aîné d'un an et demi, lorsqu'une femme disait non, c'était non. Et pas de discussion. La fille avait peut-être eu tort d'aguicher un garçon pour se refuser à la dernière minute ;

mais à partir du moment où elle n'était plus partante... pas question d'insister.

Quant à Mme Tyler, elle tenait à ce que ses fils traitent les femmes de manière chevaleresque. Même celles qui le méritaient le moins.

Oh ! Le sermon que Lucky avait reçu à l'époque où il était en cinquième. Un soir, il était rentré à la maison avec ce qu'il croyait être une si bonne histoire... Imaginez un peu ! Drucilla Hawkins avait succombé au charme de son boyfriend sur le siège arrière de la Dodge bleue de ce dernier, au cinéma en plein air ! On en faisait des gorges chaudes au lycée.

Bien que se désintéressant de la vie privée de Drucilla Hawkins, Laurie Tyler avait néanmoins fustigé son cadet pour ses propos désobligeants à l'égard de la jeune fille. Même si ce dont on accusait Drucilla Hawkins était vrai. Laurie Tyler considérait que son fils n'avait pas à lui manquer de respect.

Près de deux décennies plus tard, arrivé à l'âge de trente-deux ans, Lucky se souvenait presque mot pour mot de l'admonestation maternelle.

Après avoir juré entre ses dents, il avala d'un trait le reste de son whisky. Que cela lui plaise ou non, un homme ne pouvait échapper à certains devoirs. Arracher une femme des griffes de Little Alvin et de Jack Ed Patterson était de ceux-là.

Sans enthousiasme, Lucky dégagea ses pieds chaussés de boots de la barre chromée du tabouret. Puis il pivota sur le siège en plastique brun archi-usé.

Le barman tint à le mettre en garde.

— Attention, Lucky ! Ils ont bu tout l'après-midi. Et quand il est ivre, Little Alvin devient méchant. Quant à Jack Ed Patterson, il a un couteau dans sa poche.

— Je ne cherche pas à avoir des ennuis.

— Peut-être pas, mais si vous vous mêlez des affaires de Little Alvin, vous en aurez.

Apparemment, tout le monde avait pressenti la bagarre. Dès que Lucky se leva, les sonnettes des flippers se turent pour la première fois depuis des heures.

Et si les consoles des jeux électroniques alignés côte à côte continuaient à tinter et à crépiter, tandis que leurs écrans clignotaient dans un kaléidoscope de couleurs psychédéliques, les joueurs s'en désintéressèrent pour accorder toute leur attention à Lucky. Un calme soudain régna. Le calme inquiétant qui précède la tornade...

Les buveurs accoudés au bar ne parlaient plus. Ceux qui étaient assis aux tables firent également silence. Tout le monde regardait Lucky qui, en roulant les épaules, se dirigeait vers le box où la fille demandait à un Little Alvin hilare de la laisser passer.

— Je voudrais partir maintenant, déclara-t-elle d'une voix qui ne tremblait pas.

Lucky n'était pas dupe de son calme apparent. En réalité, elle était terrorisée et son regard affolé allait de l'un à l'autre des deux hommes. Le colosse et l'échalas... Maigre et sec, Jack Ed Patterson n'était pas moins effrayant que son complice avec ses petits yeux de furet et son rire aigu de chacal. Eux non plus ne se laissaient pas prendre à l'air crâne de leur victime.

— Tu es si pressée que ça, ma jolie ? roucoula Little Alvin.

Il se pencha vers la fille qui recula jusqu'à l'autre extrémité de la banquette.

— Tu ne vas pas partir ! poursuivit-il. On commence tout juste à s'amuser.

Le ricanement de Jack Ed Patterson s'étrangla dans sa gorge quand la voix de Lucky s'éleva derrière lui.

— Je n'ai pas l'impression que cette dame s'amuse beaucoup, Alvin.

Little Alvin se retourna d'une pièce — comme un taureau furieux auquel on vient de poser une banderille.

Lucky lui faisait face, un pouce glissé dans le ceinturon en cuir de son jean. De l'autre main, il s'appuyait d'un air nonchalant à la patère en cuivre terni fixée entre les deux stalles. La tête penchée un peu de côté, les pieds croisés, il souriait. Avec ses cheveux blonds et ses dents étincelantes, il ressemblait à un cow-boy de cinéma. Mais le regard glacial de ses yeux bleus démentait son air affable.

— Tire-toi, Tyler, grommela Little Alvin. Du balai ! Ce n'est pas ton affaire.

— Si, justement. Puisqu'un gros tas de lard comme toi n'est pas au goût de la dame, elle est libre, non ?

Là-dessus, Lucky abaissa son regard vers sa protégée et lui adressa un chaleureux sourire, assorti de ce clin d'œil complice qui avait fait oublier leurs beaux principes à tant de femmes.

— Salut ! lança-t-il. Ça va ?

Little Alvin grogna d'un air réprobateur et avança lourdement vers Lucky. Il avait l'avantage de la taille, dépassant son adversaire d'une dizaine de centimètres. Son poids lui permettait d'intervenir en force. Son poing, de la taille d'un jambon, partit...

Mais en dépit de son attitude décontractée, Lucky s'attendait à l'attaque. Il esquiva le coup en se déportant sur sa gauche et en profita pour frapper Jack Ed Patterson sous le menton, si fort que ses vilaines dents de loup se brisèrent. Jack Ed Patterson alla valdinguer sur le flipper le plus proche, dans un crépitement de sonneries.

L'un de ses adversaires mis momentanément hors d'état de nuire, Lucky pivota sur lui-même, juste au moment où Little Alvin frappait de nouveau. Lucky reçut le coup en plein dans l'œil droit. A douze ans, une ruade de cheval l'avait mis K.-O. mais ça ne lui avait pas fait aussi mal que ce coup de poing...

Sous la violence du choc, il tituba, son estomac ne demandant qu'à se rebeller après ses deux whiskies à l'eau. Ce n'était pas le moment. Il lui fallait poursuivre la bataille... ou tomber sous les coups de boutoir furieux de Little Alvin Cagney.

Les clients du bar l'encourageaient de la voix — sauf ceux qui craignaient les représailles de Little Alvin.

Mais la lutte était inégale. Lucky n'avait pour lui que sa rapidité, sa souplesse et son habileté. Tête baissée, il se précipita et, d'un coup d'épaule en plein ventre, réussit à faire perdre l'équilibre à son adversaire.

Derrière lui, un cri l'avertit que Jack Ed Patterson revenait à l'attaque, son couteau à la main. Pivotant sur lui-même, il eut à peine le temps d'esquiver la lame qui lui effleura l'abdomen. D'un coup de pied, il réussit à faire tomber le couteau dont le menaçait toujours Jack Ed Patterson. Puis, du plat de la main, il le frappa en plein sur la pomme d'Adam. L'ex-taulard s'écroula sur une table, l'entraînant dans sa chute. Étendu dans une flaque de bière parsemée de débris de verre cassé, Jack Ed Patterson ne bougeait plus.

Lucky se tourna du côté de Little Alvin. Tel Gulliver, le géant en colère des contes de Grimm, l'ancien footballeur se ramassa sur lui-même, prêt à bondir.

— Arrêtez ! hurla la femme.

Elle venait de sortir du box et, les poings sur les hanches, faisait face aux deux hommes. Mais seul Lucky lui prêta attention. Little Alvin haletait, les yeux injectés de sang, les narines ronflant comme des soufflets.

— Ne restez pas ici ! cria Lucky. Vous allez recevoir un mauvais coup !

Loin de lui obéir, elle ne bougea pas d'un pouce.

— Arrêtez ! Vous vous conduisez comme des...

Little Alvin la gifla sans même la regarder, comme s'il écrasait une mouche. La lèvre en sang, elle tomba en arrière.

— Fils de pute ! gronda Lucky. Un salaud capable de frapper une femme ne mérite pas un combat à la loyale.

Levant son pied botté, il frappa Little Alvin de toutes ses forces dans l'aine.

Little Alvin se pétrifia. On l'aurait cru soutenu par les halètements horrifiés de l'assistance. Puis il empoigna à deux mains son entrejambe et, comme une masse, tomba à genoux, si lourdement que tous les verres s'entrechoquèrent. Enfin, les yeux révulsés, il s'écroula dans la bière à côté de Jack Ed Patterson.

Lucky prit une profonde inspiration avant de porter une main précautionneuse à son œil déjà enflé. Puis il s'approcha de la fille qui se tamponnait la lèvre à l'aide d'un mouchoir en papier.

— Ça va ? demanda-t-il avec sollicitude.

Elle rejeta la tête en arrière et le fixa d'un regard étincelant. Lucky, qui s'attendait à des larmes, à de l'admiration, à une reconnaissance éperdue, ne lut que de l'animosité dans ses grands yeux verts.

— Merci beaucoup ! lança-t-elle, sarcastique. Vous avez été très utile.

— Par exemple ! Que...

Le barman l'interrompit.

— Voilà le shérif !

Lucky laissa échapper un profond soupir en constatant les dégâts causés par la bagarre.

Un cyclone semblait avoir traversé le bar. Partout, des tables et des chaises renversées, des bouteilles cassées, des cendriers en miettes et des mares de bière dans lesquelles flottaient des mégots. Au milieu du verre pilé gisaient les corps des deux brutes hors de combat.

Quant à la fille dont il avait été assez bête pour défendre l'honneur, elle était furieuse contre lui !

Certains jours, décidément, quoi qu'on fasse, tout allait de travers.

— Et merde ! grommela-t-il, les poings sur les hanches.

2

Patrick Bush, le shérif, secoua la tête d'un air consterné en voyant Little Alvin et Jack Ed Patterson. Par terre, Alvin se tordait de douleur sans cesser de gémir, se tenant toujours l'aine à deux mains. Quant à Jack Ed, il n'avait pas encore repris conscience.

Le shérif fit passer l'allumette qui lui tenait lieu de cure-dent d'un coin à l'autre de sa bouche. Sous le large rebord de son Stetson, il jeta un bref coup d'œil à Lucky.

— Qu'est-ce que tu as fait à ces garçons-là ?

— Ça, j'aurais dû me douter qu'on allait m'accuser ! se plaignit Lucky en rejetant son épaisse chevelure en arrière.

Le shérif pointa l'index en direction de l'abdomen de Tyler.

— Tu es blessé ?

Lucky remarqua alors que sa chemise avait été déchirée. Le couteau de Jack Ed Patterson lui avait marqué l'estomac d'une mince ligne rouge.

— Bof ! Ce n'est rien.

— Il faut appeler une ambulance ?

— Seigneur, non !

Lucky épongea le filet de sang à l'aide de sa chemise en lambeaux.

— Vous pouvez commencer à remettre un peu d'ordre, ordonna le shérif à son adjoint.

Se tournant vers Lucky, il demanda :

— Que s'est-il passé ?

— Ils sont venus l'embêter, et ça ne lui a pas plu.

Le shérif examina la fille qui se tenait tout près de là. Elle ne disait rien mais ne décolérait pas. L'instant d'avant, elle avait essayé de partir, mais on lui avait signifié de rester jusqu'à ce que le shérif l'interroge.

— Ça va, madame ? interrogea ce dernier.

D'un air soucieux, il examina ses lèvres tuméfiées mais malgré l'enflure, elle réussissait à les pincer dans une grimace offensée.

— Je vais très bien.

Avec ironie, elle ajouta :

— D'ailleurs, j'allais très bien jusqu'à l'intervention du preux chevalier Galaad.

— Désolé, jeta Lucky. J'ai seulement voulu vous aider.

— *Aider ?* Vous appelez ça *aider* ?

D'un geste large, elle désigna la salle où tout était sens dessus dessous.

— En fait d'aider, vous avez provoqué une bagarre monstre.

— C'est vrai, Lucky ? s'enquit le shérif.

Lucky adressa à la fille un coup d'œil furibond.

— Demandez aux témoins ! grommela-t-il.

Méthodiquement, le shérif posa quelques questions à ceux qui les entouraient. Tous confirmèrent la version de Lucky. La femme les toisa l'un après l'autre d'un air méprisant.

— Bon ! Je peux partir maintenant ? demanda-t-elle au shérif.

— Comment vous êtes-vous abîmé la lèvre, madame ?

Elle désigna Little Alvin.

— C'est le gorille qui m'a arrangée ainsi, répondit-elle, corroborant ainsi la version de Lucky.

— Que faisiez-vous ici ?

— C'est une question que vous n'avez pas posée aux autres, rétorqua-t-elle.

— Parce que je sais à quoi m'en tenir. Alors ?

— Je buvais une bière, répondit-elle d'un ton sec.

— Est-ce que par hasard vous n'avez pas essayé d'encourager ces hommes ? Vous voyez ce que je veux dire... Par exemple, avec des clins d'œil, en flirtant — des trucs de ce genre, quoi.

Sans même se donner la peine de répondre, elle se contenta de le toiser pour avoir osé suggérer une chose pareille.

L'opinion de Pat Bush à son sujet était déjà faite. Cette femme n'était pas de celles qui ont l'habitude de draguer dans les bistrots minables. Depuis vingt ans qu'il était shérif à Milton Point, il avait vu assez de bagarres dans les bars pour reconnaître dès le premier coup d'œil une semeuse de troubles.

Et celle-ci n'en était pas. Non. D'ailleurs, il n'y avait rien d'aguichant dans ses vêtements, pas plus que dans son comportement. Au lieu de provoquer les attentions masculines, elle semblait les repousser. Tout dans son attitude disait : « Défense de toucher ». Un vrai porc-épic...

Plus par curiosité que pour les besoins de l'enquête, il demanda encore :

— Vous êtes de la région ?

— Non.

— D'où venez-vous ?

— Je traversais Milton Point, répondit-elle, volontairement évasive. J'allais rejoindre l'autoroute.

Le shérif rabattit son chapeau sur ses yeux et se gratta la base du crâne.

— Eh bien, madame, la prochaine fois que vous traverserez Milton Point, et si vous avez envie de boire une bière, je vous conseille de choisir un autre endroit. Un endroit plus recommandable pour une dame.

Lucky laissa échapper un ricanement. Une dame ? Dans ce cas précis, le terme n'était pas des mieux choisis.

— Je prendrai vos remarques en considération, shérif, répondit-elle d'un air pincé.

Après avoir adressé à Lucky un regard glacial, elle assujettit la bandoulière de son sac sur son épaule et se dirigea vers la sortie.

— Voulez-vous porter plainte pour votre lèvre ? cria le shérif Bush.

— Non. Tout ce que je veux, c'est sortir d'ici.

Là-dessus, sans un regard en arrière, elle ouvrit la porte et se fondit dans le crépuscule.

Tout le monde l'avait suivie des yeux.

— Sale petite ingrate ! marmonna Lucky.

— Quoi ? lança le shérif.

— Rien... Écoutez, moi aussi il faut que je m'en aille.

Lucky jeta un coup d'œil par la fenêtre poussiéreuse et vit la fille monter dans une voiture rouge, l'un de ces modèles étrangers compacts.

— Du calme, hein, Tyler ! fit le shérif d'un ton sévère. Pourtant, la dernière fois, je t'ai averti ! Si je te reprends dans une bagarre...

— Mais ce n'est pas moi qui ai commencé, Patrick ! protesta Lucky.

Le shérif se trouvait dans l'exercice de ses fonctions, mais Lucky s'adressait à lui comme à un ami de toujours. Le meilleur ami de sa famille... Patrick Bush ne l'avait-il pas fait sauter sur ses genoux quand il était bébé ? L'uniforme ne l'intimidait pas — même s'il le respectait.

— Qui allez-vous croire ? Moi ou eux ? demanda-t-il en désignant les deux hommes toujours par terre.

La voiture rouge démarra dans un nuage de poussière. Perdant patience, Lucky se tourna de nouveau vers le shérif. Celui-ci avait toujours surveillé les fils Tyler de près, et aucune de leurs histoires de gosses, aucun de leurs tours pendables ne lui avaient échappé.

Un jour, il avait surpris Rocky et Lucky au supermarché en train de chaparder des pommes... Il était là le dimanche où les deux frères avaient trouvé très drôle de renverser les toilettes chimiques sur les lieux d'un forage. Et aussi quand un beau soir, sous les tribunes du terrain de football, Lucky et son aîné faisaient un sort à leur première bouteille de whisky... Il les avait ramenés chez eux en voiture et, avant de les rendre à leur père, leur avait fait un discours bien senti sur les méfaits de l'alcool.

Oui, Patrick Bush était l'ami des bons comme des mauvais jours. Et deux ans auparavant, quand on avait enterré Bud Tyler, il tenait l'un des cordons du poêle... et pleurait comme un veau — autant que les membres de la famille.

— Je suis en état d'arrestation ou non ? lui demanda Lucky.

— Fiche le camp ! jeta le shérif avec brusquerie. Moi, je reste ici jusqu'à ce que ces deux lascars reviennent à eux.

De la pointe de sa botte en lézard, il poussa Little Alvin et Jack Ed Patterson.

— Tâche de faire quelque chose d'intelligent pour

changer, ajouta-t-il. Reste à l'écart de ces deux-là pendant un jour ou deux.

— Ça vaudra mieux, admit Lucky.

— Et tu ferais bien de montrer cette blessure à ta mère.

— Oh ! Ce n'est rien.

En hâte, Lucky jeta un billet de cinq dollars sur le bar pour régler ses consommations et fila vers la sortie. Il avait remarqué la direction prise par la voiture rouge. D'ailleurs, la fille avait précisé qu'elle avait l'intention de prendre l'autoroute, dont la bretelle d'accès se trouvait à plusieurs kilomètres de là. Lucky sauta dans sa Mustang décapotable et se lança à sa poursuite.

Cette petite mijaurée n'allait pas s'en tirer comme ça. Il avait risqué sa vie pour elle, après tout ! Seul un coup de chance lui avait permis d'échapper au couteau de Jack Ed Patterson. Heureusement qu'il avait de bons réflexes, sinon... Ah ! Ces deux brutes l'avaient mis dans un bel état ! Il pouvait à peine ouvrir son œil enflé et il avait l'impression qu'un marteau-piqueur lui vrillait la tête. Pendant des jours, il aurait l'air d'un boxeur sonné. Tout cela, à cause d'une chipie rousse...

Rousse ? Lucky fit appel à ses souvenirs. Un peu quand même, oui. Disons d'un roux foncé... Auburn, quoi !

Comment allait-il expliquer ses contusions à sa mère et à Rocky ? Tout à l'heure encore, l'un et l'autre lui recommandaient de ne pas se faire remarquer !

La compagnie de forage Tyler se trouvait acculée à la faillite. A moins qu'ils n'arrivent à convaincre la banque de patienter quelques mois encore avant d'exiger le remboursement de l'emprunt. En attendant, mieux valait que Lucky ne parade pas en ville avec un œil au beurre noir... On n'accordait pas de facilités de paiement à un type qui se bagarrait.

— Depuis la mort de papa, c'est à qui mettra en doute nos capacités. On ne nous croit pas de taille à mener la compagnie Tyler, lui avait dit Rocky quelques heures auparavant.

— Ce n'est pas notre faute si le prix du brut a tellement baissé ! Et il ne remonte pas !

Cela, tout le monde le savait. Le marché du pétrole chancelait et l'économie du Texas en pâtissait. Ce n'était pas à cause des Tyler, certes, mais ils subissaient de plein fouet les conséquences de la récession. Ces derniers mois, les équipements que louait leur compagnie étaient restés à l'ombre des hangars plutôt que de fonctionner sur les lieux de forage. Les deux frères s'efforçaient d'en rire. « On devrait les conserver dans la naphtaline ! »

Mais l'avenir les inquiétait. Comment se maintenir à flot ? Comment trouver la solution miracle qui permettrait à la société de faire du bénéfice ? Quand les Tyler avaient besoin de fonds, la banque renâclait de plus en plus. Et même si le conseil d'administration était constitué d'amis de longue date, ceux-ci ne pouvaient pas faire preuve de laxisme. Tant de banques — surtout au Texas — se trouvaient près du dépôt de bilan !

— Dans l'immédiat, le mieux, avait dit Rocky, c'est de leur prouver notre intention de rembourser dès que nous en aurons la possibilité. C'est pourquoi il faut activer le business et, surtout, ne pas se faire remarquer.

— Tu parles pour moi, je suppose ?

Rocky avait adressé un sourire amusé à son cadet.

— Maintenant que la plus adorable des femmes a fait de moi un homme rangé, il ne reste plus qu'un seul tombeur dans la famille... Enfin, il faut que jeunesse se passe !

— Une époque qui risque de se terminer bientôt, avait laissé tomber Lucky sans enthousiasme.

Son frère avait compris à demi mot.

— Comment va Susan ?

En pensant à cette dernière, Lucky poussa un gémissement. A moins que ce ne soit dû à un bref éclair de douleur ? La blessure de son abdomen s'était ouverte et commençait à lui faire mal.

— Maudite bonne femme ! jura-t-il en appuyant à fond sur l'accélérateur pour réduire la distance entre sa Mustang et les feux arrière de la voiture rouge.

Que ferait-il une fois qu'il l'aurait rattrapée ? A vrai dire, il n'en savait rien. Peut-être se contenterait-il d'exiger des excuses ? Il n'y avait aucune raison pour qu'elle le traite avec un tel dédain. Il ne méritait pas cela après avoir affronté les deux brutes qui la harcelaient.

En se remémorant la manière méprisante dont elle l'avait toisé — un peu comme s'il avait été un chewing-gum collé à sa semelle —, Lucky se dit que les excuses ne lui viendraient pas facilement.

Ah ! Les femmes ! Son fléau, son délice... Mais impossible de vivre avec elles. Impossible aussi de vivre sans ! A plusieurs reprises, après des aventures particulièrement compliquées, il s'était juré de ne plus jamais avoir affaire à elles. Un serment qu'il était incapable de respecter longtemps.

Lucky adorait les femmes. Leurs vêtements, leurs falbalas, leur parfum... Leurs rires comme leurs larmes et, même si ça le rendait fou, leur souci maniaque du détail. Il aimait en elles tout ce qui leur valait d'être différentes de lui, depuis cette agaçante habitude de payer en petite monnaie pour ne pas casser un billet, jusqu'à la manière dont leur corps était fait. Selon Lucky, Dieu n'avait rien créé de mieux au monde qu'une peau de femme.

Mais une fois hors du lit... quelle plaie !

Par exemple, cette jeune divorcée de Marshall. Une terrible geignarde ! Elle était capable de se plaindre pendant des heures, jusqu'à ce que le son de sa voix devienne aussi insupportable qu'un crissement d'ongles sur un tableau noir. Elle ne se taisait qu'au lit. Alors, elle ronronnait...

Et l'une des dernières en date ! Jamais il n'avait vu une femme aussi intéressée. S'il ne lui apportait pas une bricole quelconque chaque fois qu'il allait la voir, elle ne décolérait pas. Il fallait alors des heures pour la calmer. Lucky se souvenait aussi de l'employée du drugstore. Au lit, pleine d'habileté et d'invention. Mais hors du lit, quelle idiote !

Susan Young était tout le contraire d'une idiote. Astucieuse, futée... peut-être trop ! Elle s'obstinait à lui refuser ses faveurs, mais Lucky soupçonnait que la moralité n'avait rien à voir dans ses beaux principes. Susan Young attendait le jour où elle réussirait à l'épingler en smoking devant l'autel. Et elle remonterait l'allée centrale de l'église méthodiste vêtue d'une longue robe blanche, tandis que retentiraient les accents de la marche nuptiale de Lohengrin.

Ce matin-là, après cet entretien plutôt décourageant avec Rocky, Lucky était invité à déjeuner chez les parents de Susan. George, le père de cette dernière, était le P.-D.G. de la banque qui avait prêté des capitaux aux Tyler. Les Young vivaient dans une luxueuse demeure entourée de pelouses bien entretenues en plein centre de la ville.

Le déjeuner s'était passé sans histoires. Mais le café terminé, à peine l'employée de maison avait-elle débarrassé la table que George reprenait le chemin de la banque.

Sa femme était montée dans ses appartements, laissant Susan seule avec Lucky.

Il en profita pour l'enlacer et lui prendre les lèvres. Mais elle se dégagea aussitôt. Frustré, Lucky soupira :

— C'est pourtant encore meilleur que la tarte aux fraises de Clara.

— Par moments, on dirait que tout ce que tu veux, ce sont des baisers !

Lucky la contempla sans hâte, depuis sa moue affectée jusqu'à ses petits seins qui se dressaient fièrement sous la toile légère de son chemisier. Il les emprisonna.

— Je veux aussi autre chose.

Susan le repoussa en minaudant.

— Arrête ! Tu vas te conduire comme il faut ? Nous ne sommes pas seuls, figure-toi. Maman est en haut et Clara dans la cuisine !

— Allons ailleurs, suggéra-t-il.

De toute manière, il n'aimait pas cette maison. Sombre, solennelle, elle lui faisait penser à un cimetière. Difficile de songer à la bagatelle dans un endroit aussi lugubre. Dans un cadre pareil, comment Susan aurait-elle pu se laisser aller ?

— J'ai un rendez-vous cet après-midi du côté d'Henderson. Tu viens avec moi ?

Susan secoua la tête avec force.

— Non, tu conduis trop vite. Et puis le vent me décoiffe toujours dans ces voitures décapotables.

— Mon chou, avec ce que je prévois pour occuper l'après-midi, tu seras décoiffée de toute façon.

Lucky la reprit dans ses bras et cette fois, elle répondit à ses baisers. Quand il releva la tête pour retrouver son souffle, il était en ébullition...

Mais Susan réussit à refroidir ses ardeurs en mentionnant son père.

— Promets-moi de ne pas te fâcher si je te dis quelque chose.

Ce qui allait suivre une pareille introduction ne pouvait que l'exaspérer, il en était sûr. Malgré tout, il promit à Susan de ne pas se mettre en colère. Tête basse, en évitant son regard, elle se mit à jouer avec les boutons de la chemise de Lucky.

— Tu sais, papa s'inquiète... Il trouve que je passe trop de temps avec toi.

— Pourtant il s'est montré assez aimable pendant le déjeuner.

— Ça ne veut rien dire, il est toujours poli. Mais je t'assure qu'il n'est pas très content de nous voir si souvent ensemble.

— Pourquoi ?

— Tu demandes pourquoi ? Parce que tu as une drôle de réputation, évidemment !

D'un air vertueux, Susan enchaîna :

— D'ailleurs, une fille comme il faut ne devrait même pas être au courant de choses pareilles.

— Ouais ?

La main de Lucky s'insinua sous la jupe de Susan. Quand elle se laissait ainsi caresser les cuisses, elle n'était pas aussi « comme il faut » qu'elle le prétendait !

— Il m'a demandé quelles étaient tes intentions, poursuivit-elle. Et j'ai bien été obligée de lui dire que je n'en savais rien.

Lucky n'était pas là pour deviser sur George Young. Les cuisses de Susan lui paraissaient autrement intéressantes. Mais le mot « intentions » avait déclenché un signal d'alarme. Aussitôt, il laissa retomber ses mains et s'éloigna de quelques pas. Susan n'avait pas fini...

— Bien sûr, papa ne me parle jamais de ses affaires, déclara-t-elle en battant des cils. Mais je sais que c'est contre ses principes de prêter de l'argent à un homme qui n'est pas établi. Marié et tout, quoi.

Lucky consulta sa montre.

— Tu as vu l'heure ? s'écria-t-il. Alors, c'est sûr, tu ne veux pas venir avec moi ? Tant pis... Il faut que je parte. Je ne veux pas rater mon rendez-vous.

Déjà, il était à la porte.

— Lucky !

— Oui ?

Susan noua ses bras autour de la nuque de Lucky et se lova contre lui. Se haussant sur la pointe des pieds, elle chuchota dans son oreille :

— Je suis sûre que papa se montrerait moins intransigeant si tu faisais partie de la famille.

Avant de s'éclipser, Lucky lui adressa un sourire contraint. Mais il avait dû promettre de venir dîner le soir même, à 19 h 30.

Quant à se marier... Eh bien, il ne tenait pas plus à épouser Susan qu'une autre. Oh ! Il aimait bien Susan. Il ne demandait qu'à la mettre dans son lit, mais la tâche se révélait difficile. En dehors de cela... En dehors de cela, elle était bien trop gâtée ! Vivre avec elle ? Quel calvaire ! De plus, il avait l'intuition qu'elle n'était pas très sensuelle. Pour elle, le sexe représentait une monnaie d'échange, pas un plaisir.

Or, Lucky aimait les femmes enthousiastes, actives, capables d'apprécier tout autant que lui les jeux de l'amour. Pas question d'épouser une femme qui lui mégoterait ses faveurs.

En tout cas, il espérait que Susan Young ne se réservait pas en prévision du jour où, un genou en terre, il lui demanderait sa main... Parce qu'elle risquait d'attendre longtemps ce jour-là !

Le plus urgent, pour le moment, était de trouver une cabine téléphonique pour l'appeler et annuler ce dîner. Elle allait être furieuse... Tant pis ! Mais mieux valait ne pas se présenter chez les Young avec un œil au beurre noir et une chemise pleine de sang.

— Ah ! Les femmes ! murmura-t-il avec dégoût, tout en prenant la bretelle d'accès à l'autoroute derrière la petite voiture rouge.

3

Lucky entra dans le parking quatre-vingt-dix secondes après la fille. Ce complexe situé en bordure d'autoroute comprenait, outre un motel construit en « U » et un restaurant qui se vantait de servir les meilleurs poulets de tout l'État — ce dont Lucky doutait ! —, une station-service avec des douzaines de pompes, ainsi qu'un magasin où l'on vendait de l'alcool et divers produits.

La fille entra dans le restaurant. A distance, Lucky vit une serveuse lui indiquer une table. Quelques instants plus tard on lui apportait un club-sandwich. Comment pouvait-elle penser à manger ? Lui se sentait dans un état... En tout cas, il aurait été absolument incapable d'avaler une bouchée !

Lucky s'arrangea pour rester assez loin du restaurant de manière à ce qu'elle ne le voie pas, puis il sortit de voiture et boitilla jusqu'au magasin.

— Qu'est-ce qui vous est arrivé, mon vieux ? Vous êtes passé sous un camion ?

— C'est à peu près ça, répondit Lucky à l'employé qui comptabilisait ses achats.

Une demi-bouteille de whisky, un tube d'aspirine et un steak cru... Comme la viande commençait à verdir sur les bords, on avait baissé son prix. Elle était impropre à la consommation humaine, mais ce n'était pas dans ce but que Lucky l'avait achetée.

— Et comment est l'autre type ? interrogea l'employé avec curiosité. En meilleur état ou pire ?

Lucky lui adressa un sourire de biais.

— Il a l'air O.K., mais il ne doit pas se sentir très bien.

Une fois de retour à sa voiture, il se laissa tomber sur le siège en cuir blanc, déboucha la bouteille et avala trois comprimés d'aspirine avec une rasade de whisky. Puis il se mit en devoir de défaire l'emballage du steak malodorant. Déjà, il pensait au soulagement que lui procurerait l'application de cette viande froide sur son œil douloureux... Mais ce fut ce moment-là que choisit la fille pour sortir du restaurant. Lucky jura entre ses dents et posa la main sur la poignée de la portière, s'apprêtant à l'ouvrir.

Cependant, il ne bougea pas. Car au lieu de repartir en voiture, celle qu'il s'acharnait à poursuivre se dirigea vers le motel et entra dans le bureau de réception, dont elle ressortit quelques minutes plus tard avec une clé.

Lucky attendit qu'elle regagne sa voiture, fasse marche arrière et aille se garer derrière le bâtiment. Il le contourna à son tour — juste à temps pour la voir pénétrer dans une chambre située au rez-de-chaussée.

Ça se précise, se dit-il avec satisfaction.

Il préférait l'affronter sans témoins. C'est la raison pour laquelle il ne l'avait pas suivie au restaurant. Sans le savoir, elle s'était laissé piéger...

Lucky reprit le steak, les aspirines et le whisky. Puis, après avoir glissé la clé de sa Mustang dans la poche de son jean, il alla frapper à la porte derrière laquelle elle venait de disparaître.

Il se la représenta soudain figée, les yeux rivés sur la poignée. Intriguée, bien sûr... Peut-être un peu inquiète, aussi. Ensuite, il l'imagina traversant la pièce sur la pointe des pieds pour regarder à travers le judas...

— Vous pouvez ouvrir, lança-t-il, non sans sourire intérieurement. Vous m'avez reconnu, non ?

Elle apparut sur le seuil, le regard furieux, prête à le jeter dehors.

— Que faites-vous ici ?

— Eh bien, je vous ai suivie. Et comme vous vous êtes arrêtée dans ce motel... me voilà.

— *Pourquoi* m'avez-vous suivie ?

— Parce que vous avez une dette envers moi.

Stupéfaite, elle l'examina sans mot dire. Soudain, elle paraissait moins sûre d'elle, ce qui remplit Lucky de satisfaction. Elle n'était pas aussi coriace qu'elle voulait le laisser croire. Pourtant, ce fut avec hauteur qu'elle demanda :

— Ah bon ? Je vous dois quelque chose ? Et quoi donc, s'il vous plaît ?

— Des excuses. Je peux entrer ?

La réponse de Lucky l'avait tellement sidérée qu'elle ne pensa pas à réagir quand il se rapprocha. Déjà, il avait un pied à l'intérieur. Elle le repoussa.

— Sûrement pas. Vous me prenez pour une idiote ?

— Possible... Il faut l'être pour aller dans cet *endroit-là* toute seule.

— Quel endroit ?

— *Cet endroit-là*. Le bar où j'ai vaillamment défendu votre vertu cet après-midi.

— Comme si ma vertu avait besoin d'être défendue !

— Elle en aurait eu besoin si Little Alvin avait réussi à poser ses pattes dégueulasses sur vous.

— Ce petit homme à la tête de belette ?

— Non, lui, c'est Jack Ed. Jack Ed Patterson. Little Alvin, c'est celui que vous avez appelé le gorille. On l'a surnommé Little Alvin parce que...

— Écoutez, vous trouvez peut-être cette histoire passionnante, mais moi, elle ne m'intéresse pas. Vous pouvez être tranquille. Il n'y a pas l'ombre d'une chance pour que ces types mettent leurs « pattes dégueulasses » comme vous dites, sur moi. J'ai la situation en main.

— Vraiment ?

Son sourire était incrédule — et en même temps admiratif. Car elle avait du cran !

— Vraiment, assura-t-elle. Et maintenant, si vous voulez bien me laisser...

— Tsst, tsst !

Lucky mit un pied dans l'entrebâillement pour l'empêcher de lui claquer la porte au nez.

— Vous ne vous êtes pas excusée !

— D'accord, d'accord ! s'écria-t-elle avec exaspération.

D'une main impatiente, elle rejeta en arrière la masse de sa chevelure auburn. Lucky lui aurait volontiers caressé les cheveux...

— Bon ! jeta-t-elle. Je vous présente toutes mes excuses pour... pour...

— Pour ne pas m'avoir remercié convenablement quand je vous suis venu en aide.

Les dents serrées, elle répéta d'un ton sarcastique :

— Pour ne pas vous avoir remercié convenablement quand vous m'êtes venu en aide.

Lucky s'adossa au chambranle et la toisa d'un regard oblique.

— Vous n'avez pas l'air très convaincue de ce que vous dites.

— Pourtant, je le suis. Vous pouvez me croire ! Je n'ai jamais été aussi sincère de ma vie.

Posant la main sur sa poitrine, elle enchaîna :

— De tout mon cœur, je vous remercie. S'il m'arrive encore une fois d'avoir des ennuis dans un bar, je vous appellerai immédiatement à mon secours. Et je donnerai votre adresse à toutes mes amies du sexe faible. Ce n'est pas de la gratitude, ça ?

Lucky ignora l'ironie. De l'index, il lui effleura le coin de la bouche.

— Votre lèvre s'est remise à saigner.

Elle courut jusqu'à la glace.

— Ce n'est pas vrai !

Quand elle se retourna, Lucky se tenait devant la porte close. Il ricanait en se frottant les mains. On aurait dit un gros chat devant une souris prise au piège.

Elle se redressa, parlant d'une voix très calme :

— Pas de bêtises, hein ! Attention ! Parce que je suis capable de me défendre. Je vais faire un scandale, je vais hurler, je vais mettre tout le motel sens dessus dessous... Je peux aussi me battre, j'ai suivi des cours de *self-defence*. Je...

Lucky éclata de rire.

— Qu'est-ce que vous croyez ? Que je vais vous violer ? Non. Tout ce que je demande, ce sont des excuses. Des excuses sincères. Une fois que je les aurai, je m'en irai. En attendant, je vais emprunter votre lit pendant cinq minutes.

Joignant le geste à la parole, Lucky posa le whisky, l'aspirine et le steak sur la table de nuit. Se tenant en équilibre sur un pied, il ôta sa botte gauche, puis il fit de même avec sa botte droite. Pour finir, il se laissa tomber sur le lit, et quand sa tête toucha les deux oreillers qu'il avait adossés contre le mur, il laissa échapper un soupir de soulagement.

— Si vous ne partez pas immédiatement, j'appelle la direction, j'appelle la police, je...

— Tenez-vous tranquille une seconde, s'il vous plaît. J'ai un mal de tête terrible. Et vous savez bien que vous ne risquez rien. Imaginez un peu ! Une championne de *self-defence* !

Lucky déchira le film de plastique qui enveloppait le steak et posa la viande sur son œil douloureux.

— Allez chercher deux verres, je partagerai mon whisky avec vous.

— Je n'en veux pas de votre whisky.

— C'est votre droit. Dans ce cas, un seul verre suffira.

— Très bien. Vous refusez de sortir ? Dans ce cas, c'est moi qui partirai.

D'un pas déterminé, elle se dirigea vers la porte et l'ouvrit. Derrière elle, un cliquetis se fit entendre. Elle se retourna pour voir Lucky agiter comme un grelot les clés de sa petite voiture rouge.

— Pas si vite, mademoiselle ! A propos, quel est votre nom ?

— Fichez-moi la paix !

— Drôle de nom...

— Rendez-moi mes clés.

— Pas avant que vous ne vous soyez excusée. Et mon verre ?

Elle désigna la commode sur laquelle on voyait un seau à glace et deux verres enveloppés dans du papier stérilisé.

— Allez le chercher vous-même.

— D'accord ! soupira Lucky.

Mais quand il voulut s'asseoir, sa blessure se rouvrit. Grimaçant, il se laissa retomber sur les oreillers. Et quand, avec précaution, il porta la main à son abdomen, elle se trouva tout de suite tachée de sang.

Avec un petit cri horrifié, la jeune femme courut près du lit.

— Mais vous êtes vraiment blessé !

— Vous pensiez que je jouais la comédie ?

Lucky lui adressa un pâle sourire. Son visage était couleur craie.

— Et vous croyez que j'ai l'habitude de me promener avec une chemise en lambeaux ?

— Je... je ne me rendais pas compte... balbutia-t-elle. Vous devriez peut-être aller à l'hôpital ?

— Oh ! Tout ira bien une fois que cette petite coupure de rien du tout se sera refermée.

La fille se pencha au-dessus de lui et souleva la chemise déchirée.

— Oh ! fit-elle seulement.

Sans être profonde, la blessure mesurait au moins quarante centimètres. C'était une grande balafre qui allait du mamelon gauche jusqu'au flanc droit. Du sang s'était coagulé çà et là sur la toison dorée qui couvrait la poitrine de Lucky. Et la fine estafilade continuait à suinter...

— Ça risque de s'infecter si ce n'est pas soigné, déclara-t-elle.

Avec autorité, elle ordonna :

— Enlevez votre chemise.

Lucky hésita. S'il lui obéissait, il serait obligé de poser les clés. Devinant la raison de son hésitation, elle lança d'un ton sec :

— Je ne vais pas abandonner un homme dans votre état !

Lucky jeta les clés sur la table de nuit, défit les boutons de sa chemise et se redressa, assez pour dégager ses larges épaules. Elle l'aida à se dévêtir, puis, d'un geste négligent, laissa tomber sur le sol ce qui n'était plus qu'une loque. Elle reporta alors toute son attention sur la blessure.

— Cet horrible petit bonhomme ! fit-elle avec un frisson.

— Jack Ed ? Une ordure, oui. Je suis soulagé d'apprendre que vous ne flirtiez pas sérieusement avec lui.

— Je ne flirtais pas, vous le savez très bien, rétorqua-t-elle, fâchée.

Elle disparut dans la salle de bains et en revint quelques instants plus tard avec une serviette qu'elle avait trempée dans l'eau chaude. Leurs hanches se frôlèrent au moment où elle s'assit au bord du lit. Quand elle posa la serviette sur la blessure, Lucky retint sa respiration.

— Ça fait mal ? demanda-t-elle gentiment.

— Cette question !

— Je suis désolée, mais il faut absolument nettoyer ça. Ce couteau devait être plein de microbes... A quoi a-t-il servi avant ?

— Mieux vaut ne pas y penser.

Jusqu'à présent, la colère avait empêché Lucky de la regarder comme il fallait. Il devait reconnaître que c'était une belle fille avec ses épais cheveux auburn coupés à la hauteur de ses épaules. Elle devait combattre leur tendance naturelle à onduler... Et ses yeux ! De grands yeux verts qui, en ce moment, demeuraient fixés sur sa blessure d'un air plein de compassion. Mais Lucky n'avait pas oublié que ces yeux-là pouvaient devenir aussi froids qu'un bouton de porte en cuivre par un matin glacé de janvier.

Lucky poursuivit l'inventaire. Un visage bien dessiné, avec des pommettes hautes, une bouche mobile aux lèvres pleines... En connaisseur, il savait que de telles lèvres étaient faites pour être embrassées. Un seul coup d'œil suffisait pour comprendre que cette femme était d'une nature très sensuelle.

Mais tout comme elle disciplinait sa chevelure, elle devait réprimer sa sensualité. Elle s'efforçait aussi de dissimuler ses formes sous un tailleur à la stricte coupe masculine. Un très joli corps, en fait ! On ne pouvait pas dire qu'il soit voluptueux. Il n'était pas non plus anguleux comme celui d'une cover-girl. Entre les deux, quoi... Mince, élancé, avec des courbes juste là où il fallait. Et des jambes absolument divines ! Quant aux seins... Lucky avait hâte qu'elle ôte sa veste pour les voir sous le chemisier de soie.

De toute manière, il fallait commencer par le commencement. Oh ! Lucky était sûr d'arriver à ses fins. Mais cette jeune personne représentait pour lui un véritable challenge. Il avait l'intuition que ce serait une conquête exceptionnelle. Seigneur ! Jamais il n'avait eu une femme pareille ! Néanmoins il devinait qu'il allait devoir modifier spécialement pour elle les règles d'un jeu qu'il connaissait pourtant bien.

— Comment vous appelez-vous ? interrogea-t-il.

Elle leva vers lui son regard vert foncé.

— D-D-Dovey.

— D-D-Dovey ?

— C'est ça, fit-elle, déjà sur la défensive. Ça ne vous plaît pas ?

— Si. Vous bégayez ? Je n'avais pas remarqué... A moins que ce ne soit la vue de mon torse nu qui vous trouble ?

Lucky eut soudain envie qu'elle pose sa joue contre la toison dorée qui lui couvrait la poitrine. Très envie...

— Certainement pas, monsieur... monsieur... ?

— Lucky.

— Monsieur Lucky ?

— Non, Lucky.

— Comment ça ?

— C'est pourtant simple. Mon nom est Lucky. Lucky Tyler.

— Ah, bon ! Eh bien, je peux vous assurer que la vue de votre torse nu me laisse complètement indifférente, monsieur Tyler.

Il ne la croyait pas et le sourire qui étirait de biais ses lèvres le prouvait mieux que de longs discours.

— Appelez-moi Lucky.

Elle s'empara de la bouteille de whisky et la leva en guise de salut.

— Navrée, Lucky, mais on ne peut pas être chanceux à tous les coups.

— Quoi ?

— Retenez votre respiration.

Lucky n'en eut même pas le temps. Sans avertissement, elle retourna la bouteille et aspergea la blessure d'alcool.

Il émit une salve de jurons, suivie de hurlements.

— Votre langage n'est pas des plus châtiés, monsieur Tyler.

— Je vais vous étrangler ! Arrêtez ! Aïe ! Aïe...

— Oh ! Vous n'êtes plus un bébé, quand même !

— Ça brûle ! Mais qu'est-ce que vous fabriquez ?

— Je désinfecte.

— Vous me martyrisez, oui ! Faites quelque chose pour me soulager ! Tiens, soufflez dessus.

— Pour que les germes se répandent partout ?

— Soufflez !

Elle se pencha et souffla doucement le long de la blessure. Son haleine éventait sa peau et apaisait la brûlure du whisky sur la plaie. Un filet d'alcool s'insinua dans le creux tapissé de poils satinés, sous le nombril de Lucky. D'autres glissaient sous la ceinture de son jean. Elle les arrêta du bout des doigts. Puis, sans réfléchir, elle lécha le whisky sur sa propre main. Quand elle prit conscience de ce qu'elle venait de faire, elle se releva d'un bond.

— Ça va mieux maintenant ? demanda-t-elle d'une voix rauque.

Leurs yeux se rencontrèrent. Et ce fut comme un court-circuit... Soudain, l'atmosphère se chargea d'électricité.

— Oui, ça va mieux, répondit Lucky d'une voix tout aussi rauque que la sienne. Mais la prochaine fois, prévenez-moi. O.K. ?

— Je ne pense pas qu'il y aura de prochaine fois. Ce traitement de fortune devrait suffire à empêcher l'infection.

— J'aurais préféré risquer l'infection. Quoique...

Sa voix devint encore plus basse.

— ... Votre souffle était un véritable baume.

Visiblement mal à l'aise, elle se réfugia dans son rôle d'infirmière.

— Votre œil est en mauvais état.

Quand Lucky avait bondi sous le feu du whisky, le steak était tombé sur l'oreiller. Elle s'en empara entre le pouce et l'index et le tint à bout de bras.

— Pouah ! Que ça sent mauvais !

Elle le remit dans son emballage et le jeta dans la poubelle.

— Ne bougez pas. Je vais chercher de la glace.

Après avoir pris le seau à glace, elle sortit de la chambre et Lucky put apprécier la vue. Jolis mollets, jolies fesses... Ah ! S'il ne se sentait pas aussi mal...

Mais il se sentait *très* mal. Pendant la bagarre, un flot d'adrénaline l'avait empêché de sentir l'impact des coups. Maintenant, il souffrait de partout. Même à des endroits où il ne se souvenait pas avoir été atteint. Le sang bourdonnait à ses tempes et il avait l'impression que tout tournait autour de lui. Le mélange d'aspirine et de whisky, probablement.

Aussi, même si l'idée de s'occuper de Dovey était bien tentante, il devait se contenter de fantasmer. Sa condition physique ne lui permettait pas davantage.

Elle revint avec le seau plein de glaçons et, sans perdre de temps, en mit plusieurs poignées dans une serviette dont elle noua ensuite les coins. Puis elle posa la poche à glace sur l'œil de Lucky.

— Merci, murmura-t-il d'une voix ensommeillée.

Non seulement il souffrait, mais il devait également être un peu ivre. Les paumes de Dovey lui parurent aussi fraîches, aussi apaisantes que celles de sa mère lorsqu'elle le soignait autrefois, quand il était enfant. Il lui prit la main et la pressa contre sa joue brûlante.

Elle se dégagea et, d'une voix sévère d'institutrice, déclara :

— Vous pouvez rester jusqu'à ce que l'enflure disparaisse.

L'enflure ? Lucky faillit éclater de rire, tandis qu'une réplique plutôt crue lui venait aux lèvres. Il préféra toutefois se taire. Dovey ne devait pas apprécier les plaisanteries salaces et, s'il exagérait, elle risquait de le mettre à la porte.

— Je n'ai pas le courage de bouger, murmura-t-il. Je ne me sens vraiment pas bien. Tout ce que je souhaite, c'est me reposer ici tranquillement.

— Bonne idée. Je vous laisse ma chambre. Je vais en demander une autre.

— Non ! s'écria-t-il en se débarrassant de la serviette pleine de glaçons. Je ne veux pas prendre votre chambre.

— Ne vous inquiétez pas. Elle est payée. Et je peux

bien vous rendre service après ce que vous avez fait pour moi cet après-midi.

— La question matérielle ne compte pas, fit-il d'un ton sec. Mais vous admettez enfin que je vous ai sauvée des griffes de Little Alvin et de Jack Ed ?

— Pour tomber entre les vôtres !

— Quoi ?

— Vous ne valez pas mieux. Votre technique est plus raffinée, tout simplement.

— Vous... vous croyez... que... que je veux partager votre chambre pour... Hé, là ! Ma belle, si vous pensez que je suis en condition !

En dépit de ses dénégations, Lucky paraissait au contraire tout prêt pour une nuit d'amour. Torse nu, sans chaussures, affalé au milieu du lit... De plus, à force de fantasmer, il se sentait pris de vertige, redoutant qu'elle ne remarque la légère excroissance sous son jean.

Lucky se laissa retomber sur les oreillers avec un gémissement qui n'était pas entièrement de la comédie. Il remit la serviette sur son œil puis, avec un geste las de la main, déclara forfait :

— Allez, faites ce que vous voulez. Je me débrouillerai bien.

A travers ses yeux à demi clos, il la vit prendre son sac et se diriger vers la porte.

— J'espère n'avoir que des blessures externes, ajouta-t-il d'une voix mourante.

Elle se retourna brusquement.

— Vous avez peur d'avoir des blessures internes ?

— Comment voulez-vous que je le sache ? Je ne suis pas médecin.

Il se tâta le côté d'une main précautionneuse.

— On dirait que c'est un peu enflé par ici... Mais ce n'est rien. Je ne veux pas vous retenir plus longtemps.

Quand Dovey revint s'asseoir au bord du lit, Lucky eut peine à retenir un sourire triomphant. Il s'attendait à ce qu'elle le plaigne. Mais elle demeurait silencieuse et le regardait d'un air plein de suspicion.

— Si vous me racontez des histoires... commença-t-elle enfin.

— Je vous ai dit de partir. Allez demander une autre chambre ! Si j'ai besoin de vous, je pourrai toujours vous joindre par téléphone.

A plusieurs reprises, elle se mordilla la lèvre inférieure dans un geste inconsciemment sensuel. Lucky laissa échapper une plainte qui ne pouvait passer pour un cri de douleur.

— Cette zone enflammée, où est-elle ? l'entendit-il murmurer.

De nouveau, Lucky dut se retenir pour ne pas lancer une plaisanterie grivoise. Lui prenant la main, il la posa sur son flanc.

— Par ici... Ça paraît normal ?

Dovey palpa la peau tendue sur les muscles, remontant de la taille à l'aisselle.

— Je ne sens rien.

— Tant mieux !

A la grande déception de Lucky, elle cessa l'examen.

— J'espère ne pas avoir de côtes cassées, fit-il avec inquiétude.

— De quel côté ?

— Au même endroit.

Elle effleura à nouveau sa poitrine. Quand ses doigts frôlèrent le bouton charnu, elle eut un geste de recul comme si elle s'était brûlé la main.

— Vous n'avez rien, déclara-t-elle, seulement des contusions.

A la grande surprise de Lucky, elle ajouta :

— Mais je ne peux pas vous laisser seul dans cet état.

— Non ?

— Je ne veux pas avoir sur la conscience votre mort pour cause de blessures internes.

Lucky fit la grimace.

— Je ne tiens pas à mourir ainsi.

Il ôta la serviette de son œil et la lui tendit.

— La glace est en train de fondre.

Elle reprit la compresse de fortune et, quelques instants plus tard, lui en apporta une autre.

— Le temps que celle-ci agisse, votre œil vous fera peut-être moins mal.

— Peut-être. Je peux avoir un verre maintenant ? Après toutes ces épreuves, j'ai droit à un whisky, non ?

Sans discuter, elle emplit deux verres. Lucky but le sien d'un trait, ce qui le fit tousser. Mais grâce à l'alcool, il se sentit tout de suite mieux.

Dovey était allée dans la salle de bains ajouter un peu d'eau à son whisky. Elle fit ensuite tomber deux glaçons dans son verre et but à petites gorgées. Lucky se souvint qu'elle avait pris sa bière dans un verre. Elle a de la classe, songea-t-il, à moitié endormi. Rien à voir avec ces femmes faciles qu'il avait coutume de rencontrer. Mais à sa façon, elle était fascinante.

Au travers d'un brouillard, il la vit ôter sa veste et la poser sur le dossier d'une chaise. Oui, il avait deviné juste... Elle avait des seins ronds, haut perchés.

Quelle jolie fille, cette Dovey... Et en plus, elle avait l'air de savoir où elle allait et ce qu'elle voulait. Et elle n'avait pas peur de le dire. C'était une femme de tête, équilibrée...

Alors, qu'est-ce qu'elle faisait à *cet endroit-là* ? Oui, qu'est-ce qu'elle y faisait ?

Sans plus s'interroger, Lucky sombra dans un profond sommeil.

4

La pièce était complètement plongée dans l'obscurité quand Lucky s'éveilla. Avec précaution, il souleva les paupières. Son œil droit, toujours enflé et douloureux, resterait au beurre noir pendant un jour ou deux... Autant se résigner !

Il faisait toujours noir, mais le parking était éclairé

et un rai de lumière passait entre le rideau et le mur. Quelle heure pouvait-il bien être ? A vrai dire, Lucky s'en moquait et ne se donna même pas la peine de consulter sa montre.

A force de rester dans la même position, ses muscles s'étaient ankylosés. Il s'étira, grimaça de douleur et laissa échapper un gémissement. Puis il se tourna sur le côté et son genou en heurta un autre.

— Dovey ? interrogea-t-il à mi-voix.

— Mmm...

Il arrivait souvent à Lucky de se réveiller avec une femme à ses côtés. Aussi réagit-il comme à l'ordinaire. Il la prit dans ses bras et l'attira contre lui.

Comme elle sent bon ! songea-t-il confusément tandis qu'il enfouissait son visage dans la masse soyeuse des cheveux. On dirait du chèvrefeuille. Et il parsema de baisers les mèches éparses.

C'était si agréable, si naturel... si parfait ! Lucky effleura de ses lèvres le front de Dovey, ses sourcils, ses paupières... Les cils de la jeune femme palpitaient délicieusement. Il continuait à l'embrasser. Sur les joues, sur les ailes du nez... Pour finir il prit sa bouche.

Dovey marqua un léger mouvement de recul.

— Lucky ? fit-elle très bas.

— Oui, bébé... murmura-t-il avant de lui reprendre les lèvres dans un baiser sans fin.

Dans une plainte, Dovey s'abattit contre lui. Elle marqua un instant d'hésitation avant de se risquer à lui caresser la poitrine. Lucky s'étonna de la trouver aussi timide. Pourquoi ? Il n'eut pas le temps d'approfondir son analyse : Dovey faisait courir ses ongles à travers sa toison dans une caresse incroyablement sensuelle... il en oublia tout le reste.

Il chercha ses seins et se perdit dans la soie du chemisier. Que faisait-elle au lit tout habillée ? Au même moment Lucky se rendit compte qu'il portait toujours son jean. Rien d'étonnant qu'il se sente si mal à l'aise !

En hâte, il se déshabilla. Puis il reprit Dovey dans ses bras et, avec une adresse consommée, la dévêtit à son tour. Oh ! La douceur de ses seins... C'était merveilleux. Absolument merveilleux !

Il l'embrassa de nouveau, tandis que ses mains exploraient ce corps souple et tiède qui semblait vibrer, répondant à son élan. Le désir le submergea comme une flamme vive.

— Comme tu es douce... murmura-t-il d'une voix étranglée. Si douce...

Ses caresses se faisaient plus précises, ses baisers devenaient plus passionnés... Dovey se pressa contre lui, s'offrant tout entière.

Partagé entre rêve et réalité, il sentit la brûlure du désir devenir presque intolérable. La hâte de la faire sienne le taraudait, en même temps qu'il souhaitait retarder cet instant délicieux. A vrai dire, il ne savait plus très bien où il en était. Jamais il ne pourrait se rassasier de cette femme. Et jamais de sa vie il n'avait ressenti un tel mélange de sentiments, une telle volupté... Il l'étreignit tandis qu'elle se cambrait, allant au-devant de lui. Dans un râle d'approbation, elle l'encouragea et il osa... Imperceptibles murmures et fureur exquise....

Le plaisir vint comme une tornade et il retomba, épuisé. D'une main qui tremblait un peu, il caressa les seins de Dovey.

— Si... si douce, balbutia-t-il encore avant de sombrer à nouveau dans le sommeil.

Quoi qu'il ait fait la veille au soir, Lucky se réveillait toujours à l'aube. Quand Rocky et lui étaient enfants, leur père avait toujours de menus travaux à leur confier avant qu'ils ne partent à l'école. Depuis cette époque, Lucky avait gardé l'habitude de se lever tôt.

Mais ce matin-là, il ne sauta pas du lit comme les autres jours, frais et dispos. Sa tête était comme une balle de coton et il avait l'impression qu'au moindre mouvement, elle roulerait loin de ses épaules. Avec effort, il entrouvrit son œil non tuméfié. Mais quand il s'aperçut qu'il était seul dans le grand lit, il tenta de se redresser et tendit la main vers la place où l'on devinait encore l'empreinte du corps de Dovey.

Les coups de Little Alvin l'avaient laissé tout courbaturé. En grognant, il s'assit au bord du lit, alluma la lampe de chevet et regarda autour de lui d'un air hébété. Plus de veste sur la chaise. Plus de clés. Plus de sac. Bref, aucun signe de Dovey.

Peut-être était-elle sortie prendre un café ?

Lucky se leva et jura tant ses contusions lui faisaient mal. Il était littéralement meurtri des pieds à la tête. D'un pas mal assuré, il se dirigea vers la fenêtre et tira les rideaux, juste au moment où un couple entre deux âges passait devant sa chambre.

En le voyant complètement nu derrière la vitre, la femme poussa une exclamation choquée et se détourna. Son mari adressa à Lucky un coup d'œil plein de reproche avant de prendre son épouse par le coude pour l'entraîner vers le camping-car garé au coin.

Lucky s'empressa d'enfiler son jean, puis il revint à la fenêtre et fut bien forcé de se rendre à l'évidence : la petite voiture rouge de Dovey ne se trouvait plus à l'endroit où elle l'avait garée la veille.

Quoi ! Elle avait filé sans même lui dire au revoir ? Comme une voleuse... A cette pensée, Lucky s'empressa de vérifier le contenu de ses poches. Rien ne manquait. Ni argent ni papiers.

D'un air égaré, il regarda autour de lui. Il n'y avait pas d'erreur, elle avait bien passé la nuit avec lui. Elle était là, quelques heures auparavant, sur ce lit, en chair et en os ! Il ne s'agissait pas d'une vision ! D'ailleurs, comment aurait-il été possible d'imaginer la nuance si rare de ses yeux verts ? Lucky ne savait plus que penser... En tout cas, en admettant qu'il ait rêvé, c'était le plus fabuleux des rêves. Un rêve comme celui-là, on aimerait en faire toutes les nuits.

Lucky boitilla jusqu'à la salle de bains et alluma la lumière. Sous la lueur blafarde du tube au néon, il contempla son reflet.

— Quelle horreur !

Avec ses cheveux en désordre, son menton mal rasé et son œil au beurre noir à moitié fermé, il avait l'air d'un monstre sorti tout droit d'un film d'épouvante... Sans compter le bleu gros comme une balle de base-ball qu'il avait sur l'omoplate. Il avait dû récolter cet hématome au moment où il avait frappé Little Alvin d'un coup d'épaule. Quant à la blessure de son abdomen, elle s'était refermée. On ne voyait plus qu'une longue estafilade rouge et brillante.

Soudain, quelque chose d'incongru le frappa. Et, entre le pouce et l'index, il repêcha le long cheveu auburn qui s'était pris entre les poils dorés de sa poitrine...

Eh bien non, il n'avait pas rêvé ! Un peu plus tard, tout en prenant une douche, il se demanda cependant si cela n'aurait pas mieux valu...

Après s'être habillé, il quitta la chambre et reprit sa Mustang. La veille, il n'avait pas pensé à la fermer à clé. Mais grâce au ciel, aucun vandale n'avait fait le tour du parking cette nuit-là.

Lucky gara sa voiture devant le bureau du motel et alla se présenter à la réception. L'employé l'accueillit avec un grand sourire. Hélas ! Ce n'était pas celui qui se trouvait à la réception la veille.

— Bonjour ! Du café ?

— Bonjour. Oui, volontiers. Merci.

Lucky s'empara du récipient posé sur la plaque chauffante et remplit un gobelet.

— Lucky Tyler, fit-il. J'ai passé la nuit au 110. C'est une jeune femme qui avait pris la chambre...

L'employé s'accouda au comptoir, attendant la suite avec intérêt.

— Ouais ?

— Je peux vous demander de vérifier votre registre, s'il vous plaît ? Je voudrais savoir son nom.

— Le nom de la fille ? Vous ne le savez pas ?

— C'est Dovey...

— Eh bien, ça a dû être une sacrée nuit ! Qu'est-ce qu'elle vous a fait ?

En ricanant, le réceptionniste désigna l'œil au beurre noir de Lucky et sa chemise déchirée.

— Alors, comment s'appelle-t-elle ? insista Lucky d'un ton qui coupait court à tout commentaire.

L'employé s'empressa de consulter ses dossiers.

— Smith Mary.

— *Mary ?*

— M-a-r-y.

— Mary Smith ?

— C'est ça.

— Adresse ?

— 203 Main Street.

— Où ?

— A Dallas.

— Dallas ?

— Dallas.

— 203 Main Street à Dallas, Texas ?

— C'est ce qui est écrit.

Lucky connaissait suffisamment Dallas pour savoir que Main Street se trouvait au cœur du quartier commerçant. Personne n'habitait cette rue-là ! Elle avait raconté n'importe quoi... *Smith Mary. Main Street. Dallas...* C'était d'un banal à pleurer ! Elle aurait au moins pu faire un petit effort d'imagination ! Et Dovey ? Où avait-elle pris ce Dovey ?

— Vous avez son numéro de téléphone ?

— Non.

— Le numéro d'immatriculation de sa voiture ?

— Non.

— Avec quelle carte de crédit a-t-elle payé ?

— Elle a réglé en liquide.

Lucky jura.

— Son numéro de permis de conduire ?

— Elle ne l'a pas donné.

— Eh bien, bravo !

— On a l'impression qu'elle ne voulait pas qu'on la retrouve.

— Ça en a tout l'air.

Lucky réfléchissait. Comment découvrir sa trace ?

— Quand un client paie en liquide, vous n'êtes pas obligé de lui demander ses papiers d'identité ?

— C'est le règlement, en principe... (Le réceptionniste haussa les épaules.) Mais on ne le fait pas toujours. Vous savez, on voit de tout ici. Il y a des couples qui s'arrêtent juste pour une heure ou deux...

Se rendant compte qu'il ne servait à rien d'insister, Lucky passa la main dans ses cheveux. Il s'était fait un shampooing avec du savon et ses boucles se hérissaient en tous sens.

— A quelle heure vient votre collègue ? demanda-t-il encore. Celui qui travaille le soir ?

— A 16 heures.

Lucky jeta son gobelet en plastique dans la corbeille à papier et se dirigea vers la porte.

— Merci.

— Je vous en prie. J'espère que nous aurons le plaisir de vous revoir.

En guise de réponse, Lucky lui adressa un regard noir. Il sortit juste au moment où le soleil matinal apparaissait au-dessus des pins et cligna les yeux dans la lumière éblouissante. Sa tête lui faisait de plus en plus mal.

De retour dans sa voiture, Lucky chaussa les lunettes de soleil qu'il avait laissées la veille sur le tableau de bord. Puis il prit le chemin du retour.

Cet après-midi, il ferait un tour à *cet endroit-là* et tâcherait de retrouver la trace de Dovey. Parce qu'elle lui devait toujours des excuses. Et aussi des explications ! De toute manière, il ne pouvait pas passer sa journée à la chercher. Car même si les affaires marchaient de plus en plus mal, même s'il n'y avait pas grand-chose à faire, Rocky et lui préféraient être à pied d'œuvre dès le matin. Cela valait mieux pour le moral.

Il fallait compter près d'une heure pour regagner Milton Point. Mais Lucky avait hâte de rentrer prendre son petit déjeuner : il n'avait rien mangé depuis la veille à midi. Aussi, appuya-t-il à fond sur l'accélérateur. Trente-cinq minutes plus tard, il quittait la route départementale pour emprunter l'allée qui conduisait à la propriété familiale.

De grands caryocars bordaient cette étroite voie goudronnée. Leurs branches se rejoignaient au sommet et, l'été, formaient une voûte verte à travers laquelle les rayons du soleil avaient bien du mal à pénétrer. Lucky avait toujours beaucoup aimé ces arbres magnifiques. Sauf à l'automne, quand, autrefois, on le chargeait de ramasser les noix pecans qui couvraient le sol. Malgré tout, l'effort en valait la peine... Sa mère faisait de si bons gâteaux avec les noix pecans !

Les Tyler élevaient un peu de bétail — assez pour leur consommation personnelle. Ils avaient aussi quelques chevaux de selle. Mais Sally les avait gâtés au point qu'ils étaient devenus aussi familiers que des animaux domestiques. D'excellents cavaliers comme Rocky ou Lucky les trouvaient beaucoup trop dociles.

Ils étaient déjà tous dehors ce matin-là, à se régaler de la bonne herbe des prés qui entouraient la maison. Lucky klaxonna en passant à côté d'eux. Puis il ralentit en arrivant devant une vaste demeure en briques blanches et aux volets noirs, que précédait un porche impressionnant. Rocky et Lucky étaient déjà nés quand Bud Tyler l'avait fait construire, il y avait maintenant plus de trente ans de cela. Mais Lucky ne se souvenait pas avoir vécu autre part. Quand Sally était venue au monde — beaucoup plus tard, alors que les Tyler pensaient que leur famille ne s'agrandirait plus —, le corps principal du bâtiment avait déjà été doté d'une aile supplémentaire et de trois nouvelles pièces.

Lucky savait qu'il lui faudrait quitter cette belle demeure confortable et accueillante le jour où il se marierait. Tout comme Rocky était parti, deux ans auparavant. Mais il redoutait ce moment-là... Cette maison n'était-elle pas *sa* maison ? Tous ses souvenirs étaient là.

Il en connaissait chaque coin et recoin. Il savait quelles marches de l'escalier craquaient. Ses initiales étaient gravées sur tous les pêchers du verger. Et il s'était fabriqué tant de cigarettes avec la treille qui grimpait sur la clôture que c'était un miracle qu'il en reste encore.

Tous les Noëls passés en famille étaient fichés dans sa mémoire. Et un certain dimanche de Pâques aussi... Le fameux jour où, avec Rocky, il avait remplacé les œufs durs teintés que leur mère avait mis dans le panier de Sally par des œufs tout frais pondus. Ce qui leur avait valu une fessée mémorable.

— Zut !

Lucky fit la grimace. Il n'était pas spécialement ravi de voir la voiture de Rocky garée devant la maison. C'était bien tôt pour une visite ! Lucky aurait aimé s'octroyer quelques heures de répit avant de retrouver son aîné. Le temps que son œil désenfle un peu...

Résigné, il se prépara à subir un interrogatoire en règle, suivi d'un sermon où il serait question de responsabilités, de la bonne impression qu'il fallait donner... Ce fut en soupirant qu'il gara sa Mustang. Puis il monta quatre à quatre les marches du perron.

Il pénétra dans le vaste hall et, guidé par une agréable odeur de café, se dirigea droit vers la cuisine qui se trouvait tout au fond de la maison, orientée au sud-est. A cette heure matinale, le soleil pénétrait à flots dans cette pièce claire.

— C'est toi, Lucky ? demanda sa mère avant même qu'il ne soit entré.

— Qui d'autre ? Qu'y a-t-il pour le petit déjeuner ?

Lucky poussa la porte et fut surpris de voir que Tanya, la femme de Rocky, avait accompagné son mari. Assis côte à côte devant la table, ils formaient un étonnant contraste. Autant Tanya était petite et blonde, autant Rocky était grand et brun... Lucky s'entendait très bien avec sa belle-sœur, ce qui ne l'empêchait pas de la taquiner : « Le jour où tu auras la bonne idée de quitter Rocky, viens me trouver ! » Pas de danger que ça arrive ! Tanya adorait son mari — c'était d'ailleurs l'une des raisons pour lesquelles Lucky la trouvait si sympathique.

A l'entrée de Lucky, Tanya leva la tête en souriant. Mais ce sourire disparut dès qu'il ôta ses lunettes de soleil. Avec une exclamation étouffée, elle le dévisagea.

Laurie Tyler, une femme d'une cinquantaine d'années encore très séduisante, eut un mouvement de recul en voyant le visage de son fils. Puis elle porta la main à son cœur.

— Mon Dieu ! On nous avait dit que tu t'étais encore battu... Mais je ne pensais pas que tu étais esquinté à ce point ! C'est cette brute de Cagney qui t'a mis dans un tel état ?

— Oui. Mais tu devrais le voir, lui ! lança Lucky d'un ton sarcastique.

Là-dessus, il s'approcha de la cafetière et se servit une tasse de café.

— Où étais-tu passé ?

Lucky souffla sur la tasse fumante et regarda sa mère à travers la vapeur.

— Tu es de mauvaise humeur aujourd'hui ? Pourtant, ce n'est même pas encore l'heure d'aller au bureau. On ne peut pas m'accuser d'être en retard ! Alors pourquoi me cherches-tu des crosses ?

— Lucky, il est arrivé quelque chose.

Laurie posa la main sur le bras de son fils. Elle avait les mêmes yeux bleus que lui, aussi vifs et aussi brillants... Mais ce matin-là, comme ils paraissaient soucieux !

— Qu'est-ce qui est arrivé ? interrogea-t-il.

Sally fit alors irruption dans la cuisine par la porte du fond. Comme elle s'était vite transformée ! Ah ! Ce n'était plus une enfant... Quelques semaines plus tôt, elle avait obtenu son diplôme de fin d'études secondaires. Et à la prochaine rentrée, elle irait à l'université du Texas, à Austin. Ce n'était plus une adolescente non plus. Mais une femme. Et on aurait cru qu'elle l'était devenue du jour au lendemain.

— J'étais dans l'écurie... J'ai vu la Mustang arriver, fit-elle, hors d'haleine. Alors, vous l'avez mis au courant ?

— De quoi ? coupa Lucky. Mais qu'est-ce qui se passe, à la fin ?

— On a eu le feu cette nuit, dit Rocky d'un air sombre.

— Le feu ?

— Dans le hangar principal.

Rocky se leva pour aller remplir sa tasse de café.

— Seigneur ! s'exclama Lucky, bouleversé. Je m'en veux de ne pas avoir été là. C'était grave ? J'espère que personne n'a été blessé.

— Non. Mais le hangar a complètement brûlé et tout ce qu'il contenait est détruit.

Lucky se laissa tomber sur une chaise et, de nouveau, passa la main dans ses cheveux. Ce que venait de lui apprendre Rocky lui paraissait inconcevable. Pourtant, les expressions tendues de ceux qui l'entouraient ne laissaient aucune place au doute.

— Comment le feu a-t-il pris ? A quelle heure ? Les pompiers sont venus ? L'ont-ils éteint ?

— L'alarme a été donnée vers 2 h 30 du matin. Les pompiers ont combattu l'incendie jusqu'à 4 heures. C'est éteint maintenant. Mais si tu voyais la saleté !

Rocky revint s'asseoir en face de son frère. Dans un geste qui se voulait à la fois amical et solidaire, Tanya posa la main sur le genou de son mari.

— Heureusement que nous avons gardé l'assurance ! s'exclama Lucky. Pourtant, nous avons eu du mal à trouver de quoi payer les dernières primes ! Et...

Il s'interrompit en voyant les autres s'entre-regarder.

— Qu'y a-t-il encore ? reprit-il.

Rocky soupira en hochant la tête. Laurie s'approcha de son fils comme pour lui apporter son soutien. Quant à Tanya, elle baissa les yeux sur ses mains crispées.

Tout le monde se taisait. Sally se décida enfin à prendre la parole.

— Qui va lui dire ?
— Sally, tiens-toi tranquille !
— Écoute, maman, il faudra bien qu'il sache tôt ou tard !
— Sally !
— On t'accuse d'avoir mis le feu, Lucky.

5

Lucky adressa à son frère un coup d'œil stupéfait.
— Qu'est-ce qu'elle a dit ? Qu'on avait mis le feu ? Et que ce serait...
— ... un incendie volontaire, oui. Il n'y a aucun doute à avoir là-dessus.
— Et on m'accuse de l'avoir provoqué ? s'écria Lucky avec incrédulité. Mais pourquoi aurais-je fait une chose pareille ?
— Pour toucher l'assurance.
Lucky n'arrivait pas à en croire ses oreilles. Son regard se posa alternativement sur chacun des quatre autres occupants de la pièce. Ceux-ci l'examinaient sans mot dire, guettant ses réactions.
— Vous vous croyez le 1er avril ? lança-t-il enfin. C'est une blague, non ?
— Si seulement ! soupira Rocky.
Il s'empara de sa tasse de café et la serra avec tant de force entre ses deux mains qu'on aurait cru qu'il voulait la broyer. Ses yeux gris chargés d'intensité étincelaient dans son visage bien dessiné. Les deux frères étaient aussi beaux l'un que l'autre, mais de manière différente. Autant le cadet était nonchalant et insouciant — un peu à la manière des cow-boys du siècle passé —, autant l'aîné paraissait sérieux et raisonnable.
— Je t'avoue que je n'ai pas cru Patrick quand il m'a dit ça, soupira Rocky.

— Patrick ? Le shérif Patrick Bush ? Notre ami ? s'écria Lucky.

— Patrick Bush, oui.

— Je l'ai vu hier à *cet endroit-là.*

— Je suis au courant. Et après ça, personne ne sait où tu es passé.

— Il paraît que tu t'es battu avec Little Alvin et cette ordure de Patterson, dit Sally. Pour une femme !

— Pour une femme ? Ce n'est pas tout à fait exact. Ils l'embêtaient, ça ne lui plaisait pas, alors je m'en suis mêlé.

Lucky résuma l'altercation en quelques mots.

— Tu aurais fait la même chose à ma place, Rocky, conclut-il.

— Je n'en sais rien. En tout cas, je ne m'amuserais pas à affronter ces deux-là pour la première venue.

— Jack Ed avait son couteau. C'est lui qui a déchiré ma chemise.

Laurie Tyler pâlit.

— Il t'a attaqué avec un couteau ?

— Ne t'inquiète pas, maman. Ce n'est rien. Juste une égratignure... Regarde !

Lucky souleva sa chemise tachée de sang. La vue de la longue estafilade rouge ne rassura pas Laurie.

— Tu t'es fait soigner ?

— Ma foi... oui.

Lucky n'avait pas oublié la manière dont Dovey avait désinfecté la plaie ! Il lui semblait encore sentir l'effet de brûlure du whisky.

— Pour quelle femme t'es-tu battu ? interrogea Sally.

Les aventures amoureuses de ses frères l'avaient toujours fascinée.

— Qu'est-ce qui est arrivé après ? insista-t-elle.

— Comme si c'était important ! coupa sa mère d'un ton sec. Sally ! Au lieu de poser des questions idiotes, tu n'as rien d'intéressant à faire ?

— Mais cette histoire m'intéresse beaucoup !

Lucky n'écoutait pas. Il regardait son frère dont le

visage sombre exprimait une inquiétude sans bornes.

— Ça ne tient pas debout, fit-il enfin. Écoute, Patrick ne peut pas penser sérieusement que j'ai mis le feu. Surtout dans l'un de nos hangars !

— Lui, non. Mais il m'a prévenu que les « feds » te soupçonneraient tout de suite.

— Les « feds » ? Les agents fédéraux ? Le F.B.I. ? Mais qu'est-ce qu'ils ont à voir là-dedans ?

— C'est simple : le F.B.I. intervient à partir du moment où les dégâts s'élèvent à plus de cinquante mille dollars. Par conséquent, un incendie à la compagnie Tyler relève du bureau des alcools, du tabac et des armes à feu. Patrick s'est mouillé en m'avertissant de ce qui nous attendait. Rien de bon ! Nous faisons des coupables parfaits. Primo, on doit de l'argent à la banque. Secundo, les affaires n'ont jamais marché si mal depuis que notre grand-père a fondé la société. Et tertio, chaque machine, chaque pièce d'équipement est assurée au maximum.

Rocky haussa les épaules.

— Voilà ! Pour eux, l'affaire est claire.

— Ceux qui nous connaissent savent bien qu'on ne ferait jamais un truc pareil !

— Peut-être, mais...

— Et pourquoi *moi* ?

— Parce que tu es la tête brûlée de la famille, lança Sally, à la grande consternation de tous les autres.

Rocky adressa un regard noir à sa sœur.

— Le problème, reprit-il, c'est qu'on n'a pas pu dire où tu étais cette nuit, Lucky.

— Ce qui fait automatiquement de moi un suspect ?

— Ça peut paraître ridicule, mais c'est comme ça. Remarque, tout ira comme sur des roulettes si nous avons tous des alibis en béton. Sais-tu quelle est la première question qu'ils m'ont posée ? « Où étiez-vous la nuit dernière ? » J'ai pu répondre que j'étais chez moi, au lit avec ma femme. D'ailleurs elle le leur a confirmé.

— Tu crois qu'ils m'ont crue ? demanda Tanya.

Rocky lui sourit.

— Tu es incapable de mentir.

Il lui déposa un léger baiser sur le bout du nez, puis il se tourna vers Lucky.

— Tu n'as pas passé la nuit à la maison. Il va falloir que tu leur dises où tu étais.

Lucky s'éclaircit la gorge, se redressa et jeta un coup d'œil coupable en direction de sa mère. Devinant sa gêne, celle-ci proposa son remède miracle :

— Veux-tu manger quelque chose ?

— S'il te plaît, maman.

Laurie Tyler était la seule personne au monde capable de lui faire honte. Feignant de se désintéresser de la conversation, elle alluma le gaz et se mit en devoir de préparer des œufs au bacon.

Sally vint s'asseoir à côté de son frère.

— Bien entendu, la première personne que nous avons prévenue ce matin est Susan Young.

— Eh bien, bravo !

— Je t'assure qu'elle n'était pas très contente d'apprendre que tu l'avais laissée tomber hier pour aller draguer.

Lucky jura — mais à mi-voix, pour que sa mère n'entende pas par-dessus le grésillement du bacon.

— Susan ! Seigneur ! J'ai complètement oublié de l'appeler. Je devais dîner chez elle...

Sally roula autour de son doigt une mèche de ses cheveux couleur fauve.

— Tu ferais bien de trouver une histoire à lui raconter. Parce qu'elle est furieuse.

Les yeux rétrécis, Sally pinça les lèvres et imita le sifflement d'une bouilloire émettant un jet de vapeur.

— Fu-rieu-se !

— On a assez de soucis comme ça. S'il fallait en plus s'occuper des crises de jalousie de Mlle Young ! lança Rocky.

Laurie vint poser une assiette d'œufs au bacon devant Lucky.

— De plus, la vie privée de ton frère ne te regarde pas, dit-elle à sa fille d'un ton sans réplique.

Lucky attaqua avec appétit son petit déjeuner. Après quelques instants, il s'aperçut que le seul bruit qu'on entendait dans la cuisine était celui de sa fourchette sur l'assiette. Il leva la tête. Tout le monde le regardait.

— Eh bien, quoi ? demanda-t-il avec un haussement d'épaules.

— Eh bien, quoi ? répéta Rocky. On attend que tu nous dises où tu étais. Quand les incorruptibles viendront t'interroger, il faudra que tu leur répondes.

Lucky baissa les yeux sur son assiette. Soudain, il n'avait plus faim.

— J'ai... euh, j'ai passé la nuit avec une dame.

Sally ricana — exactement comme Lucky avait ricané quand Patrick Bush avait employé le même terme pour qualifier Dovey.

— Une dame, oui ! insista-t-il.

— Qui ? demanda Rocky.

— C'est vraiment important ?

— En temps ordinaire, pas du tout. Cette fois, oui.

Lucky se mordilla la lèvre inférieure.

— Je ne la connais pas.

— Elle n'est pas d'ici ?

— Non. C'est... euh, celle que Little Alvin embêtait.

— Tu as dragué une fille à *cet endroit-là* et passé la nuit avec elle ? s'écria Rocky, incrédule.

— De quel droit me fais-tu la morale ? s'écria Lucky avec colère. Avant d'épouser Tanya, tu ne te conduisais pas comme un petit saint.

Rocky se fâcha à son tour.

— Mais pas la nuit où notre hangar brûlait !

— Écoute, Rocky, intervint Tanya, Lucky ne pouvait quand même pas deviner ce qui allait se passer.

— Merci, Tanya, fit Lucky en prenant l'air d'une victime injustement accusée.

L'intervention de Tanya avait permis à Rocky de retrouver son sang-froid. Il y avait souvent des étincelles entre les deux frères, mais leurs différends ne duraient jamais longtemps.

— Bon... conclut Rocky. Maintenant, tout ce dont tu

as besoin pour te disculper est le témoignage de cette femme.

Lucky gratta sa mâchoire mal rasée.

— Ça va être difficile.

— Pourquoi ? Une fois qu'elle aura dit à la police que tu as passé la nuit avec elle, ils cesseront de te considérer comme le suspect numéro un et se mettront en quête du véritable incendiaire.

Persuadé que le problème était résolu, Rocky se leva. Lucky lui fit signe de se rasseoir.

— Il y a un os.

— Comment ça ?

— C'est que... euh, je ne connais même pas son nom.

— Vous ne connaissez pas son nom ?

— Non, monsieur.

Lucky vivait le jour le plus pénible de sa vie. Tout d'abord, sa tête lui faisait horriblement mal. Il avait l'impression qu'une armée de piverts lui frappaient le crâne. Ensuite, son œil enflé à moitié fermé ne lui restituait qu'une vision brouillée. Et enfin, il était courbaturé de partout.

Mais tout cela n'était rien à côté de la terrible accusation qui pesait sur lui. Les « feds » le soupçonnaient d'être un incendiaire ! Et les membres de sa propre famille le traitaient comme un lépreux parce qu'il avait passé la nuit avec une inconnue.

Lui qui trouvait la journée de la veille catastrophique ! Ce n'était rien en comparaison de celle d'aujourd'hui.

Il suffisait de voir les expressions du shérif, de ses adjoints et des agents fédéraux pour deviner ce qu'ils pensaient. Personne n'ajoutait foi à sa version des faits.

L'un des enquêteurs se tourna vers Patrick Bush.

— Vous n'avez pas pris son nom après la bagarre ?

Patrick toussota.

— Non. Après, je me suis dit que j'aurais dû le faire. Mais sur le moment, ça ne m'a pas paru nécessaire. Elle ne voulait pas porter plainte.

— Hum, fit l'agent fédéral d'un air sceptique.

Reportant son attention sur Lucky, il jeta :

— Alors vous n'avez même pas pensé à lui demander son nom ?

— Mais si ! Elle m'a dit qu'elle s'appelait Dovey, mais...

L'agent qui prenait des notes sur un carnet à spirale l'interrompit.

— Pouvez-vous épeler, s'il vous plaît ?

— Épeler quoi ?

— Dovey.

Avec un soupir excédé, Lucky se tourna vers Patrick Bush comme pour l'appeler au secours. Le shérif lui fit signe de répondre à cette ridicule question. Et Lucky ne put que s'exécuter.

— Du moins, je pense que ça s'écrit comme ça, ajouta-t-il. Et je ne suis pas sûr que ce soit son vrai prénom. Au motel, elle s'est inscrite sous le nom de Mary Smith, de Dallas.

Il claqua dans ses doigts.

— Oh ! Le réceptionniste devrait se souvenir de moi ! s'exclama-t-il avec espoir.

— C'est le cas. Nous avons déjà vérifié.

Un peu plus tôt, Lucky avait donné aux policiers le nom de ce motel situé sur l'autoroute, à peu près à mi-distance entre Milton Point et Dallas.

— Alors pourquoi me posez-vous encore des questions si je suis hors de cause ? Vous devriez être en train de courir après celui qui a mis le feu !

— L'employé a témoigné vous avoir vu ce matin. Mais il n'était pas là la veille au soir. Et même si ç'avait été le cas, comment pourrait-il certifier que vous avez passé toute la nuit au motel ?

Lucky jeta un coup d'œil à son frère, qui était adossé contre l'une des vieilles armoires métalliques vertes qui meublaient le bureau du shérif. Lucky secoua la tête, l'air de dire qu'il s'agissait d'une cause perdue, et qu'il en avait assez de jouer aux gendarmes et aux voleurs selon des règles qu'il ne connaissait pas.

Fixant l'enquêteur droit dans les yeux, il jeta avec arrogance :

— Avez-vous la moindre preuve de ma culpabilité ?

L'agent fédéral se balança d'un pied sur l'autre.

— La cause exacte du feu n'a pas encore été découverte.

— Avez-vous la moindre preuve de ma culpabilité ? répéta Lucky.

Poussé dans ses derniers retranchements, le policier ne put répondre que par la négative.

— Dans ce cas, je m'en vais.

Déjà, Lucky était à la porte.

— Vous êtes sous surveillance. Ne tentez pas de quitter la ville.

— Allez au diable ! cria Rocky avant de se jeter à la poursuite de son frère.

Il le rejoignit au moment où ce dernier s'apprêtait à monter dans sa Mustang.

— Tu as entendu toutes ces conneries ? demanda Lucky en désignant le bureau du shérif où venait de se tenir l'interrogatoire.

— C'est peut-être des conneries. Mais on est dans un sale pétrin.

— Tu crois que je ne le sais pas ? J'en ai la chair de poule... J'ai déjà passé une nuit en prison. Ça suffit ! Tu te souviens ? Le jour où on nous a arrêtés parce qu'on avait démoli la clôture du vieux Bledsoe ? Un accident... Mais comment est-ce qu'on aurait pu deviner que sa jument pur-sang se trouvait justement dans ce pré-là ? Et qu'elle était en chaleur ?

Ensemble, les deux frères éclatèrent de rire.

— Le vieux Bledsoe est devenu fou quand un affreux baudet est entré dans le pré et a sauté sa jument, fit Rocky. Il courait partout, il hurlait de désespoir... Oh ! Je n'ai jamais tant ri de ma vie.

— On riait moins quand papa est venu nous chercher le lendemain matin à la prison. Il n'a pas dit un mot pendant le chemin du retour.

— Pas un mot, non, renchérit Rocky. Le trajet m'a paru interminable... On se demandait comment il allait nous punir. Mais tu sais...

Avec un clin d'œil malicieux, il poursuivit :

— Tu sais, je n'ai jamais vu un mulet aussi laid que le produit des amours de l'âne et de la jument pur-sang du vieux Bledsoe !

Ils se remirent à rire. Mais Lucky ne tarda pas à retrouver son sérieux. En soupirant, il mit les mains dans les poches arrière de son jean et s'appuya au pare-chocs de sa voiture.

— Soit, on a eu quelques petites anicroches avec la loi, mais jamais rien de grave. Rocky... Ils n'ont aucune preuve contre moi. Alors pourquoi ai-je si peur ?

— Écoute, n'importe qui aurait la trouille si on l'accusait d'être un incendiaire. Tu serais un imbécile si tu prenais ça à la légère.

— D'autant plus que je n'ai aucun moyen de me justifier. J'aurais très bien pu quitter le motel pendant la nuit, aller mettre le feu et revenir le matin pour que le réceptionniste me voie.

— Une seule personne est capable de te tirer de là. Cette... femme.

Lucky se raidit.

— Tu sais, ce n'était pas aussi sordide que ça en a l'air.

— Désolé, mon petit frère, mais ça ne paraît pas très net.

— Je sais, soupira Lucky. Vois-tu, je me suis lancé à sa poursuite parce qu'elle était partie de *cet endroit-là* sans même me remercier de l'avoir sauvée des griffes de ces deux salopards. J'étais furieux ! Je l'ai rattrapée au motel. A ce moment-là, je commençais à ressentir les effets des coups de Little Alvin. J'ai bu un peu de whisky et tout a commencé à tourner. J'ai été obligé de m'étendre. Au début, elle n'était pas très aimable, mais quand elle a vu dans quel état je me trouvais, elle m'a pris en pitié. Elle m'a même soigné !

Elle a nettoyé ma blessure et m'a mis de la glace sur l'œil. Je me suis endormi...

— Je croyais que vous aviez fait l'amour.

Mal à l'aise, Lucky évita le regard inquisiteur de son frère.

— Pendant la nuit, je me suis réveillé. Elle était là, à côté de moi, avec ses incroyables cheveux brun-roux et sa peau laiteuse, translucide... Tu sais, elle a une classe folle, Rocky !

— Alors qu'est-ce qu'elle faisait dans *cet endroit-là* ?

— Je n'en sais rien. Mais je t'assure qu'on ne peut pas la comparer aux femmes qu'on trouve là-bas. Tu sais, celles qui sont prêtes à te suivre n'importe où si tu leur offres un verre ou deux. Elle serait plutôt du style guindé, autoritaire... Bref, le genre de femme que j'évite d'ordinaire comme la peste !

— Tu aurais été bien inspiré d'éviter celle-ci.

Lucky préféra ne pas répondre. Il était dans une situation dramatique, mais pour des raisons qu'il n'avait pas encore eu le temps d'analyser, il ne regrettait pas ce qui s'était passé au cours de la nuit. Et il espérait que cette première rencontre avec Dovey — ou Mary, ou quel que soit son nom — ne serait pas la dernière.

La voix de Rocky le ramena à l'instant présent.

— Que vas-tu faire ?

— La rechercher.

— Comment, puisque tu ne connais même pas son nom ?

— Je vais commencer mon enquête à partir de *cet endroit-là*.

— Eh bien, bonne chance !

— Merci.

— Si tu as besoin de moi, tu sais où me trouver.

— Tu vas envoyer une équipe nettoyer le hangar ? Tu veux que je donne un coup de main ? proposa Lucky.

— On n'a pas le droit d'y toucher tant que l'enquête ne sera pas terminée. Dieu sait combien de temps ça prendra ! Pour découvrir comment le feu a pris, ils sont obligés de tout passer au crible. Il n'y a rien d'autre à faire qu'attendre. Alors profites-en pour essayer de te disculper. Parce que l'assurance ne paiera pas un sou tant que nous serons considérés comme suspects.

Rocky cligna les yeux dans la lumière éblouissante du soleil.

— Je me demande qui a pu mettre le feu. Tu as une idée, toi ?

— A part Little Alvin et Jack Ed...

— Pour se venger ?

Rocky pouffa.

— Il paraît que tu as fait regretter à Little Alvin d'être un homme...

— Bien fait pour lui.

— Patrick a immédiatement pensé à Little Alvin, lui aussi. Mais la tribu des Cagney au grand complet a juré que Little Alvin a passé toute la nuit à jouer aux cartes avec ses frères.

— Avec un paquet de glace là où je pense ?

Rocky se remit à rire.

— On risque gros en te provoquant. J'espère que tu ne te mettras jamais en colère contre moi.

Retrouvant son sérieux, il déclara :

— A propos de colère, ça me fait penser...

— A quoi ?

— A Susan Young. Tu ferais bien d'aller la voir. Son père a déjà appelé deux fois ce matin pour savoir ce qui se passait.

Lucky jura.

— Tu as raison. J'ai intérêt à la calmer... Parce qu'on a plus que jamais besoin de rester en bons termes avec la banque. De toute manière, c'était moche de ma part de laisser tomber Susan hier.

— Et de t'arranger pour que toute la ville sache que tu as passé la nuit avec une autre. Ça devait être une sacrée rousse...

Lucky s'assit au volant de sa voiture décapotable et mit le contact.

— Dans quelques années, on rira de tout ça, assura-t-il. Comme on rit aujourd'hui de l'affreux mulet qu'a mis au monde la jument du vieux Bledsoe.

Elle entra dans la cuisine et ouvrit le réfrigérateur. Comme elle s'y attendait, il était vide. La rançon de la solitude... songea-t-elle. Parce qu'elle trouvait plus simple de se passer de manger plutôt que de préparer des repas, elle n'avait jamais aucune réserve.

Elle avait pensé aller faire quelques courses en rentrant à Dallas. Mais cela lui avait paru au-dessus de ses forces. Elle avait préféré rentrer directement chez elle. Après avoir pris un bain brûlant, un bain interminable, elle s'était mise au lit et y était restée presque toute la journée.

Après une épreuve pareille, elle avait bien besoin de repos ! En fait, elle retardait l'instant où il lui faudrait admettre les faits. Comment avait-elle pu agir ainsi ? Elle ? Cela semblait impossible. Et pourtant...

Il restait un peu de lait au fond d'un carton. Elle le sentit pour s'assurer qu'il n'avait pas tourné avant de le verser dans un bol de Rice Krispies. Des Rice Krispies qui traînaient depuis si longtemps au fond d'un placard qu'ils ne craquaient même plus. Mais cela valait mieux que rien.

Elle se rendit ensuite dans le living-room, se pelotonna au coin d'un canapé et s'empara de la télécommande du téléviseur. C'était trop tard pour les films de l'après-midi et trop tôt pour les informations du soir. On rediffusait de vieux téléfilms sur toutes les chaînes.

Sur la première, le héros avait des cheveux blonds et un sourire radieux qui semblait dire : « Attention ! Je ne suis pas si gentil que j'en ai l'air. » Elle s'empressa de changer de programme. Elle ne voulait pas se souvenir de l'homme avec qui elle avait passé la nuit. L'homme avec qui elle avait fait l'amour...

A cette pensée, sa main se mit à trembler si fort qu'elle dut poser ses Rice Krispies sur la table basse pour ne pas les renverser. Elle se prit le visage entre les mains.

— Mon Dieu ! gémit-elle.

Comment avait-elle pu se conduire ainsi ? Comment avait-elle pu se montrer aussi irresponsable, aussi...

Oh ! Elle ne manquait pas d'excuses. Tout d'abord, elle était dans un tel état la veille... Et cet homme avait su si bien l'embrasser. Dans ses bras solides, elle avait oublié sa solitude et son désespoir.

Arrête de penser à cette histoire ! se dit-elle.

Elle reprit la télécommande et se mit à zapper de chaîne en chaîne.

Elle qui s'était si souvent moquée de celles qui craquaient pour un beau visage, un physique avantageux ou de belles paroles... Elle se croyait bien au-dessus de tout cela ! N'était-elle pas intelligente, réfléchie, pleine de discernement ? Pas question de se laisser impressionner par un torse moiré d'une toison dorée et des yeux frangés de longs cils, des yeux couleur des mers du Sud... Mais elle avait néanmoins succombé. Le charme de Lucky lui avait fait oublier aussi bien ses principes moraux que ses théories féministes. Lucky Tyler avait réussi à l'atteindre là où aucun homme ne l'avait jamais fait. Dans son cœur. Et dans son corps.

L'humiliation la submergea au point qu'elle laissa échapper un gémissement. Pour l'étouffer, elle pressa sa main contre ses lèvres. Puis, avec curiosité, elle les suivit du bout des doigts, explorant leur contour un peu meurtri par la mâchoire râpeuse de Lucky. Quand elle avait pris son bain, elle avait remarqué quelques marques rouges sur ses seins. Cette découverte avait réveillé des souvenirs si précis, si voluptueux qu'elle avait soupiré de plaisir.

Plus tard, elle avait tenté de dormir. Impossible... Il lui semblait sentir la bouche exigeante de Lucky sur ses seins. Et son corps s'était ému quand elle avait revécu l'instant où il l'avait faite sienne.

Elle croisa les bras et se plia en deux, essayant

d'oublier ces images qui la laissaient pantelante de désir... et aussi pleine de honte.

Comment avait-elle pu s'abandonner dans les bras d'un parfait inconnu ? Dans un motel bon marché, en bordure de l'autoroute ? Que lui était-il arrivé ? Insensé...

Mais elle n'était pas elle-même la veille. Pour la juger, il fallait d'abord comprendre dans quel état d'esprit elle se trouvait vingt-quatre heures auparavant. Une horrible sensation de rejet la tenaillait. Traverser ces mêmes corridors mornes avait été un supplice. Elle avait l'impression de suffoquer. Une impression qui subsista longtemps après avoir quitté cet horrible endroit.

Il eût fallu aussi connaître ce sentiment d'inutilité et d'échec qui l'avait écrasée quand elle s'était aperçue que l'ultime sacrifice n'était pas encore suffisant. On ne pouvait pas forcer l'amour. Pas plus que la gratitude. Cette évidence l'avait fait sombrer au plus profond du désespoir.

Alors Lucky Tyler était arrivé... Si beau, si plein d'humour et de vie, si sensuel, si fort, si...

Et il avait besoin d'elle ! Tout simplement, comme un homme a besoin d'une femme. Or à ce moment-là, elle avait terriblement envie d'être indispensable à quelqu'un.

— Mais oui, c'est ça ! ironisa-t-elle, furieuse contre elle-même.

Les bonnes raisons ne lui manquaient pas pour excuser son geste, mais elles ne valaient rien. En vérité, elle avait agi d'une manière aussi stupide qu'inconsidérée. Mais voilà, c'était fait... Il ne lui restait plus qu'à l'admettre.

Grâce au ciel, elle avait eu la présence d'esprit de ne pas s'inscrire sous son vrai nom au motel ! Et elle avait payé en liquide. Impossible de retrouver sa trace.

Impossible ? Elle hésita, soudain inquiète. N'avait-elle rien oublié ? Ce matin, dans sa hâte de fuir, elle aurait très bien pu laisser quelque chose permettant à Lucky de l'identifier ? A condition, toutefois, qu'il souhaite la revoir...

Non, elle était presque sûre de ne pas avoir commis d'imprudence de ce genre. Pour M. Lucky Tyler, elle serait l'inconnue d'une nuit. Une femme anonyme...

Quant à elle, il ne lui restait plus qu'à oublier.

— Ce que je vais faire dès maintenant, déclara-t-elle à voix haute.

Elle se leva, resserra la ceinture de son peignoir et se rendit dans son bureau. Après s'être assise devant son ordinateur, elle chaussa ses lunettes.

Le travail était son salut. Comme d'autres trouvaient l'oubli dans l'alcool, la drogue, les sports ou le sexe. Pour elle — sauf la nuit dernière —, le travail représentait le remède souverain. D'ailleurs, elle avait un dossier à régler de toute urgence.

L'écran de l'ordinateur s'éclaira. Tout en consultant ses notes, elle se mit à rédiger. Ses doigts couraient sur le clavier à toute allure. Elle travailla très tard dans la nuit, avec un tel acharnement qu'on aurait cru que sa vie en dépendait.

6

Susan Young descendit lentement l'escalier. Elle faisait la moue et avait l'air fâché. Lucky se dit qu'elle avait pleuré toute la journée — ou tout au moins qu'elle voulait qu'il en paraisse ainsi. Ses yeux étaient gonflés, son nez rouge et son visage ravagé.

En guise de bienvenue, elle déclara :

— Maman m'a dit de ne pas te parler.

Pour donner plus de poids à cette menace, elle s'arrêta sur la troisième marche avant d'arriver en bas.

Voyant le moyen d'éviter l'entrevue, Lucky demanda avec sollicitude :

— Tu préfères que je revienne à un autre moment ?

— Non ! rétorqua-t-elle avec aigreur. Nous avons beaucoup de choses à clarifier, monsieur Tyler !

Lucky jura intérieurement.

Susan descendit les trois dernières marches et passa devant lui. Il la suivit dans ce salon guindé qui empestait l'encaustique. Le soleil de l'après-midi passait à travers les fenêtres pour frapper la moquette bleu pâle de carrés de lumière. Par ce beau temps, Lucky aurait préféré cent fois être dehors. D'ailleurs, il aurait préféré être n'importe où plutôt qu'ici.

Susan referma la porte à double battant.

— Alors ? demanda-t-elle d'un ton impérieux.

— Qu'est-ce que je peux dire ? J'ai fait une grosse sottise et j'en paie les conséquences.

L'expérience lui avait appris que la seule manière de calmer une femme trompée était de reconnaître ses torts et de faire preuve d'un maximum de franchise — tout en demeurant prudent. Car dans certaines occasions, il était préférable de ne pas dire toute la vérité si l'on tenait à la vie — ou à garder sa virilité. Mais il ne pensait pas que la colère de Susan ait atteint ce stade. Pas encore, du moins !

D'un air penaud, il déclara :

— Peux-tu me pardonner pour t'avoir posé un lapin hier, Susan ?

— Oui, ça je peux te le pardonner. Même si ce n'était pas très délicat.

— C'est vrai. Il faudra que je présente des excuses à tes parents aussi.

— On t'a attendu pendant une heure et demie. On n'a dîné qu'à 9 heures.

Ce devait être à peu près à ce moment-là que Dovey soufflait sur sa blessure pour atténuer la brûlure. Et du même coup elle avait réussi à l'enflammer... Oh ! Comme c'était bon de sentir sa fraîche haleine sur sa peau...

— Je n'ai aucune excuse, admit-il, tête basse.

Mais les mots lui restaient en travers de la gorge.

Si M. Young n'avait pas été le P.-D.G. de la banque, il aurait dit à cette mijaurée qu'il n'avait aucun compte à lui rendre et qu'il était encore libre de passer la nuit avec qui il voulait. Puis il serait parti en claquant la porte.

Il avait hâte de commencer ses recherches au sujet de Dovey. Et s'il perdait son temps avec Susan, c'était par diplomatie. Rocky n'avait pas eu besoin d'insister sur ce point ! Cela ne l'empêchait pas de maudire le jour où, pour la première fois, il avait demandé à Susan de sortir avec lui. Sa colère montait. Et seule la pensée des capitaux à rembourser y mettait un frein.

Espérant qu'elle ne remarquerait pas la note d'espoir qui vibrait dans sa voix, il dit :

— Je mériterais que tu ne veuilles plus me voir.

Susan fixa le sol pendant quelques instants avant de lever vers lui ses yeux pleins de larmes.

— Je suis plus généreuse que ça.

Seigneur ! Les femmes adoraient se montrer magnanimes. Ça leur donnait tant de pouvoir... Elles étaient comme des vautours autour d'une carcasse en train de se repaître de la culpabilité de leur pauvre victime.

— Je peux te pardonner de n'être pas venu dîner avec nous, reprit Susan. Je peux même t'excuser pour t'être bagarré dans un bar. En revanche, ce qui est difficile à accepter... (Sa voix se mit à trembler.)... C'est d'être la risée de toute la ville.

Elle refoula un sanglot.

— Il paraît, reprit-elle, qu'on ne pouvait pas te trouver hier soir quand l'incendie s'est déclaré parce que tu étais avec une traînée.

— Comment peux-tu parler ainsi ! protesta Lucky, fou de rage.

L'intensité de son émotion le surprit.

— Non, elle n'était pas ce que tu crois.

— Et qui donc alors ?

— Une étrangère. Je ne l'avais jamais vue avant hier soir.

Sa voix s'adoucit.

— Écoute, Susan, je n'avais rien prémédité. Je t'assure que je n'avais aucune intention de passer la nuit avec une fille. Ça s'est passé comme ça...

Ce qui était l'entière vérité. Quand il avait forcé la porte de la chambre de Dovey, la veille, il voulait seulement lui demander des excuses. Après cela, il serait parti.

Les choses n'avaient pas tout à fait tourné comme il le pensait, mais ce n'était pas sa faute. Il dormait à moitié quand il l'avait prise dans ses bras. Elle était si tiède, si douce, et comme elle sentait bon ! Ses lèvres répondaient à ses baisers, son corps s'offrait...

— ... comprendre. Hier, tu m'as quittée très excité. C'est bien ça ?

Lucky s'efforça de saisir le sens des paroles de Susan.

— Euh... oui, c'est ça.

Elle se rapprocha et le regarda entre ses cils mouillés de larmes. Sa bouche tremblante paraissait très vulnérable en cet instant. Mais Lucky n'était pas dupe. En dépit de ses pleurnicheries, cette fille n'avait pas plus de cœur qu'un requin.

Susan poursuivait son raisonnement.

— Donc tu m'as quittée très excité et tu as trouvé une femme moins farouche...

Elle posa ses mains à plat sur la poitrine de Lucky.

— Je devrais être flattée. Mais ça fait mal... Quand j'imagine une autre dans tes bras, j'ai envie de mourir.

En réalité, elle paraissait plus près du meurtre que de la mort. Ses larmes avaient séché et maintenant, ses yeux brillaient de méchanceté.

— Je me rends compte, en effet, que lorsqu'un homme est dans cet état, il lui est difficile de se contenir...

Se haussant sur la pointe des pieds, elle effleura les lèvres de Lucky d'un baiser.

— Je sais de quoi je parle ! Tu penses que je ne te désire pas, moi aussi ? Si je me garde, c'est parce que je veux que notre nuit de noces soit inoubliable. Ce n'est pas facile de trouver la force de résister, je t'assure. Tu n'imagines pas à quel point j'ai envie que tu me fasses l'amour !

Soit, quand il avait quitté Susan, il était un peu excité. Mais beaucoup moins qu'en regardant certains spots publicitaires à la télévision ! Et ce n'était rien à côté de la frénésie qui s'était emparée de lui au contact de Dovey.

— Écoute, Susan, fit-il avec exaspération. Tous ces discours au sujet du mariage...

Elle l'interrompit en posant un doigt sur ses lèvres.

— Chut ! Il est clair qu'on ne peut rien annoncer tant que tu as tous ces problèmes. Pauvre chou !

Elle s'apprêtait à lui caresser les cheveux. Lucky l'en empêcha en la saisissant par le poignet.

— Annoncer quoi ?

— Nos fiançailles, gros bête.

Par jeu, elle lui tapota la poitrine.

— Mais je vais t'aider à prouver ton innocence. Pour que tu aies un alibi, je dirai que tu as passé la nuit avec moi. Ce n'est pas une preuve d'amour, ça ?

— Quoi ?

— Tout le monde raconte que ce matin, tu t'es retrouvé seul dans une chambre de motel. Eh bien, j'expliquerai que j'étais avec toi. Mes parents vont avoir une attaque... Mais quand ils sauront que nous sommes fiancés, ils seront si heureux qu'ils ne penseront plus à me sermonner.

Ou bien c'était la reine des machinations sordides, ou bien elle se faisait des illusions. De toute manière, elle était redoutable et il fallait en user avec elle aussi délicatement qu'avec une bombe à retardement.

— Tu penses qu'on te croira si tu annonces maintenant que nous étions ensemble la nuit dernière ?

— Je dirai que tu ne voulais pas me mettre en avant pour préserver ma réputation. Mais comme j'ai insisté, tu as enfin accepté.

— Tu as songé à tout !

— Je n'arrête pas de ressasser cette histoire depuis que j'ai appris que tu ne pouvais pas te disculper parce que cette... cette femme avait disparu. Je prétendrai être sortie après que mes parents sont allés se coucher. En fait, c'est ce qui s'est passé la nuit dernière.

— Qu'est-ce qui s'est passé ?

— J'étais tellement bouleversée que j'ai pris ma voiture. Je suis allée dans tous les endroits où tu aurais pu être. Mais je n'ai vu ta Mustang nulle part. Alors je suis rentrée... Mes parents ne se sont même pas doutés que j'étais sortie. Je n'ai qu'à raconter que nous nous sommes retrouvés et que nous avons fait l'amour toute la nuit.

Elle lui adressa un sourire malicieux.

— Ce qui ne serait pas une si mauvaise idée.

— Tu ne disais pas ça hier.

— Souvent femme varie.

Elle était aussi transparente que le vase en opaline qui ornait la cheminée. Pour elle, tout était simple... Elle lui avait refusé ses faveurs la veille, alors il était allé s'adresser à une autre. Quel camouflet pour une femme aussi vaniteuse que Susan ! Quel camouflet, oui... D'autant plus que tout le monde était au courant ! Mais elle venait de trouver le moyen de sauver la face et, en même temps, de lui passer la corde au cou. Certes, un pareil mensonge rendrait service à Lucky, mais c'était d'abord à sa petite personne qu'elle pensait.

— Tu es prête à mentir pour me sauver la peau ? interrogea-t-il. Tu ferais ça pour moi ?

— Et pour moi, admit-elle. Je te veux, Lucky Tyler. Et je t'aurai, quel que soit l'enjeu.

Que ça me plaise ou non, songea-t-il.

— Je vais appeler tout de suite le shérif Bush, décida-t-elle.

Déjà, elle se dirigeait vers le téléphone. Lucky l'arrêta.

— Je ne peux pas accepter cela.

Le sourire de Susan disparut.

— Pourquoi ?

— Mentir aux agents fédéraux peut t'apporter beaucoup d'ennuis. Non, je ne peux pas te laisser agir ainsi.
— Mais j'y tiens !
— Et je t'en suis reconnaissant.
Lucky s'efforçait d'avoir l'air sincère, mais Susan ne paraissait pas convaincue.
— Attends que je réfléchisse, poursuivit-il. Tu sais, c'est grave de faire un faux témoignage. Avant de s'engager dans une pareille aventure, il faut en peser le pour et le contre.
Susan retrouva son sourire. Mais ce fut d'une voix tranchante qu'elle déclara :
— Ne réfléchis pas trop longtemps. Qui sait combien de temps mon offre durera ?
Quelle sale petite intrigante ! se dit Lucky. S'efforçant de sourire, il fit à voix haute :
— Tu es quelqu'un, tu sais ! La première fois que je t'ai rencontrée, j'étais loin de me douter que tu avais une telle personnalité.
— C'est simple. Quand je veux quelque chose, je l'obtiens.
Que Dieu vienne en aide au pauvre homme qui tombera entre ses griffes ! songea Lucky. Et dans son for intérieur, il se jura que ce ne serait jamais lui.
— Bon. Je vais réfléchir... déclara-t-il. Il vaut mieux que je m'en aille.
— Tu dois ? Vraiment ?
— Vraiment.
— Emporte ça avec toi.
Elle noua ses bras autour du cou de Lucky et lui planta un baiser vorace en plein sur la bouche.
— Voilà qui te donnera à penser, la prochaine fois que tu voudras aller avec une autre.
Si Lucky supporta ce baiser glouton, c'était parce qu'il savait reconnaître la différence entre la ruse féminine et la perfidie. Dans le cas de Susan, il s'agissait de perfidie... Elle était tout à fait capable d'avoir recours au chantage pour se faire épouser.
Un peu plus tard, en descendant l'allée de la pro-

priété des Young, Lucky laissa échapper un soupir de soulagement. Puis il s'essuya les lèvres d'un revers de main.

Sans le dégoûter, ce baiser n'avait pas non plus éveillé ses ardeurs. En fait, il l'avait laissé complètement indifférent et c'était la première fois que cela lui arrivait depuis qu'il avait découvert l'art du baiser sous l'égide de la fille du prédicateur, derrière les tribunes de l'église baptiste.

Entre cette expérience maladroite et le baiser passionné de Susan, qu'était-il donc arrivé pour l'immuniser à ce point ?

— C'est Dovey, murmura-t-il.

Le barman laissa échapper une exclamation peu amène en voyant Lucky s'asseoir sur l'un des tabourets de *cet endroit-là*.

— J'aimerais autant que vous alliez ailleurs ce soir, Lucky. Laissez-nous souffler un peu.

— Pas de discours, donnez-moi plutôt une bière. Je ne cherche pas d'histoires.

— C'est ce que vous avez dit hier, remarqua le serveur en posant une bière devant lui.

Lucky en but une gorgée.

— Je suis dans la merde.

— C'est ce que j'ai entendu dire. Il paraît que vous avez besoin d'un alibi pour la nuit dernière.

— Eh bien ! Les nouvelles vont plus vite ici que par Fax.

Le barman ricana.

— Si vous ne voulez pas qu'on parle de vous, vous n'avez qu'à ne pas vous faire remarquer. Vous ne savez pas encore que les gens ordinaires se passionnent pour les faits et gestes des célébrités ?

Lucky jura et but une autre gorgée de bière.

— Vous vous souvenez de la femme qui était là hier ? demanda-t-il.

— Pas autant que vous, je parie ! ricana le barman.

Lucky lui adressa un tel regard qu'il cessa de rire niaisement.

— Euh... voyons, c'était une rousse, non ?
— Auburn, plutôt.
— Va pour auburn...
Le barman étendit la main.
— A peu près de cette taille-là...
— Je n'ai pas besoin d'une description physique, coupa Lucky avec impatience. Ce que je veux, ce sont des détails significatifs.
— Comment ça, des détails significatifs ?
— A son arrivée, vous l'avez vue se garer dans le parking ?
— Oui, elle venait du sud, je crois.
— Le sud... Bien. Puisque vous avez vu de quelle direction elle venait, vous avez dû remarquer sa voiture ?
— Bien sûr.
— Qu'est-ce que c'était ?
— Une voiture rouge, répondit-il avec fierté, visiblement content de rendre service.
— Je sais bien qu'elle était rouge ! Mais de quelle marque ?
— Une marque étrangère, je crois.
— Laquelle ?
— Je ne sais pas.
— Quel modèle ?
Le barman se montra incapable de le préciser.
— Eh bien, bravo ! s'exclama Lucky.
— Vous l'avez suivie, vous. Si vous n'avez rien remarqué, comment voulez-vous que j'en sache plus ?
— Vous auriez pu. Moi, je suis incapable de reconnaître une caisse sortie après 1970. Je me souviens qu'elle avait une voiture rouge, un de ces modèles étrangers compacts. A part ça ! Sous hypnose, je serais peut-être capable de retrouver le numéro d'immatriculation. Je me suis creusé la tête toute la journée, mais impossible de me souvenir d'une seule lettre ou d'un seul chiffre !
— Oh, oh !
— Quoi ?

Lucky pivota sur son tabouret et suivit la direction du regard du serveur. Little Alvin et Jack Ed venaient de faire leur entrée. Ils marquèrent un mouvement d'arrêt en voyant Lucky installé au bar. Un murmure parcourut l'assistance. Mais, l'air de rien, les deux voyous traversèrent la salle et allèrent s'asseoir à une table du fond.

— Quatre bières, cria Little Alvin. Deux pour chacun !

Le barman décapsula quatre bouteilles et les posa sur un plateau tapissé de liège. Lucky glissa en bas de son tabouret.

— Laissez, je m'en occupe.

— Ah, non ! Je viens à peine de finir de tout nettoyer et...

— Il n'y aura pas d'histoires. Promis, juré.

Lucky adressa son plus beau sourire au barman, s'empara du plateau et se dirigea vers la table où avaient pris place Little Alvin et Jack Ed. Ces derniers, les yeux étrécis, surveillaient son approche.

— Voici vos bières, les gars ! lança-t-il en posant le plateau sur la table.

Avec un ricanement, Jack Ed proféra quelques grossièretés.

L'ignorant, Lucky se tourna vers Alvin.

— Alors tu peux marcher droit aujourd'hui ? Eh bien, ça me fait plaisir.

Little Alvin lui jeta un coup d'œil menaçant.

— Attends ton tour, connard.

Lucky secoua la tête d'un air désolé.

— Alvin, Alvin ! Est-ce une façon de parler à quelqu'un qui n'a que des intentions pacifiques ?

D'un geste, il désigna la bouteille dont Little Alvin venait d'avaler le contenu d'un trait.

— C'est moi qui offre. C'est bien le moins que je puisse faire après notre petit malentendu d'hier.

— Tes belles paroles, ça ne prend pas avec moi. Allez, dégage !

Le visage de Lucky se tendit.

— Écoute, toi...

— Lucky !

La voix de Rocky avait claqué comme un coup de fouet à travers l'atmosphère enfumée. Du coin de l'œil, Lucky vit son frère s'approcher.

— Tu ne vas pas recommencer, pour l'amour de Dieu ! chuchota Rocky.

— Tiens, tiens ! lança Jack Ed avec une satisfaction mauvaise. Mais c'est la vedette du rodéo qui vient empêcher son petit frère de se faire encore tabasser !

— D'après ce qu'on raconte, les choses ne se sont pas tout à fait produites comme ça, Patterson, jeta Rocky.

Plus jeune, il montait les taureaux dans les rodéos. Il était célèbre et raflait tous les prix. Mais il s'agissait d'un sport très dangereux et ses parents ne vivaient plus en sachant qu'il risquait à chaque instant l'accident. Quel soulagement pour eux quand Rocky leur avait appris son intention d'épouser Tanya et d'abandonner le rodéo !

Son arrivée inattendue avait eu un effet calmant sur Lucky.

— Je voulais seulement leur poser quelques questions, déclara-t-il.

— Justement, moi aussi, renchérit Rocky.

Little Alvin étendit des bras aussi gros que des jambons sur le dossier de la banquette.

— A quel sujet ?

— Au sujet de l'incendie qui s'est déclaré cette nuit dans notre hangar, répondit Rocky.

— Au sujet de la femme qui était là hier, ajouta Lucky.

Ce fut à la question de Lucky qu'Alvin choisit de répondre.

— Il paraît qu'elle t'a laissé tomber ? Oh, là là ! Quel sale coup ! Remarque, ça ne m'étonne pas vraiment. Je savais bien que tes prétendus succès n'étaient que du bluff.

Cette phrase parut si drôle à Jack Ed qu'il s'étrangla de rire. Un rire aussi haut perché que celui d'une femme.

— Alvin, je ne crois pas que tu as joué toute la nuit aux cartes avec tes frères, dit Rocky.

Lucky aurait volontiers écrasé son poing sur le visage bovin de Little Alvin.

— Elle t'a dit comment elle s'appelait ? interrogea-t-il.

— Tu l'as tringlée et tu ne connais même pas son nom ?

Lucky aurait sauté sur lui si son frère ne l'avait pas attrapé par les épaules. Il le tira en arrière.

— Allez, viens !

— Espèce de...

— Viens ! coupa Rocky.

De force, il dut tirer son frère vers la sortie. Lucky résistait à chaque pas, faisant frein avec les talons de ses bottes.

— Ah, ah ! Dommage que la seule femme capable de t'empêcher d'aller en prison t'ait laissé tomber ! railla Little Alvin.

Les dents serrées, Lucky émit un cri de bête fauve. Puis il tenta d'échapper à Rocky, mais ce dernier le maintenait fermement.

— Attention, Lucky ! Si tu ne te tiens pas tranquille, je vais devoir t'assommer.

Une fois dehors, Rocky plaqua son frère contre le mur.

— Mais enfin, qu'est-ce qui t'arrive ?

— Tu me le demandes ? Tu ne te rends pas compte qu'ils ont raison ? C'est que je risque la prison, moi !

— Qu'est-ce qui t'a pris de revenir à *cet endroit-là* ?

— Je cherche la trace de Dovey.

— Pourquoi ?

— Tu me demandes pourquoi ?

— Oui.

Rocky posa ses poings sur ses hanches et fit face à son frère.

— On dirait que tu es devenu dingue. J'ai l'impression que cette femme représente plus pour toi qu'un simple alibi.

— C'est toi qui es dingue.

— Je t'en prie, hein ! Moi, je ne vais pas me bagarrer deux jours de suite avec Little Alvin pour n'importe quelle fille...

Lucky faillit protester mais s'il prenait la défense de Dovey, que penserait Rocky, lui qui l'accusait déjà de trop penser à elle ?

— Écoute, fiche-moi la paix. Laisse-moi m'occuper de cette affaire comme je l'entends, O.K. ?

— Non. Tu es mon frère et les Tyler ont toujours fait bloc. Si tu as des ennuis, ça nous concerne tous. Et comme, malheureusement, tu ne peux pas t'empêcher d'en avoir à chaque instant, il faut bien que je te suive pour veiller au grain.

Ils se firent face. Tous deux étaient en colère, et tous deux cherchaient aussi à retrouver leur calme. Lucky fut le premier à revenir à de meilleurs sentiments.

— D'accord, Rocky... Je suis content que tu sois intervenu, et tu le sais.

Il éclata de rire.

— Au point où j'en suis, je ne peux pas me permettre d'avoir un autre œil au beurre noir !

Rocky se joignit à son hilarité, puis il lui envoya une bourrade amicale dans le dos.

— Viens avec moi à la maison. Maman est dans un état... Tu peux imaginer ! Tanya a promis de préparer le dîner.

— Oh ! Elle va faire son fameux pot-au-feu ?

— Bien sûr !

— Mmmm... fit Lucky avec gourmandise. Dis-moi, entre nous, ta Tanya est-elle aussi bien au lit qu'à la cuisine ?

— Ça, mon vieux, tu mourras avant de le savoir.

Là-dessus, Rocky poussa son frère en direction du parking.

— Et dépêche-toi un peu ! Sinon Tanya sera furieuse !

Au volant de sa Mustang, Lucky suivait la voiture de son frère en direction de la propriété familiale. Soudain il se rendit compte qu'il n'était pas plus avancé après sa visite à *cet endroit-là*. Il n'en savait pas davantage sur Dovey que ce matin, au réveil, quand il avait découvert qu'elle ne se trouvait plus à ses côtés.

7

— Tu sais ce que Susan Young raconte partout en ville ?

Peu intéressé par les dires de sa sœur, Lucky se contenta de grommeler derrière son journal déployé en grand.

— Que vous allez vous marier ! proclama Sally.

Avec des mines gourmandes, elle se régala d'une grosse fraise.

— Mais je te préviens, poursuivit-elle. Si tu épouses cette garce, je renie la famille Tyler pour toujours !

— Des mots, tout ça.

Lucky abaissa son journal et but une gorgée de café.

— Tu menaces de renier la famille depuis que Rocky et moi avons caché ton premier soutien-gorge dans le congélateur. Et tu es toujours là ! On n'a pas de chance.

Pour échapper aux coups d'œil furibonds que lui lançait sa sœur, Lucky se réfugia de nouveau derrière son journal.

Sally étala une épaisse couche de fromage à la crème sur une mince tranche de toast — pain complet, basses calories.

— Mmmm, fit-elle en dégustant la première bouchée. Alors, c'est vrai ?

— Quoi ?

— Que tu vas épouser Susan Young.

Lucky posa son journal.

— Ne dis pas de sottises. Tu ferais mieux de me donner un peu plus de café.

— Et quoi encore ? Le mouvement pour la libération des femmes, tu connais ?

— Bien sûr !

Lucky prit sa tasse et, avec un sourire désarmant, la brandit sous le nez de sa sœur. Celle-ci laissa échapper un soupir théâtral avant d'aller chercher la cafetière.

— Merci, sale môme ! lança Lucky.

— A ton service.

Sally reprit sa place en face de son frère.

— Trêve de plaisanteries. Quand Susan Young veut quelque chose, mieux vaut ne pas la contrarier. Et si elle a décidé que tu allais l'épouser, tu ferais bien de te dépêcher de choisir la bague de fiançailles. Sinon tu auras des ennuis.

— Tu crois que je n'en ai pas assez ?

Une semaine s'était écoulée depuis cette mémorable bagarre avec Little Alvin. Une semaine interminable... Après être passé par toutes les couleurs de l'arc-en-ciel, l'œil de Lucky demeurait encore jaunâtre. Quant à la ligne rouge qui traversait son abdomen, elle commençait à pâlir.

Aidés par les adjoints du shérif et les enquêteurs de la compagnie d'assurances, les agents fédéraux poursuivaient leurs recherches dans les débris du sinistre. Cet incendie n'avait pas fait de publicité aux Tyler ! Les clients se faisaient chaque jour un peu plus rares et les rentrées d'argent diminuaient dramatiquement. La faillite se profilait... Et pas une seule lueur d'espoir à l'horizon.

La veille au soir, Rocky avait tenté de se montrer optimiste.

— Au moins, ils n'ont pas trouvé le moindre indice te mettant en cause. Et s'ils ne peuvent pas fournir la preuve que tu étais sur les lieux cette nuit-là, comment veux-tu qu'ils t'accusent ?

— Je n'irai peut-être pas en prison. Mais ça n'arrange pas nos affaires pour autant. Parce que l'assurance ne paiera pas un sou tant qu'il ne sera pas établi que nous sommes des victimes, et non des incendiaires.

Et pour le prouver, il fallait absolument que Lucky présente le seul témoin pouvant confirmer où il avait passé cette fameuse nuit.

Mais où était Dovey ?

En dépit de ses efforts pour retrouver sa trace, Lucky en était toujours au même point. Pourtant, chaque jour, il se rendait à *cet endroit-là* et, infatigablement, questionnait les clients qui avaient assisté à la bagarre. Sans jamais obtenir rien de plus. Oui, c'était une jolie rousse... Avec une voiture rouge... Personne n'avait rien remarqué d'autre.

Il était également retourné au motel pour parler au réceptionniste de garde la nuit. Celui-ci n'avait pas pu lui en dire davantage. La jeune femme qu'il avait vue prétendait s'appeler Mary Smith et avait payé en liquide. Quant à l'employé du drugstore qui lui avait vendu le whisky, le steak et l'aspirine, il n'avait jamais entendu parler de Dovey.

Découragé après ces entrevues qui ne le menaient nulle part, Lucky avait regagné la demeure familiale.

— C'est incroyable ! Elle n'a tout de même pas pu disparaître de la surface de la terre ! Il faut bien qu'elle soit quelque part ! Et quand je pense qu'elle continue à vivre tranquillement sans se douter de la poisse dans laquelle je me trouve !

— Pas sûr, avait alors déclaré Tanya.

Cessant de marcher en long et en large, Lucky s'était tourné vers sa belle-sœur.

— Comment ça, « pas sûr » ?

— La presse a parlé de l'incendie. Il est possible qu'elle soit au courant et qu'elle sache que tu as besoin d'un alibi. Si elle ne se manifeste pas, c'est parce qu'elle ne veut pas être mêlée à tout ça.

— C'est une idée, admit Rocky.

Lucky ne voulait pas croire que Dovey refuse de lui venir en aide.

— Seuls les journaux locaux ont mentionné l'incendie, déclara-t-il. Or quand Patrick Bush lui a demandé si elle était de la région, elle a répondu que non. Au motel, elle a donné une adresse à Dallas.

— Une fausse adresse !

— Mais à mon avis, elle venait de là-bas. C'est une citadine.

Lucky avait cherché dans l'annuaire toutes les Mary Smith de Dallas et des environs. Il en avait trouvé plusieurs. La première avait quatre-vingt-deux ans. La seconde, une aveugle, vivait avec ses parents. Quant à la troisième, c'était une collégienne...

De toute manière, à quoi bon passer Dallas au peigne fin pour y découvrir des Mary Smith ? C'était du temps perdu. Dovey avait donné un faux nom, évidemment ! Mais pourquoi prendre de telles précautions ? Elle ne pouvait pas deviner que son compagnon d'une nuit serait accusé d'avoir provoqué un incendie volontaire et aurait besoin de son témoignage pour se disculper ! Tout cela n'avait aucun sens...

La voix de Sally le rappela à la réalité.

— Lucky ! Tu m'écoutes ?

— Euh... oui. Tu parlais de Susan ?

— Une vraie peau de vache !

— Pourquoi dis-tu ça ? Tu ne la connais pas vraiment. D'abord, elle a plusieurs années de plus que toi, elle était dans une autre classe.

— N'empêche qu'elle avait une de ces réputations au lycée !

— Comment ça ?

— Il n'y a pas plus mesquin que cette fille !

— Par exemple ?

— Un jour, une de ses camarades de classe a été nommée reine de l'année — une distinction qu'elle estimait devoir lui revenir, naturellement. Eh bien, pour se venger, elle a été raconter partout que la nouvelle reine avait de l'herpès !

Lucky éclata de rire.
— Tu trouves ça drôle ? s'écria Sally. Pas moi. Plus personne ne voulait approcher cette pauvre fille. Pour elle, quel enfer ! Et ce n'est pas tout...
Sally se pencha vers son frère.
— Figure-toi que, lorsqu'elle est allée à l'université, l'équipe de basket était déjà constituée. Elle ne pouvait en faire partie qu'en cas de défaillance d'une des joueuses. Le lendemain, à l'heure où l'équipe se préparait pour l'entraînement, toute une rangée de vestiaires est tombée sur une joueuse. Elle a eu le bras cassé. Or Susan se trouvait juste derrière...
— Et on l'a soupçonnée ?
— Oui.
— Ridicule ! Il ne faut pas écouter toutes ces histoires de gamines.
Sally secoua la tête avec véhémence.
— Tu te trompes. Même maintenant, ta Susan n'est bien vue nulle part. J'ai des amis qui font partie des mêmes clubs qu'elle. Tu sais comment on l'appelle ? La vipère ! Si elle veut être présidente de ci ou de ça, elle ne recule devant rien pour se faire élire.
Sally rétrécit les yeux.
— Maintenant, elle a des vues sur toi. Elle veut devenir Mme Lucky Tyler.
— Je me demande bien pourquoi !
Oui, pourquoi Susan avait-elle jeté son dévolu sur lui ? Lucky trouvait cela incompréhensible. Soit, ils étaient sortis ensemble assez régulièrement au cours de ces derniers mois. Quelques baisers, quelques fous rires... Mais jamais, au grand jamais, Lucky n'avait parlé de mariage !
— C'est pourtant simple ! fit Sally. Tu n'as encore fait à aucune de ces demoiselles l'honneur de la demander en mariage. Mais elles sont nombreuses à avoir eu droit à tes faveurs. Et celles qui sont en mesure d'établir des comparaisons disent que tu es le meilleur... Le tombeur de Milton Point, c'est toi ! Ima-

gine comme Susan triompherait si elle arrivait à t'enchaîner !

Lucky hocha la tête, pas mécontent de lui-même.

— Ah ! Le tombeur de Milton Point ?

— Arrête de te pavaner ! s'exclama Sally, agacée. Quand on a des poils gris sur la poitrine, on n'a pas de quoi être fier.

— Gris ?

Lucky baissa les yeux sur le triangle de peau que dégageait l'encolure de son peignoir.

— Ils ne sont pas gris, ils sont blonds !

— Tu sais, je suis très inquiète. D'abord, Susan veut que tu l'épouses. Ensuite, il y a cette histoire d'incendie...

— Gris ! Mais regarde, Sally ! Un léger duvet blond...

— Laisse tomber ! Je te taquinais, tu n'avais pas compris ?

L'intérêt que lui manifestait sa sœur touchait Lucky mais il ne parvenait pas à prendre ses mises en garde au sérieux. Certes, il fallait se méfier de Susan Young, il ne l'ignorait pas ! C'était une intrigante, une égoïste, et jalouse de surcroît mais lui n'était pas né d'hier. Et si Susan voulait le piéger, elle avait intérêt à infléchir sa conduite.

Lucky tapota la chevelure blonde en désordre de sa sœur.

— Ne t'en fais pas, bébé. Je suis passé maître dans l'art de manier les femmes...

— Tu ne...

Un coup frappé à la porte de derrière interrompit Sally qui se leva pour ouvrir.

— C'est sûrement maman... Oh, Patrick ! Je croyais que c'était maman qui revenait. Elle est allée faire des courses.

Le shérif entra dans la cuisine et ôta son Stetson.

— Bonjour. Il reste du café, par hasard ?

— Bien sûr.

Après avoir remercié Sally qui lui apportait une tasse, il jeta l'allumette qu'il gardait en permanence au coin de la bouche et but à petites gorgées. De toute évidence, il cherchait à gagner du temps.

Était-il venu en ami ou bien en tant que shérif ? Apportait-il de mauvaises nouvelles ? Pour lui simplifier la tâche, Lucky lui tendit une perche.

— On ne vous attendait pas ce matin, Patrick. Pourquoi ne pas nous avoir prévenus de votre visite ?

Patrick Bush se laissa tomber sur une chaise. Visiblement mal à l'aise, il évitait le regard de Lucky.

— Ces derniers temps, aurais-tu acheté quelque chose chez Talbert ?

— A la quincaillerie ?

Lucky réfléchit pendant quelques instants.

— Ah, oui ! Il y a quelques semaines, j'ai acheté des fusées.

— Où les gardes-tu ?

— Dans le...

Le regard de Lucky rencontra celui du shérif.

— Dans le hangar qui a brûlé.

— Eh bien, on a découvert qu'il y avait de l'essence entreposée dans ce hangar. Elle a pris feu au contact des fusées. C'est aussi simple que ça.

Sally posa la main sur l'épaule de son frère. Lucky rejeta ses cheveux en arrière sans mot dire. Qu'y avait-il à dire, en effet ? Le shérif n'avait pas besoin d'insister sur l'importance d'une telle découverte.

— En principe, je ne devrais pas te mettre au courant, reprit Patrick Bush. Je suis venu te trouver en tant qu'ami. Je voulais te prévenir. Ils sont en train de te coincer. Maintenant, ils ont assez de preuves pour t'arrêter.

Quand le shérif se leva, Lucky l'imita.

— Merci, Patrick. Merci... Je me rends bien compte que vous prenez des risques pour moi.

— Quand ton père était sur son lit de mort, je lui ai promis de veiller sur sa femme et sur ses gosses.

Désignant son étoile, il ajouta :

— Cette promesse est plus importante pour moi que ça...

Sans plus s'attarder, il remit son chapeau et sortit.

— Lucky, qu'est-ce que tu vas faire ? s'écria Sally avec désespoir.

— Si je le savais !

Soudain submergé de colère, il jura et donna un violent coup de poing sur la table, ce qui eut pour effet de faire vibrer toutes les tasses.

Les mâchoires serrées, il contempla sans les voir les pages imprimées du journal qui était devant lui. Et soudain, il sursauta, son attention attirée par une photo.

— Je veux bien être pendu... murmura-t-il.

Et il se mit à rire, d'abord très bas, puis de plus en plus fort.

Après avoir jeté le journal par terre, il se leva d'un bond. Sa chaise tomba derrière lui. Sans même se donner la peine de la ramasser, il sortit de la cuisine au pas de course et monta l'escalier quatre à quatre.

— Lucky ! cria Sally. Qu'est-ce qui te prend ?

Son frère pénétra en coup de vent dans sa chambre et, en hâte, enfila un jean. Sally monta à son tour au premier étage.

— Mais enfin, qu'est-ce qui se passe ?

Lucky la repoussa. Seulement vêtu de son jean, il attrapa une chemise, des bottes, et dévala l'escalier. Sally se lança à sa poursuite.

— Lucky ! Attends-moi ! Dis-moi ce...

Lucky sauta dans sa Mustang.

— Dis à tout le monde que je rentrerai ce soir !

Il mit le contact et le moteur s'emballa. Couvrant le vrombissement, il cria encore :

— À ce moment-là, je serai en mesure de me disculper !

Le stagiaire déposa une pile de dossiers sur le bureau.

— Voici la documentation que vous avez demandée aux archives.

Elle avala la dernière bouchée de son sandwich et, sans enthousiasme, contempla la masse de papiers.

— Eh bien, merci !

— Voulez-vous autre chose ?

Elle s'essuya la bouche à l'aide d'une serviette en papier.

— Du café, s'il vous plaît. Du café frais, de préférence.

— Tout de suite ! fit le jeune homme avec empressement.

C'était un étudiant qui faisait un stage au journal. Comme il ne venait que trois après-midi par semaine, il n'était pas encore blasé et faisait tout ce qu'on lui demandait avec enthousiasme.

Elle ouvrit le premier dossier de la pile. Son poste d'éditorialiste lui donnait droit à un bureau personnel — un petit cube de verre situé au bout de la salle de rédaction. Le bruit qui régnait dans cette immense pièce était assourdissant. Mais elle y était tellement habituée qu'elle n'y prêtait plus attention.

Ce fut pourquoi elle ne remarqua pas le subtil changement d'atmosphère qui s'était produit au moment où un homme, sortant de l'ascenseur, l'avait demandée.

L'apparence du nouveau venu avait eu immédiatement un impact évident sur les femmes. Pas seulement parce qu'il était grand, qu'il avait des hanches étroites et de larges épaules... Et pas seulement non plus parce qu'il était très beau — un blond aux yeux bleus.

La manière dont il traversait la salle de rédaction avait frappé tout le monde. Il marchait comme s'il se trouvait sur un champ de bataille. Une bataille dont il était sorti vainqueur, bien sûr. D'ailleurs, on aurait cru qu'il venait chercher son butin. Et même les plus féministes des rédactrices devaient rêver secrètement de faire partie des trophées qu'il allait emporter.

Les hommes aussi le regardaient avec curiosité. Soulagés, probablement, de ne pas avoir affaire à lui. Parce qu'il n'avait pas l'air commode. Les yeux durs, la mâchoire volontaire, il poursuivait son chemin et rien ni personne ne semblait pouvoir l'en détourner.

Quand il s'arrêta à la porte du petit bureau vitré, la femme ne releva pas la tête. Elle semblait totalement absorbée par la lecture du dossier ouvert sur son bureau.

Un silence inhabituel pesait dans la salle de rédaction. Plus personne ne pianotait sur les claviers des ordinateurs. Et on ne répondait plus aux téléphones dont les sonneries continuaient à résonner.

La femme n'avait toujours rien remarqué. D'un air absent, elle passa un crayon à travers la masse épaisse de ses cheveux. Des cheveux d'un roux foncé. Non ! Auburn...

Sans même lever la tête, elle lui fit signe d'entrer.

— Posez le café là, dit-elle. Il est sûrement trop chaud.

Il demeura devant elle sans bouger. A ce moment seulement, elle leva les yeux. Il lui fallut plusieurs secondes avant de prendre conscience de la situation. Il ne s'agissait pas du stagiaire à qui elle avait demandé d'apporter du café...

Ses yeux s'agrandirent derrière ses lunettes aussi vastes que des hublots. Elle laissa tomber son crayon.

— Mon Dieu ! s'exclama-t-elle.

— Dieu ? Non, quand même pas. Seulement Lucky. Lucky Tyler.

8

Elle avala sa salive mais demeura silencieuse.

— Pour ce qui est des noms, reprit Lucky, quel est le vôtre ? Dovey ? Mary Smith ? Ou bien *Devon Haines* ?

Du plat de la main, il frappa le journal qui se trouvait sur le bureau, ouvert à la page de l'éditorial signé par ce dernier nom.

Elle jeta un coup d'œil au quotidien.

— D'habitude, on ne publie pas ma photo à côté de

ma signature, fit-elle d'une voix rauque. Si j'avais su qu'elle allait paraître au bas de cet article, je l'aurais fait sauter.

— Moi, en revanche, je suis bien content qu'elle soit parue aujourd'hui ! s'exclama Lucky. Depuis le temps que je vous cherche ! Et quand je pense que c'est déjà la seconde fois que vous me faites faux bond !

Le premier choc passé, Devon retrouvait peu à peu sa maîtrise d'elle-même. Et elle le regardait avec autant de hauteur que le jour où il avait pris sa défense à *cet endroit-là*.

— Si je n'avais pas voulu cacher mon nom, je vous l'aurais donné.

Se redressant, elle ajouta :

— Il est évident que je préférais rester incognito, monsieur Tyler. Maintenant, soyez assez gentil pour...

— Gentil ! coupa-t-il. Moi ? Et quoi encore ? Écoutez, je vous laisse le choix. On peut continuer à discuter devant tous ces curieux à moins que vous ne préfériez aller dans un endroit tranquille ? Moi, ça m'est égal... Dovey.

Avec emphase, il appuya sur les deux syllabes de ce prénom. Il était en colère et entendait bien qu'elle le sache.

De toute manière, lui n'aurait trouvé aucun inconvénient à ce que toute la salle de rédaction apprenne ce qui s'était passé une semaine auparavant dans un motel de l'autoroute... Mais cette perspective semblait épouvanter Devon, qui avait pâli.

— Je... je peux vous accorder un entretien, déclara-t-elle, vaincue.

— Parfait. Allons-y !

A peine s'était-elle levée que Lucky la prit par le bras. Ensemble, ils traversèrent la vaste salle sous le feu des regards de toute l'équipe rédactionnelle. Journalistes, rédacteurs et secrétaires ne cachaient guère leur curiosité... Et dès qu'ils refermèrent la porte, tout le monde se mit à parler à la fois.

— Les ascenseurs sont par là, fit Devon.

Mais Lucky l'entraîna de l'autre côté, vers la porte coupe-feu qui menait à l'escalier. Une fois sur le palier exigu, il referma la porte.

Devon lui fit face.

— Allez-vous enfin me dire ce que vous faites ici ? Je ne sais pas ce que vous espérez gagner en...

— Je vous l'expliquerai après. Chaque chose en son temps.

Avec fougue, il lui prit les lèvres. Elle se débattit de toutes ses forces.

— Arrêtez ! gémit-elle quand Lucky releva la tête pour reprendre haleine.

Mais ce n'était pas les faibles protestations de Devon qui allaient le retenir ! Après une semaine comme celle qu'il venait de passer, une semaine de rage impuissante et de frustrations, Lucky était prêt à affronter n'importe qui, n'importe quoi. Toute une armée de tanks s'il le fallait...

— Désolé, mais je n'ai pas fini.

Il lui reprit les lèvres dans un baiser savant, mettant en œuvre toute la science qu'il avait acquise depuis ses premiers essais avec la fille du prédicateur. D'une main, il la maintenait par la nuque et de l'autre, il lui caressait le cou. Oh ! Comme sa peau était douce à cet endroit ! Aussi douce que la peau de l'intérieur de ses cuisses...

Elle avait cessé de se débattre et ses protestations devenaient de plus en plus faibles. D'ailleurs, on les aurait plutôt prises pour des gémissements de plaisir.

Cela suffit à raviver l'appétit de Lucky. Un appétit qui avait été stimulé mais pas suffisamment satisfait. Son baiser se fit plus passionné et il resserra son étreinte, tandis que son désir montait encore.

Soudain, il releva la tête et sourit. Du bout de la langue, il effleura le coin des lèvres de Devon, se délectant de leur saveur.

— Oui, c'est vous, c'est bien vous ! Je vous aurais

reconnue partout, murmura-t-il en jouant avec les boutons du chemisier de soie.

— Que... que faites-vous ?

— J'essaie d'ouvrir ça. Mais ce n'est pas le moment. Plus tard !

Devon passa ses doigts sur ses lèvres meurtries.

— Vous n'auriez pas dû m'embrasser comme ça, monsieur Tyler, déclara-t-elle d'un ton froid.

— Non ? Ma mère dit que je fais toujours ce que je ne devrais pas. Il faut croire que ma conscience n'a pas la voix assez puissante... Je ne l'entends pas !

Avec un sourire, il se pencha pour l'embrasser de nouveau. Elle le repoussa.

— Non.

— Pourquoi non ?

— Parce que je ne veux pas.

— Menteuse !

— Comment osez-vous...

Il lui coupa la parole.

— Si, vous le voulez ! Autant que moi.

Les yeux de Devon lançaient des éclairs. D'un bond, elle lui échappa et courut jusqu'à la porte. Mais elle n'eut pas le temps de l'ouvrir : déjà, Lucky l'avait rattrapée.

Elle se retourna d'une pièce.

— Je ne sais pas pourquoi vous vous êtes donné le mal de me retrouver, monsieur Tyler. Mais je vous préviens, vous allez être déçu. Ce qui s'est passé la semaine dernière était... accidentel.

— A quoi faites-vous allusion ? A la bagarre ou à la nuit que nous avons passée ensemble ?

— A... à la nuit que nous avons passée ensemble. Je préfère l'oublier.

— Désolé. Moi je ne peux pas, Dovey.

— Arrêtez de m'appeler ainsi ! C'est ridicule maintenant que vous connaissez mon vrai nom.

— *Dovey*... C'est vrai que vous n'avez pas l'air d'une femme à porter un prénom aussi bizarre.

— Si vous continuez à m'importuner, je vais appeler...

— Le service de sécurité ? Allez-y ! Ça les amusera de savoir pourquoi je veux vous parler.

Sa ruse eut l'effet escompté. Elle hésita, cherchant visiblement quelle attitude adopter. Enfin, elle croisa les bras et le fixa droit dans les yeux.

— Bon. Que voulez-vous ?

Lucky l'attira contre lui.

— Si vous n'avez pas encore compris, je vais vous faire une autre démonstration.

Elle se dégagea.

— Ça, j'avais compris ! fit-elle avec mauvaise humeur. Que voulez-vous d'autre ?

— Vous parler. Mais pas ici. Y a-t-il un endroit tranquille où nous pourrions bavarder sans être dérangés ?

— Le petit restaurant d'en face. A cette heure-ci, il n'y aura personne.

— Parfait ! Ça m'arrange : je n'ai pas déjeuné. Allons-y.

Lucky adressa un coup d'œil interrogateur à Devon, qui s'était assise en face de lui à la table carrelée de tommettes turquoise.

— Que prendrez-vous ?

— Rien.

Lucky se tourna vers la serveuse qui attendait.

— Un *cheeseburger* cuit à point avec des frites et un *milk-shake* au chocolat, s'il vous plaît. Devon, vous ne voulez rien ? Sûr ?

— Sûr.

Lucky rendit les menus à la serveuse.

— Et deux cafés, ajouta-t-il.

— Je vous avais dit que je ne voulais rien, fit Devon après le départ de l'employée. Pour vous, un « non » n'a aucune signification ?

— Venant d'une femme, aucune.

— Je m'en doutais.

— Pourquoi ?

— Parce que vous êtes l'archétype du macho.

A la grande exaspération de Devon, il sourit.

— Très juste ! L'homme des cavernes, c'est moi.

Lucky ne se lassait pas de la regarder. Elle était vêtue d'un chemisier en soie ivoire à longues manches sous lequel on devinait la dentelle de ses sous-vêtements et d'une jupe noire droite, très souple. Un ensemble austère ? Non, des plus sexy, au contraire !

— Je suppose que ce n'est pas la première fois que vous partagez une chambre de motel avec une inconnue, remarqua-t-elle.

— Bof ! Cela m'est arrivé.

— A moi, non.

La serveuse arriva avec les cafés et Lucky regarda Devon porter sa tasse à ses lèvres d'un air absent. Puis elle se souvint qu'elle avait refusé de prendre quoi que ce soit et reposa la tasse avec tant de brusquerie que le café éclaboussa la soucoupe.

— Maintenant que vous m'avez amenée ici, qu'avez-vous à me dire, s'il vous plaît ? interrogea-t-elle d'un ton sec.

— Que faisiez-vous à *cet endroit-là* ?

— Ce trou infect où nous nous sommes rencontrés ?

— C'est ça.

— Vous n'avez pas lu mon article dans le journal de ce matin ?

Lucky pencha la tête de côté, perplexe, en se demandant où elle voulait en venir.

— Non, admit-il enfin. J'ai vu votre photo, c'est tout.

— Si vous l'aviez lu, vous sauriez que je faisais une enquête.

Lucky s'accouda à la table et posa sa joue sur sa main. En silence, il attendit la suite.

Devon prit une profonde inspiration.

— Mon article était consacré à la manière dont les femmes sont traitées, en dépit de la prétendue égalité entre les sexes. Car il faut bien admettre que malgré les progrès accomplis au cours de ces vingt dernières années, certains droits leur sont encore refusés.

— Vraiment ? Vous êtes allée dans *cet endroit-là* et

vous avez pris une bière. On n'a pas refusé de vous servir !

— Mais on m'a refusé le droit d'être seule.

En guise de réponse, Lucky se contenta de hausser les épaules en grommelant.

— Une femme ne peut pas se rendre seule dans un bar sans qu'on s'imagine qu'elle est là pour draguer, reprit Devon. Le thème de mon article était celui-ci : il existe encore des bastions dans notre société qui restent interdits aux femmes. D'ailleurs ce qui s'est passé dans ce bar confirme ma thèse. Je n'avais rien fait pour attirer l'attention de ces deux brutes. J'étais assise à une table et je buvais tranquillement une bière quand ils sont venus m'ennuyer. Ce n'était pas...

Elle s'interrompit et le fixa sans aménité.

— Qu'est-ce qui vous fait rire ?

— Une idée qui vient de me passer par la tête... Je me disais que si vous aviez eu quelques dents en moins, de l'acné et des chevilles comme des poteaux, vous auriez pu boire votre bière en paix.

Sur ces entrefaites, la serveuse lui apporta sa commande. Devon attendit qu'elle se soit éloignée pour reprendre la conversation au point où ils l'avaient laissée.

— En d'autres termes, une femme défavorisée par la nature ne risque pas de se faire importuner ?

— Vous avez l'air furieuse. Pourtant c'était un compliment.

— Drôle de compliment ! Comment peut-on juger de la valeur d'une femme — comme de celle d'un homme, d'ailleurs — en se basant uniquement sur son apparence physique ?

Pour ponctuer son discours, elle secoua la masse brun-rouge de ses cheveux soyeux. Et Lucky se dit que si elle voulait qu'on prête davantage attention à son esprit, elle ferait bien de ne pas paraître aussi sexy.

— Désolé, Devon, mais je suis né comme ça. Pour moi vous êtes d'abord une très belle femme. Une femme très séduisante. Une femme...

— Une question ! coupa-t-elle. Seriez-vous venu à mon secours si j'avais été édentée ?

Lucky prit le temps de saler et de poivrer son *cheeseburger*. Puis il l'arrosa de ketchup.

— Oui, déclara-t-il enfin. Mais je ne vous aurais pas suivie après, je ne me serais pas étendu sur votre lit...

Baissant la voix, il poursuivit :

— Je ne vous aurais pas laissée rafraîchir mon ventre de votre souffle... pas plus que je n'aurais eu envie d'enflammer vos sens...

Pendant une fraction de seconde, elle demeura sidérée. Puis elle saisit son sac et se leva. Lucky étendit sa jambe sous la table et posa son pied sur le bout de la banquette, lui bloquant le passage.

— Vous m'avez posé une question, j'y ai répondu en toute franchise, lança-t-il.

— Vous pouvez garder vos impressions pour vous. Je veux partir. Maintenant.

— Attendez ! Nous avons encore beaucoup de choses à nous dire.

Sans hâte apparente, Lucky entama son *cheeseburger* et trempa une frite dans le ketchup.

— Pourquoi vous êtes-vous fâchée quand je suis intervenu ? demanda-t-il.

— Parce que je faisais une expérience ! Je voulais voir comment une femme pouvait se débrouiller si elle était confrontée à une situation de ce genre. A cause de vous, je n'ai pas pu...

— Ah ! Vous pouvez vous plaindre ! Pensez... Je vous ai empêchée de vous colleter avec Little Alvin et Jack Ed.

— Je ne m'attendais pas à tomber sur des brutes pareilles, admit Devon. J'avais prévu des sifflements, des clins d'œil, quelques remarques grivoises... de la drague un peu poussée, quoi. Mais je ne pensais pas que ça dépasserait certaines limites. En tout cas, j'étais loin d'imaginer que j'allais être brutalisée.

Après un silence, elle poursuivit :

— Autant que vous soyez prévenu. Je vous ai mentionné dans mon article. Bien sûr, je n'ai pas cité votre nom. J'ai parlé de vous comme de l'homme au syndrome chevaleresque.

— Quoi ?

— Le preux chevalier qui prend la défense des gentes damoiselles.

— Pas mal... Ça me plaît assez.

Tout en sirotant son *milk-shake* à l'aide d'une paille, Lucky demanda :

— Pourquoi avez-vous donné un faux nom à la réception du motel ?

Devon ne répondit pas immédiatement. Il était évident qu'elle ne s'attendait pas à ce que Lucky prenne pour un compliment le fait d'être comparé à un preux chevalier. Tout en se massant les tempes, elle déclara enfin :

— Pourquoi j'ai donné un faux nom ? Je ne sais pas... Une lubie ! Quelquefois, les gens me reconnaissent et veulent me parler d'un article qui les a frappés. L'autre soir, je n'avais aucune envie de me lancer dans une longue conversation.

Lucky termina son *milk-shake*. La serveuse passa avec une carafe pleine de café et remplit leurs tasses. Puis elle emporta les assiettes vides.

— Vous avez donné n'importe quel nom ? interrogea Lucky. Ça ne vous semblait pas important sur le moment ?

— Non. D'ailleurs je pensais que je ne vous reverrais jamais.

— On voit que vous ne me connaissez pas !

Devon fronça les sourcils.

— Que voulez-vous exactement ? Pourquoi êtes-vous venu ici ?

Le regard de Lucky se posa d'abord sur ses cheveux, puis descendit sur ses lèvres avant de s'arrêter sur ses seins.

— Vous savez très bien ce que je veux.

Il releva la tête et leurs yeux se rencontrèrent.

— Je veux passer une autre nuit avec vous,

enchaîna-t-il. Et je vous assure que, cette fois, je ne perdrai pas mon temps à dormir.

— Impossible, fit-elle d'une voix rauque, une voix presque inaudible. Je vous le dis maintenant pour que nous ne perdions pas davantage de temps — le vôtre comme le mien. C'est impossible. Si c'est seulement pour cela que vous êtes venu...

— Ce n'est pas seulement pour cela.

— Que voulez-vous d'autre, alors ? De l'argent ? Vous avez découvert que j'étais connue et vous allez me faire chanter ?

Lucky crispa les mâchoires, s'efforçant de se dominer.

— Que je ne vous entende jamais répéter une chose pareille, Devon ! Figurez-vous que mon nom est connu aussi. Et honorablement ! Le chantage ? Les Tyler ne sont pas du genre à y recourir.

— Excusez-moi, je ne voulais pas vous offenser. Ni vous, ni les vôtres.

Elle paraissait sincère. Cela ne devait pas lui arriver souvent de lancer de telles accusations. Il fallait qu'elle soit bouleversée pour cela. Et elle l'était visiblement... Ses grands yeux verts s'étaient assombris et son visage était redevenu aussi anxieux, aussi tendu qu'au moment où il avait pénétré dans son bureau et qu'elle l'avait reconnu.

— Il faut que je retourne travailler... murmura-t-elle. Dites-moi vite l'objet de votre visite.

— Il faut que vous sachiez ceci. Jamais je ne vous ai prise pour une fille qu'on drague pour une nuit... puis au revoir et merci.

— Je dois être flattée ?

— Oui.

Elle secoua la tête.

— De toute manière, on ne peut pas s'entendre. Je ne suis pas de celles qui se contentent d'une aventure sans lendemain.

— Mais c'est bien plus qu'une aventure ! Devon, la nuit que nous avons passée ensemble va avoir beaucoup d'importance sur mon avenir.

— Je vous en prie ! Vous n'avez plus quinze ans ! Pas de fadaises de ce genre ! C'est... insultant.
— Devon, vous êtes mon alibi.

9

— Un alibi ? Comme dans un crime ?
— Oui, exactement comme dans un crime.
Devon secoua la tête.
— Je ne comprends pas.
Lucky lui résuma la situation.
— L'incendie a détruit plusieurs pièces d'équipement lourd, des machines... Bref, les dégâts se chiffrent à des millions de dollars. De quoi faire sombrer la compagnie Tyler...
La colère le gagna.
— Une histoire de fous ! Si la police locale avait mené l'enquête, jamais nous n'aurions été soupçonnés. Mais il a fallu que les « feds » s'en mêlent... En ce moment, tous ceux qui sont dans le pétrole ont des problèmes financiers. Certains sont prêts à n'importe quelle compromission pour survivre. Les fraudes sont monnaie courante et, bien entendu, les compagnies d'assurances se méfient. A tort dans notre cas. Mais si nous voulons les en convaincre, il faut leur apporter la preuve que nous ne sommes pas coupables. Mon frère a pu justifier de son emploi du temps la nuit du sinistre. Moi pas. Comment serait-ce possible sans votre témoignage ?
Devon le contempla pendant quelques instants sans mot dire. Puis elle se détourna et fit mine de s'intéresser aux embouteillages qui bloquaient le boulevard.
— Alors vous voulez que je confirme votre alibi, résuma-t-elle. Vous voulez que je dise aux agents fédéraux que vous auriez été dans l'impossibilité de mettre

le feu cette nuit-là à Milton Point puisque vous étiez avec moi ?

— Voilà !

Elle le fixa droit dans les yeux.

— Je ne peux pas.

Avant qu'il ait pu deviner ses intentions, elle se leva et se dirigea vers la sortie.

— Hé ! Mais...

Lucky jeta un billet de dix dollars sur la table.

— Merci ! cria-t-il à la serveuse avant de se lancer à la poursuite de Devon Haines.

Il la rattrapa au moment où elle traversait la rue.

— « Je ne peux pas » ! Mais qu'est-ce que ça veut dire ?

La saisissant par le bras, il l'obligea à s'arrêter au milieu de la chaussée. Exaspérés, les automobilistes se mirent à klaxonner. Un camion chargé de caisses de bière fit une embardée pour éviter une collision.

Presque de force, Lucky entraîna Devon jusqu'au trottoir d'en face et répéta sa question.

— Et cette fois, ajouta-t-il, je ne me contenterai pas d'un simple « non » comme réponse.

— Il le faudra bien. Je ne peux pas témoigner de votre innocence.

— Par exemple ! grommela Lucky.

L'attirant contre lui, il approcha son visage du sien.

— Vous savez très bien que j'ai passé toute la nuit avec vous ! fit-il d'une voix rauque. Je me suis endormi le premier, et quand je me suis réveillé le lendemain matin, vous étiez déjà partie. Mais si par hasard vous avez oublié ce qui s'est passé entre-temps, moi je ne demande qu'à vous rafraîchir la mémoire.

Elle s'humecta les lèvres avec nervosité.

— C'est inutile. Merci.

— Au moins, vous ne niez pas ce qui est arrivé.

— Non, je ne le nie pas. Je le regrette... Et si vous saviez à quel point ! Ah ! Je ne suis pas fière de moi ! Et si vous croyez que je vais le crier sur les toits, vous vous faites des illusions.

Elle réussit à dégager son bras.

— Je suis désolée que vous ayez tous ces ennuis. Vraiment, je suis désolée... Mais vous devez admettre que je n'ai rien à voir dans cet incendie.

— Peut-être pas. Cependant vous seule pouvez m'éviter la prison.

— Ça m'étonnerait. Un homme comme vous réussit toujours à retomber sur ses pieds. Je suis sûre qu'avant d'être inculpé, vous trouverez une solution pour vous tirer d'affaire.

Elle s'éloigna de quelques pas.

— De toute manière, je vous le répète, ne comptez pas sur moi pour vous aider.

Sur ces mots, elle poussa la porte à tambour en bronze et pénétra dans le grand hall du journal. Lucky courut après elle, mais quand il arriva à son tour dans le hall, elle entrait dans l'ascenseur.

Deux gardiens l'arrêtèrent au moment où il allait foncer dans la cabine.

— Alors, mon vieux, on ennuie les journalistes ?

Devon avait dû leur demander de l'empêcher de la suivre...

— Vous croyez que ça changera quelque chose, Devon ? cria Lucky.

Sans lui accorder un regard, elle appuya sur un bouton et les portes coulissantes se refermèrent sur elle.

Les gardiens maintenaient toujours solidement Lucky qui se débattait.

— Laissez-moi ! Je m'en vais ! Je m'en vais...

Ils le poussèrent dehors.

— Si tu reviens, on appellera la police ! cria l'un d'eux.

Lucky répondit par une obscénité. Puis il resta planté devant l'immeuble, debout au milieu du trottoir, sans prêter attention aux passants qui le bousculaient.

— Alors, qu'est-ce que je fais maintenant ? marmonna-t-il.

Je ne peux pas, avait-elle dit. Mais pour quelle raison ?

La porte du garage se referma automatiquement. Et Devon entra chez elle par la cuisine, qui communiquait avec le garage. Elle traversa les pièces silencieuses et, une fois dans le living-room, jeta un coup d'œil à travers les persiennes pour s'assurer que Lucky Tyler ne l'avait pas suivie jusqu'ici. Il en aurait été capable ! Pendant le trajet qui séparait le centre-ville de son domicile, elle n'avait cessé de regarder dans le rétroviseur.

Quel choc lorsqu'elle l'avait vu devant son bureau, cet après-midi ! Un choc plus sérieux qu'elle ne voulait l'admettre. Elle était pourtant habituée à cacher ses émotions, mais cette fois, elle n'était pas sûre d'avoir très bien su les dissimuler.

Plusieurs de ses confrères avaient remarqué à quel point elle était secouée. Et lorsqu'elle avait regagné son bureau, ils n'avaient pas manqué de la taquiner.

— C'est qui, ce blond super ?

— A peine une relation.

— Un revenant de ton passé douteux, Devon ?

Maintenant, oui, elle pouvait parler de son passé douteux... Même si ce passé ne datait que d'une semaine !

Persuadée que Lucky ne l'avait pas suivie, Devon se dirigea vers sa chambre, qui donnait sur un patio et la piscine. Elle s'empressa d'ôter sa jupe et son chemisier. Cela la détendrait de nager un peu... Elle était dans un tel état d'énervement depuis que Lucky Tyler était entré dans son bureau ! Sans la moindre méfiance, elle avait levé la tête, s'attendant à voir le visage souriant du stagiaire. Au lieu de quoi, c'était le regard étincelant de colère de Lucky Tyler qu'elle avait rencontré.

Après un pareil choc, impossible de retrouver un semblant de calme. Sa nervosité, son anxiété ne cédaient pas. Et elle ne cessait de se demander quand il ferait de nouveau irruption dans sa vie.

Car il reviendrait, elle en était sûre.

Elle se contenta d'enfiler le bas d'un maillot et, après avoir pris une serviette dans la salle de bains, elle fit coulisser la porte donnant sur le patio.

La piscine l'occupait presque entièrement. Si bien qu'il restait très peu de pelouse à entretenir. Des arbustes poussaient le long de la haute clôture en cèdre. Personne ne pouvait la voir ici et elle en profitait pour se baigner à moitié nue. Après avoir passé toute la journée enfermée, elle aimait se détendre en plein air. Il lui arrivait souvent de flâner pendant toute la soirée sur cette terrasse où elle avait fait installer un barbecue. Elle trouvait plaisir à lire, à faire des recherches pour ses prochains articles — ou tout simplement à soigner ses plantes en pots. Et puis elle se livrait à son sport préféré : la natation.

Devon jeta sa serviette sur une chaise de jardin et plongea. Elle fit plusieurs longueurs de piscine avant de sortir de l'eau en rejetant à deux mains ses cheveux en arrière.

Puis, le regard perdu au loin, elle remonta vers la terrasse... et faillit trébucher sur une paire de bottes. Stupéfaite, elle leva la tête.

Lucky était allongé sur la chaise longue, les mains posées sur la boucle de son ceinturon, les chevilles croisées. Il paraissait tout à fait chez lui tandis que, les yeux rétrécis, il fixait les seins nus de la jeune femme...

— Serviette ? proposa-t-il en lui tendant celle qu'elle avait jetée un peu plus tôt sur le siège voisin.

Devon la lui arracha des mains et s'empressa de la nouer sur sa poitrine.

— Que faites-vous ici ? Comment êtes-vous entré ?

Elle avait pourtant vérifié que toutes les portes étaient fermées...

— Je suis passé par-dessus la clôture. C'est drôlement haut, j'ai dû me démettre le genou... Ce ne serait pas la première fois : ça m'est déjà arrivé en jouant au foot.

Sa nonchalance la mit en colère. Il se conduisait comme s'il sautait tous les jours des clôtures privées de trois mètres de haut.

— Vous m'avez suivie jusqu'ici ! accusa-t-elle.

— Y avait-il un autre moyen pour découvrir où vous habitiez ? Vous aviez lancé les gardiens de votre journal sur moi. Après ça, personne n'allait me donner votre adresse. Vous n'êtes pas dans l'annuaire — j'ai vérifié. Remarquez, j'avais déjà cherché Mary Smith... Il y en a plusieurs. Des Devon Haines, il n'y en a pas une seule.

Il la contempla des pieds à la tête.

— Elle est chauffée ?

Le jour commençait à baisser et, dans la lumière lavande du crépuscule, les yeux de Lucky étincelaient comme des saphirs. Devon était incapable de réfléchir. En fait, elle en avait été incapable depuis l'arrivée inattendue de cet homme dans son bureau, cet après-midi. Les conséquences que cette réapparition pouvait avoir dans sa vie l'épouvantaient. Comment avait-elle pu penser qu'elle réussirait à l'oublier et à reprendre son existence comme si rien ne s'était passé ?

S'apercevant qu'elle n'avait pas enregistré ce qu'il venait de dire, il reposa calmement sa question :

— La piscine. Est-elle chauffée ?

— Pourquoi ?

— Parce que vous avez la chair de poule.

Devon serra plus étroitement la serviette autour d'elle.

— L'air est frais.

— Allons à l'intérieur.

— *Moi*, je vais à l'intérieur. Et *vous*, vous partez !

— Je voudrais boire quelque chose. D'ailleurs, ça vous ferait du bien aussi.

Sans attendre sa réponse, Lucky fit coulisser la porte du patio et s'effaça poliment.

— Après vous.

Glacée jusqu'aux os, elle obtempéra, pressée de se protéger contre la morsure de son regard.

— Où est la cuisine ? demanda-t-il.
— Je vous ai demandé de partir, monsieur Tyler.
— Vous ne voulez rien boire ?
Lucky se laissa tomber dans un fauteuil et, plus décontracté que jamais, croisa les jambes.
— Tant pis, on ne boira rien. Discutons...
Devon avait peine à garder son calme. Difficile avec des dents qui s'entrechoquaient et des cheveux ruisselants. Des filets d'eau coulaient sur ses épaules, sur sa poitrine...
Le regard de Lucky demeurait posé sur les pointes de ses seins, qui se dressaient sous le tissu éponge.
Elle se détourna et jeta avec hauteur :
— La maison n'est pas bien grande, vous ne devriez pas avoir de mal à trouver la cuisine.
Lucky sourit et se leva. S'approchant d'elle, il la prit par l'épaule. Du pouce, il essuya les gouttes d'eau qui glissaient sur le renflement de son sein.
— J'aime bien quand vous êtes mouillée, fit-il d'une voix rauque.
Sans insister, il sortit. Devon claqua violemment la porte et se hâta de se débarrasser de son maillot. Puis elle s'essuya vigoureusement et enfila un survêtement en velours éponge. Se sécher les cheveux ? Elle n'en avait pas le temps. Aussi se contenta-t-elle de les cacher sous une serviette nouée en turban.
Puis elle se rendit dans la salle de séjour. Lucky avait allumé les lampes et examinait sa collection de disques compacts. En l'entendant entrer, il se tourna vers elle.
Leurs regards se rencontrèrent, s'accrochèrent... Pendant quelques instants, ils demeurèrent immobiles, comme hypnotisés l'un par l'autre.
Devon se souvenait de mille détails... Des détails que seule une amante pouvait connaître. Et pourtant, cet homme était un étranger pour elle ! Soudain, presque désespérément, elle souhaita tout apprendre de lui. Les plus petites choses...
Or, que savait-elle ? Rien, sinon qu'il obéissait à un

code chevaleresque qui avait presque disparu dans l'Amérique contemporaine. Qu'il possédait beaucoup d'humour. Qu'il avait des yeux magnifiques. Qu'il lui suffisait de la toucher pour qu'elle perde la tête. Et qu'elle ne parvenait pas à effacer le souvenir de cette nuit d'amour... même s'il le fallait absolument.

A voir l'expression de Lucky, en ce moment, il était clair que lui non plus n'arrivait pas à oublier cette nuit-là.

— Je n'ai trouvé que de la bière, déclara-t-il enfin.

Il buvait la sienne à même la bouteille. Mais il avait posé un verre sur le bloc de marbre que Devon utilisait en guise de table basse.

— Merci, fit-elle du bout des lèvres.

Cependant, elle n'y toucha pas.

— Vous n'en voulez pas ? demanda Lucky.

— Tout ce que je veux, monsieur Tyler, c'est savoir pourquoi vous vous êtes permis de forcer ma porte.

— C'est ce que j'ai fait ?

— Oui. Cet après-midi, vous êtes venu m'importuner au bureau. Ce soir, vous vous introduisez chez moi, dans une propriété privée...

— Pourquoi n'avez-vous pas appelé la police ? demanda-t-il avec un sourire sarcastique.

Quel toupet ! Comme s'il ignorait pourquoi ! Oubliant ses résolutions, elle éleva la voix, plus glaciale que jamais.

— Pour quelle raison m'avez-vous suivie ici ?

— Parce que je n'en ai pas fini avec vous.

— C'est bien dommage, monsieur Tyler. Parce que moi j'en ai fini avec vous à partir du moment...

— Où vous êtes sortie de mon lit ?

Elle ne répondit pas.

— Dites-moi pourquoi vous êtes restée avec moi l'autre nuit, Devon. Était-ce parce qu'il vous fallait un homme ? Et que le premier venu aurait fait l'affaire ?

— Non ! Non, non et non !

Sans prêter attention à ses dénégations, Lucky poursuivit :

— Et une fois que vous avez eu ce que vous désiriez, vous êtes partie.

— Vous vous trompez.

Avec obstination, elle secoua la tête.

— Oui, vous vous trompez, répéta-t-elle. Mais pourquoi me donnerais-je la peine de protester ?

Lucky posa sa bouteille de bière sur l'un des rayonnages de la bibliothèque et, en quelques enjambées, la rejoignit. Il la prit par les épaules et la souleva sans effort.

— Ai-je une raison de croire que je me trompe ? Pourquoi êtes-vous partie ainsi au petit matin ?

— Parce que j'étais dégoûtée.

Cette réponse le laissa sans voix. Jamais une femme ne lui avait dit une chose pareille !

— Dégoûtée ? s'écria-t-il enfin. De moi ?

— De moi, corrigea-t-elle. Et de cette situation ridicule. Si vous avez l'habitude de passer la nuit avec des inconnues, vous ne pouvez pas comprendre... Non, vous ne pouvez pas comprendre ce qu'on ressent après.

Lucky se mordilla l'intérieur de la joue. Au fond, ce qu'elle disait avait un certain sens.

— Pourquoi avez-vous refusé de poursuivre la conversation cet après-midi ?

— Parce que nous n'avions rien de plus à nous dire.

— Faux !

— Vrai.

— Allez-vous m'inviter à passer la nuit chez vous ?

— Non ! s'écria-t-elle.

— Eh bien, je vois que nous avons matière à discussion...

— Je sais ce qui vous tracasse ! Vous êtes persuadé que toutes les femmes tombent à vos pieds. Regardez-moi bien, monsieur Tyler ! Et apprenez que je suis l'exception. Et si vous me pourchassez, c'est parce que je vous ai quitté l'autre jour. En général, c'est vous qui prenez cette initiative. Votre amour-propre en a pris un coup, n'est-ce pas ?

— Peut-être, admit-il sans enthousiasme. Peut-être... En partie, tout au moins.

— Allez vous consoler ailleurs. Et avec une autre. Je ne veux plus vous revoir. Est-ce clair ?

— Oui, c'est clair. Mais vous n'avez pas encore réussi à me convaincre, Devon. Pas plus que vous n'arrivez à vous convaincre vous-même, d'ailleurs.

Il l'attira vers lui avec une telle force que la serviette tomba. Sa somptueuse chevelure se répandit sur ses épaules... Tout de suite, Lucky lui prit les lèvres.

Et au lieu de le repousser, comme sa raison le lui dictait, elle répondit à ses baisers avec une ardeur qui l'étonna la première.

Lucky resserra encore son étreinte. Ses mains remontèrent sous le survêtement, et quand elle les sentit sur son dos nu, elle frissonna. Elle eut soudain envie, elle aussi, de ce corps massif et de sa jeune énergie. Les yeux clos, elle se prit à désirer qu'il poursuive ses caresses. Elle se délecta du goût de ses lèvres, de l'odeur de sa peau... Oh ! Comme elle avait faim de lui !

Quand Lucky souleva le haut du survêtement, la boucle métallique de son ceinturon effleura le nombril de Devon, qui frissonna de nouveau et bien davantage encore lorsqu'il lui caressa les seins. Avec douceur, passion...

— Devon... fit-il d'une voix rauque. Pourquoi rendre les choses tellement difficiles ? Ça pourrait être si simple... et si bien !

— Ce... n'est pas seulement difficile, c'est... impossible, balbutia-t-elle. Je vous l'ai déjà dit. Maintenant, je vous en prie, partez. Et cessez de me tourmenter.

— Pourquoi ? Quand vous me désirez tout autant que je vous désire ?

A quoi bon le nier alors que c'était la vérité. Oui, elle tremblait de désir...

— Allez-vous-en ! fit-elle dans un sanglot.

— Devon, oubliez dans quelles conditions nous avons fait connaissance. Pensez seulement à l'instant où nous nous sommes réveillés dans les bras l'un de l'autre.

Elle se boucha les oreilles.
— Non, non ! Je ne peux pas !
— Pourquoi ?
Il l'obligea à ôter les mains qu'elle appliquait avec force sur ses tempes.
— C'était si bon, Devon ! Pourquoi refuser de vous souvenir de ces moments-là ?
— Je ne vous dois aucune explication.
— Par exemple ! fit-il entre ses dents. Après un baiser comme celui que vous venez de me donner, comment pouvez-vous parler ainsi ? Vous avez faim de moi. Et moi aussi, j'ai faim de vous. J'estime au contraire que cela me donne droit à une explication. Ce n'est pas votre avis ?
Les arguments de Lucky, son pouvoir de séduction... Tout contribuait à saper la volonté de Devon. Mais il ne fallait pas ! Brusquement, elle se dégagea.
— Je ne peux plus vous revoir ! Jamais ! Entendez-vous ? Jamais ! Et maintenant, je vous en supplie, partez...
Lucky changea de tactique. Glissant les pouces dans son ceinturon, la tête penchée un peu de côté, il prit une pose à la fois nonchalante et arrogante.
— O.K. ! Disons que nous n'avons aucune envie de nous embrasser. Oui, oublions tout ça pour le moment... et revenons-en à mon problème. J'ai besoin que vous confirmiez mon alibi.
Elle secoua la tête.
— Personne ne doit savoir que j'ai passé la nuit avec vous, fit-elle avec emphase. Personne ! Est-ce compris ? Pas question d'en faire une affaire publique.
De nouveau, elle avait froid. Aussi froid qu'en sortant de la piscine. Elle se frictionna les bras pour rétablir la circulation.
— Mais vous rendez-vous compte qu'on va m'accuser d'être un incendiaire ! Vous ne pouvez pas vous en laver les mains en prétendant que j'ai tout simplement joué de malchance !

— Je suis désolée que vous ayez des ennuis.

— Plus que des ennuis, Devon. Quand les agents fédéraux s'en mêlent, il n'y a pas de quoi rire.

— Sur quoi se basent-ils pour vous accuser ?

— Ils ont des soupçons mais pas de vraies preuves. Je ne pense pas qu'ils pourront me déclarer coupable. N'empêche que je risque la prison et que je n'ai aucune envie d'y aller, même pour quelques jours, surtout en étant innocent ! Et puis il ne me plaît pas qu'on me prenne pour un malfaiteur. Ma famille et la compagnie Tyler ne se relèveraient pas d'un coup pareil.

Avec une douceur inattendue, il la reprit par les épaules.

— Devon, soyez raisonnable ! Il faut que vous m'aidiez.

— Non. Vous ne pouvez m'y forcer !

— Et vous, vous ne pouvez pas vous conduire honnêtement ? Une personne comme il faut n'hésiterait pas une seconde à témoigner.

— Mais moi, je ne peux pas !

— Dites-moi pourquoi.

— Je ne peux pas, répéta-t-elle avec désespoir.

— Pourquoi ?

— Parce que je suis mariée.

10

— Elle est mariée.

Ces trois mots résonnèrent aussi lugubrement qu'un glas. Assis devant le bar qui séparait la cuisine de la salle de séjour, dans le petit appartement de Rocky et de Tanya, Lucky contemplait d'un air morne le café que venait de lui servir cette dernière.

Le jour n'était pas encore levé quand il avait sonné à la porte de son frère et de sa belle-sœur. En voyant son visage ravagé, ceux-ci avaient vite oublié leur mécontentement d'être réveillé à une heure si matinale.

Mal rasé, affamé, manquant visiblement de sommeil, Lucky avait les cheveux hérissés en tous sens, comme autant d'épis de blé... A vrai dire, rien d'étonnant ! Ne venait-il pas de couvrir plus de cent cinquante kilomètres — la distance qui séparait Dallas de Milton Point. Sans tenir compte des limitations de vitesse, il avait foncé comme un fou, les cheveux dans le vent. Et il n'avait même pas eu l'idée de remonter la capote de sa Mustang !

Depuis près de vingt-quatre heures, les siens se demandaient avec inquiétude où il était passé. Sally avait été la dernière à le voir. Selon elle, il était parti en coup de vent, à moitié habillé, sans un mot d'explication.

Après un long silence, Rocky répéta le dernier mot qu'avait prononcé son frère :

— Mariée ?

— Mariée, oui. Pour le meilleur et pour le pire...

Tanya remplit de nouveau sa tasse et celle de son mari, puis elle se percha sur un tabouret à côté de Lucky.

— Comment le sais-tu ?

— Elle me l'a dit.

Après un long baiser passionné, songea-t-il avec amertume.

— Tu as donc réussi à la retrouver ?

— Hier.

— Où ?

— A Dallas.

— Comment s'appelle-t-elle ?

— Devon Haines.

— Curieux... Ce nom me dit quelque chose.

— Tu as dû lire ses articles.

Rocky donna un coup de poing sur le bar.

— Bien sûr ! Devon Haines !

— Hier, tout à fait par hasard, je suis tombé sur son éditorial. Il y avait sa photo à côté de sa signature.

Lucky leur relata la suite de l'histoire en évitant certains détails trop personnels — tout comme ce qui avait suivi la révélation de Devon. Après l'avoir quittée, il était allé dans un centre de bowling et de baseball pour se défouler. Pendant des heures, il avait tapé de toutes ses forces sur la balle. Quand il s'était jugé suffisamment calmé, il avait pris le chemin du retour.

— Elle s'était arrangée pour garder l'incognito. Et quand j'ai réussi à la retrouver, elle a refusé de coopérer. Elle disait qu'elle ne voulait pas, qu'elle ne *pouvait* pas confirmer mon alibi. Je ne comprenais pas... Eh bien, maintenant, je sais pourquoi !

D'un trait, il avala son café brûlant. Sans mot dire, Tanya se leva et remplit sa tasse.

— Tu as vu son mari ? demanda Rocky.

— Non.

— Il était là ?

— Non.

— Où était-il.

— Je l'ignore.

— Comment s'appelle-t-il ?

— Je n'en ai aucune idée.

— Si elle est mariée, qu'est-ce qui lui a pris de passer la nuit avec toi ?

— Comment veux-tu que je sache ce qui se passe dans la tête d'une femme ?

Furieux, Lucky sauta en bas de son tabouret et se mit à marcher de long en large.

— Jamais je ne me suis trouvé dans une situation pareille. Je n'ai absolument aucune expérience de ce genre de truc... si bien que je me sens complètement paumé.

Cessant de marcher, il vint se planter devant Rocky et Tanya.

— Oh ! Je ne prétends pas être un ange ! J'ai fait quelquefois des trucs dingues avec les femmes... Quelle sarabande !

— Ça, personne ne dira le contraire, fit Rocky.

— Toi et moi, nous menions la danse !

Rocky jeta un coup d'œil gêné vers sa femme. Son mariage avait considérablement assagi l'ex-vedette des rodéos.

— Pour toi, rien n'a peut-être changé, déclara-t-il d'un ton peu amène. Mais moi, je préfère ne pas parler du passé devant Tanya.

— Bof ! Comme si elle ignorait que tu étais un terrible fêtard avant de la rencontrer ! Mais il ne s'agit pas de ça... Soit, je ne prétends pas vivre comme un moine, mais je n'ai jamais suborné une femme mariée. J'ai des principes, quand même ! Beurk !

Avec une grimace, Lucky porta la main à son estomac, comme si la seule pensée de l'adultère le rendait malade.

— Jamais non plus je ne suis sorti avec une femme séparée de son mari. J'ai toujours attendu que le divorce soit prononcé. Cette nana...

Lucky pointa l'index en direction de Dallas.

— Cette nana n'est qu'une garce. D'abord elle m'a donné un faux nom, ensuite elle m'a entraîné dans une aventure ridicule... Oh ! Une aventure vieille comme le monde, je ne dis pas le contraire. Ce n'est pas la première fois qu'une femme trompe son mari. N'empêche que c'est amoral.

Après ce discours bien senti, Lucky vint se rasseoir sur son tabouret, le regard vide.

— Que vas-tu faire maintenant ? demanda Rocky après un long silence.

— Aller en prison. Les « feds » vont trouver le moyen de me coller l'incendie sur le dos. Qu'est-ce que tu paries ?

— Ne dis pas des choses pareilles ! s'écria Tanya. Tu ne peux pas aller en prison quand tu n'es pas coupable.

— Tu ne vas pas laisser cette femme s'en tirer comme ça, déclara Rocky. Elle a fait une bêtise... Tant pis pour elle. Il faut qu'elle en paie les conséquences.

— C'est ce que je lui ai dit.

— Et ?...

— Et ça n'a servi à rien.

— Il fallait faire appel à son sens du devoir.

— J'ai utilisé cet argument aussi. Elle est restée de bois... Remarque, rien d'étonnant ! Une femme capable de tromper son mari ne peut avoir le sens du devoir.

A mi-voix, comme pour lui-même, il ajouta :

— Pourtant, elle avait l'air d'une femme convenable au début.

— Dans le pire des cas, Patrick Bush pourra toujours la faire citer comme témoin.

— Devant le tribunal ?

Avec un soupir, Lucky frotta ses yeux las.

— J'espérais que ça n'irait pas si loin. Les affaires sont déjà en si mauvaise posture...

Il leva les yeux vers son frère.

— Je suis navré, Rocky. J'ai tout gâché... Et le plus dramatique, c'est que j'entraîne tout le monde dans ma chute. Toi, maman, la compagnie Tyler...

Rocky donna une bourrade amicale à son frère.

— Ta peau a plus d'importance que la société. Mais il y a un autre problème. Le type qui a mis le feu... Je me demande ce qu'il complote d'autre en ce moment...

Après avoir jeté un coup d'œil à la pendule murale, il ajouta :

— Je vais aller voir si les enquêteurs sont déjà à pied d'œuvre.

— Je te rejoindrai là-bas tout à l'heure, promit Lucky.

— Tsst, tsst ! Toi, tu prends ta journée.

— Qui a dit ça ?

— Moi.

— Tu n'es pas mon patron.

— Aujourd'hui, si.

Depuis toujours, ils se chamaillaient gentiment à propos de tout et de rien. Mais cette fois, Lucky n'insista pas.

— Tu as l'air épuisé, reprit Rocky. Reste tranquillement à la maison. Et tâche de dormir.

Rocky se dirigea vers sa chambre.

— Moi, je vais prendre une douche. On se verra dans le courant de la journée.

Après le départ de Rocky, Tanya se tourna en souriant vers son beau-frère.

— Veux-tu que je te prépare ton petit déjeuner ? Qu'est-ce que tu aimerais ?

— Rien, merci. Je m'en vais...

Arrivé à la porte, il se retourna et prit Tanya par les épaules.

— Je ferais bien d'imiter mon frère. Si je trouvais une femme comme toi, je l'épouserais et je me rangerais... L'ennui, c'est que, à part toi, je ne connais personne de convenable.

Tanya se dégagea, souriant malgré la gravité de la situation.

Quant à Lucky, ses yeux bleus avaient perdu leur lumière.

— Tanya, je ne comprends pas... Tout d'abord, comment une femme mariée peut-elle accepter de partager une chambre d'hôtel avec un homme dont elle ne sait rien ? Et ensuite, comment peut-elle le laisser lui faire l'amour ?

— Ça arrive tout le temps, Lucky. Tu n'as pas lu les statistiques ?

— Si, mais...

La voyant froncer les sourcils, il hésita.

— Je me rends compte que ça te gêne de parler de ça, reprit-il après une pause, mais je suis tellement désorienté. Comment dire... Vois-tu, Devon n'est pas du genre à draguer un inconnu pour, une heure après, se retrouver au lit avec lui...

— Comment le sais-tu ?

— C'est évident. Il suffit de la voir !

Visiblement déconcerté, Lucky secoua la tête.

— Pourquoi prendrait-elle de tels risques ? Après tout, j'aurais très bien pu être un dingue, j'aurais pu avoir une maladie vénérienne... ou Dieu sait quoi ! Son comportement est incompréhensible. Elle a tout pour elle. Un mari, une belle maison, de l'argent, un métier... Pourquoi mettrait-elle tout ça en jeu ? D'un autre côté, si elle a assez de culot pour vivre dangereusement, elle devrait en avoir assez pour assumer les conséquences de ses actes.

— Je ne sais pas, Lucky, répondit Tanya, désolée de ne pas trouver de réponse. Moi, je serais incapable d'être infidèle à Rocky. Je ne peux même pas l'imaginer.

Lucky rétrécit les yeux.

— Remarque, je ne crois pas qu'elle avait prévu ce qui allait se passer. Une chose est certaine, elle ne draguait pas ! Au contraire, elle cherchait à m'éviter. En plus, elle a des idées plutôt féministes...

Lucky s'interrompit pour chercher les mots qui lui permettraient de décrire Devon Haines avec précision.

— A première vue, elle paraît très bien... Elle porte des vêtements classiques, elle est sérieuse, sûre d'elle. Bref, on la croirait capable de dominer n'importe quelle situation.

De plus en plus déconcerté, Lucky laissa échapper un profond soupir.

— Ce n'est pas non plus une évaporée. Et on ne peut pas dire qu'elle ait fait les premiers pas... Moi non plus, d'ailleurs. C'est arrivé comme ça, quoi ! Nous étions à moitié endormis quand j'ai commencé à l'embrasser, à la caresser. Elle a répondu à mes avances et... et voilà.

Tanya l'avait écouté avec attention sans l'interrompre une seule fois.

— Lucky, qu'est-ce qui t'ennuie le plus ? Qu'elle ait refusé de témoigner pour te disculper ? Ou bien qu'elle soit mariée ?

— Comment ça ?

— Pendant toute une semaine, tu as été obsédé avec l'idée de découvrir qui est cette femme et où elle vit.

— Parce qu'elle représente mon alibi !

— Tu es sûr qu'il n'y a pas d'autre raison ?

— Quelle idée !

Avec brusquerie, Lucky ouvrit la porte.

— Écoute, Tanya, ne va pas te mettre d'idées romanesques en tête !

— Bon...

— Je parle sérieusement.

— Oh ! J'ai compris.

La voix de Lucky monta.

— Cette bonne femme représente mon alibi. Un point, c'est tout.

Pour ponctuer ses paroles, il fit un grand geste de la main et se cogna violemment les jointures contre le chambranle de la porte.

— Aïe !

En portant son poing douloureux à sa bouche, il ajouta plus bas :

— Et de toute manière, elle est mariée.

Quelques instants plus tard, vêtu seulement d'un drap de bain drapé autour de ses hanches, Rocky apparut tout en se frictionnant vigoureusement les cheveux à l'aide d'une serviette.

Songeuse, Tanya regardait les feux arrière de la Mustang s'éloigner.

— Qui criait comme ça ? demanda Rocky.

— Lucky.

Tanya referma la porte.

— Il essayait à toute force de me convaincre que pour lui, cette femme ne représentait rien de plus qu'un alibi.

— Il te croit sourde ?

— C'est lui qui est sourd.

— Quoi ?

— Il refuse d'écouter son cœur.

— Je ne comprends pas.

— Tu ne peux pas comprendre : tu es un homme.

Rocky se pencha pour l'embrasser dans le cou.

— Tu sais que ton petit sourire me rend fou ?

— Je sais... murmura Tanya en se lovant contre lui. C'est d'ailleurs pour ça que je souris si souvent...

Rocky laissa glisser le drap de bain, prit Tanya dans ses bras et l'emporta dans leur chambre.

Une demi-heure plus tard, ils se délassaient dans le grand lit défait, enfin rassasiés l'un de l'autre. Les yeux clos, Tanya restait étendue sur le dos tandis que, sans hâte, Rocky lui caressait les seins.

— Je suis vraiment désolée pour Lucky, murmura-t-elle.

— Moi aussi. Il s'est mis dans un drôle de pétrin.

— Je ne parle pas de l'incendie. Puisqu'il n'existe pas de preuve contre lui, les enquêteurs seront forcés de conclure à un non-lieu. Ça restera un sale coup pour lui, rien de plus.

— Alors de quoi parles-tu ?

Tanya souleva les paupières et, dans un geste plein de tendresse, rejeta en arrière les mèches qui tombaient sur le front de son mari.

— Sa rencontre avec cette Devon Haines a eu plus d'effet sur lui qu'il ne veut l'avouer. Et même s'il l'admettait, que pourrait-il faire ? Rien. C'était terminé avant même d'avoir commencé.

— Qu'entends-tu par là ?

Elle haussa les épaules.

— Peut-être y avait-il un espoir de relation sérieuse ?

Rocky éclata de rire.

— Une relation sérieuse ? Lucky ? Avec une femme ?

Tanya se souleva sur un coude.

— Tu trouves ça ridicule ?

— Tant qu'il restera des femmes sur cette terre, Lucky sera incapable de se montrer fidèle à une seule.

— Tu es injuste ! Il est beaucoup plus sensible que tu ne le penses. Et il est fidèle, à sa façon.

— Oh ! Pour ça, je suis d'accord, fit Rocky d'un ton sarcastique. Il peut être fidèle à plusieurs femmes en même temps. T'ai-je raconté dans quelles circonstances il a été surnommé Lucky[1] ?

— Non.

1. *Lucky: chanceux.*

— Tu ne t'es jamais demandé comment un James-Lawrence a pu devenir un Lucky ?

— Non, je ne me suis pas posé la question. Il faut dire qu'on ne l'a jamais appelé autrement que Lucky devant moi.

Rocky croisa ses mains derrière sa tête et laissa échapper un petit rire.

— Il devait être en quatrième. Quel âge avait-il ? Treize ans, quatorze au grand maximum. À cette époque, au lycée, tous les garçons ne parlaient que de cette fille de Kilgore. Une prostituée, en fait. Minijupe, bottes de cuir, décolletée jusque-là... Enfin, tu imagines le genre. On en rêvait tous, mais ça n'allait pas plus loin. Jusqu'à ce qu'un soir, avec quelques copains, on ait pris la route de Kilgore...

— Tiens, tiens...

— On a emprunté une voiture, même si aucun de nous n'avait son permis... Lucky nous a suppliés de l'emmener. Au début, on ne voulait pas. Mais quand il a menacé de révéler nos projets aux parents, on a bien été obligés de le prendre avec nous. Et nous voilà tous partis pour Kilgore...

— Une bande de gosses en goguette...

— Tout juste. On a traîné au moins une heure en ville avant de la trouver dans un bowling où elle se pavanait en se tortillant. On était là à la regarder, les yeux exorbités, la langue pendante... Mais personne n'a eu le courage de l'approcher, sauf Lucky. Et ils sont partis tous les deux !

— Oh !

— Pas très rassurés, on les a suivis. Et on a attendu deux heures entières ! Deux heures, tu te rends compte ? Le garçon qui avait emprunté la voiture de ses parents ne savait plus quoi faire. Il avait peur que ceux-ci ne découvrent notre escapade. A la fin, on s'est mis à klaxonner. Et Lucky est arrivé en remettant sa chemise, un sourire vaniteux aux lèvres. Je l'aurais tué ! Les autres aussi, d'ailleurs... La vie était vraiment trop injuste ! Quoi, le benjamin de la bande avait réussi là où nous avions tous échoué ?

Tanya s'efforçait de prendre l'air horrifié, mais elle avait bien du mal à ne pas pouffer de rire. Rocky poursuivit son récit.

— Je lui ai dit : « Arrête de ricaner, petit salaud ! Tu as eu de la chance, c'est tout. » « Eh bien, appelle-moi Lucky ! » a-t-il rétorqué en roulant des épaules.

— Vous êtes tous les deux incorrigibles ! s'exclama Tanya. Comment avez-vous expliqué ce surnom à vos parents ?

— Je ne m'en souviens plus. On a dû trouver quelque chose... En tout cas, c'est resté. Depuis, James-Lawrence est devenu Lucky.

Avec un petit soupir, Tanya posa la tête sur la poitrine de son mari.

— Pauvre Lucky... Il n'a pas beaucoup de chance en ce moment.

— Non.

Rocky enlaça Tanya et la serra très fort contre lui.

— Mais moi, si.

Devon avait des tonnes de documentation à étudier, des douzaines de journaux à parcourir, des pages et des pages à écrire... mais elle ne parvenait pas à se concentrer.

A chaque instant, elle revoyait l'expression de Lucky quand elle lui avait avoué qu'elle était mariée. Une expression à la fois incrédule et scandalisée. Son regard, tout d'abord stupéfait, était devenu très froid. Si froid qu'elle en frissonnait encore.

De plus en plus énervée, elle quitta son bureau, se rendit au bout du couloir où l'on trouvait les distributeurs de boissons et inséra des pièces dans la fente adéquate. Les pièces tombèrent avec un bruit métallique sourd. Un bruit sinistre... Et elle se sentit encore plus déprimée.

Lorsqu'elle traversa la salle de rédaction pour regagner son bureau, plusieurs de ses confrères lui adressèrent la parole. Elle fit mine de ne pas les avoir entendus.

— Hé, Devon ! Où est le beau blond d'hier ?

Ignorant la question, elle referma la porte de son bureau pour décourager les curieux et posa sur un coin de sa table de travail la bouteille qu'elle était allée chercher. A vrai dire, elle n'avait pas soif.

Je suis mariée, se répéta-t-elle avec désespoir.

La licence avait été signée, le juge avait présidé la cérémonie dans les règles. Pour l'État du Texas, et selon la loi, oui, elle était mariée.

— Pourtant, je ne le suis pas vraiment !

C'était un mariage qu'elle n'aurait eu aucun mal à faire annuler. Elle avait tous les motifs pour cela. Et si les gens connaissaient la vérité, ils prendraient tous son parti. Personne n'oserait la condamner.

C'était elle seule qui refusait de recouvrer sa liberté. Elle seule qui refusait de rompre un mariage qui n'était en fait valable que sur le papier. Mais n'avait-elle pas agi en toute connaissance de cause ? Elle avait son libre arbitre. Et que ce soit une bonne ou une mauvaise décision, il ne lui restait plus maintenant qu'à en supporter les conséquences.

Lucky Tyler n'était évidemment pas au courant des circonstances de son mariage. Pour lui, elle n'était rien d'autre qu'une femme infidèle qui refusait de payer le prix de ses frasques. Or, elle ne pouvait pas l'aider sans que cela ait de graves répercussions sur elle-même et sur son mari.

Devon ne pouvait oublier le regard méprisant de Lucky. Pour le faire changer d'attitude, il lui aurait suffi de lui donner une brève explication. Mais elle avait préféré garder le silence.

Ah ! Lucky était bien loin de soupçonner l'incroyable réalité !

Quand il l'avait fait sienne, elle s'était raidie. Et il n'avait pas compris que c'était parce qu'elle souffrait.

Puis, ce bref instant de souffrance passé, Devon s'était laissé emporter par une immense vague de volupté et de passion. Une vague qui balayait tout sur son passage.

Au fond, mieux valait que Lucky ne se soit rendu compte de rien ! S'il avait su qu'elle était vierge, la situation serait encore plus compliquée aujourd'hui. Et pourtant, comme elle aurait voulu qu'il sache ! Le souvenir de cette nuit merveilleuse mais trop brève resterait pour toujours dans son cœur. Un souvenir si doux, et en même temps si amer...

Le stagiaire fit brusquement irruption dans le bureau.

— Vous aviez demandé à voir les épreuves de cet article.

Devon s'essuya les yeux et s'empara des papiers qu'il lui tendait.

— Ah, oui ! Merci.

— Ça va ?

— Oui, oui.

— Sûr ?

Elle s'efforça de sourire pour le rassurer. Elle n'allait quand même pas s'apitoyer sur elle-même ! Après tout, elle avait été heureuse quand Lucky lui avait fait l'amour. Et cette nuit-là, justement, elle avait tant besoin qu'on l'aime...

Mais l'ironie poignante du destin ! C'était dans les bras d'un étranger qu'elle avait découvert ce qui pouvait être... Et ne serait jamais...

— Lucky !

En guise de réponse, il grommela et se cacha la tête sous l'oreiller. Sally le secoua sans douceur.

— Va-t'en ! grommela-t-il.

— Veux-tu s'il te plaît te réveiller et dire à cette fille d'arrêter d'appeler ?

Lucky roula sur le dos et battit des paupières. Debout près de son lit, seulement vêtue d'un bikini, Sally le regardait d'un air furibond.

— Quelle fille ? s'enquit-il.

Un peu d'espoir le traversa, tandis qu'il tendait la main vers l'appareil posé sur sa table de nuit.

— Susan Young.

Si le téléphone s'était soudain transformé en cobra, il n'aurait pas retiré sa main plus vite.

Exaspérée, Sally brancha la prise que Lucky avait débranchée un peu plus tôt pour ne pas être dérangé. Elle souleva le récepteur et, sans même baisser la voix, déclara :

— Elle n'arrête pas de nous bassiner. Ça fait deux jours qu'elle appelle toutes les heures. Alors, s'il te plaît, dis-lui de me laisser bronzer en paix !

Là-dessus, elle jeta le téléphone à son frère qui ne put faire autrement que de s'en emparer.

— Sale môme, va ! marmonna-t-il.

Mais quand il parla dans le récepteur, sa voix n'était plus que miel...

— Susan ! Comment vas-tu ? Merci d'appeler... Je pensais justement à toi.

Sa sœur fit mine de vomir. Puis elle s'assit au bord du lit et, sans la moindre gêne, écouta ce que disait Lucky. Celui-ci la fixa sans aménité, les sourcils froncés. Mais il en fallait plus pour intimider Sally !

— Alors, quoi de neuf ? demanda-t-il à Susan.

Cette dernière se lança dans un discours interminable. Agacé, Lucky lui coupa la parole.

— C'est vrai, je ne suis pas venu te voir... Non, je ne t'ai pas téléphoné non plus. Tu comprends, je voulais t'épargner toutes ces histoires.

— Si elle avale ça, ricana Sally, elle est complètement stupide !

Lucky adressa un regard noir à sa sœur avant de reprendre sa conversation avec Susan.

— A mon avis, il faudrait éviter de se rencontrer tant que mes problèmes ne sont pas résolus. Je ne veux pas te mêler à tout ça... Oui, je sais, pour me mettre hors de cause, tu voulais leur dire que...

Susan l'interrompit et il dut l'écouter pendant plusieurs minutes.

— Non, Susan, je ne peux pas te laisser endosser cette responsabilité, s'écria-t-il avec véhémence. Je te respecte trop !

— Oh, là, là ! s'exclama Sally. Qu'est-ce qu'elle propose maintenant ? D'inviter les « feds » dans sa chambre pour les amadouer ?

Afin de couvrir les remarques sarcastiques de sa sœur, Lucky haussa la voix.

— Laisse-moi le temps de me retourner... Promis ! Je serai chez toi dans une heure.

Pensif, il raccrocha et demeura en contemplation devant l'appareil.

— Alors ? interrogea Sally. Raconte !

— Ça ne te regarde pas. Et maintenant, petite peste, du balai ! Il faut que je me lève et que je m'habille.

— Oh ! Quelle pudeur ! Je t'ai déjà vu en petite tenue.

— Si tu veux savoir, je me suis mis au lit en sortant de la douche. Par conséquent, je suis nu comme un ver sous ce drap. Alors, à moins que tu ne veuilles compléter ton éducation, va voir ailleurs si j'y suis. Je suis pressé, figure-toi. J'ai dit à Susan que je serai chez elle dans une heure.

Sally se vexa.

— Tu crois que je sors du couvent ? La nudité masculine ne me choque pas. Je sais comment un homme est fait et comment il fonctionne.

D'un air critique, Lucky examina le minuscule deux-pièces que portait sa sœur.

— J'espère que tu te conduis correctement avec les messieurs, fit-il d'un ton sévère.

— Ah, ah ! C'est bien à toi de parler ! Tu te conduis correctement avec les dames ?

— Tu te balades avec tes copains, habillée comme ça ?

— Et toi ? Tu ne regardes pas les filles en bikini ?

— Prérogative masculine, ma chère.

— Par exemple ! Tu as des critères différents pour les femmes et pour les hommes ! Deux poids, deux mesures !

L'image de Devon sortant de la piscine s'imposa à Lucky. Seulement vêtue d'un slip couleur bronze, elle avait levé les bras pour rejeter en arrière ses cheveux mouillés, faisant du même coup jaillir ses seins lourds scintillant de gouttelettes.

Sally avait raison. Oui, il regardait les filles... et oui, il avait des critères différents pour les hommes et pour les femmes.

— Écoute, maintenant tu t'en vas ! gronda-t-il.

— Oh ! Comme tu es désagréable en ce moment !

Sally sauta en bas du lit et courut vers la porte. Avant de sortir, elle se retourna. Sa colère avait déjà disparu et son visage n'exprimait plus que de la compassion.

— Rocky est passé à l'heure du déjeuner. Maman et moi lui avons dit que tu dormais et il n'a pas voulu qu'on te réveille, parce que tu avais besoin de te reposer. Il... euh, il nous a mis au courant pour cette Devon Haines. Je suis vraiment désolée... C'est bien dommage !

En dépit de sa mauvaise humeur, Lucky lui adressa un clin d'œil.

— Merci, tu es gentille.

Après le départ de Sally, il sauta hors du lit et se mit en devoir de s'habiller, mais cela lui prit beaucoup plus de temps que d'ordinaire. A chaque instant, il s'arrêtait devant la fenêtre et fixait un point à l'horizon. L'esprit ailleurs, il oubliait ce qu'il était en train de chercher dans ce tiroir, ou pourquoi il avait ouvert ce placard...

L'image de Devon continuait à s'imposer à lui. Et malgré tout, il souhaitait la revoir.

Au lieu de cela, c'était à Susan qu'il devait aller rendre visite ! Mais après l'avoir ignorée pendant une semaine, il lui était difficile de continuer à l'éviter.

— Ça ne va pas être drôle, soupira-t-il.

Il ne se doutait pas de ce qui l'attendait !

11

Lorsqu'elle vit la Mustang de Lucky garée devant chez elle, Devon ne manifesta aucun étonnement. Elle arrêta sa voiture à sa hauteur, et, sans que son expression révèle quoi que ce soit, le fixa sans mot dire. Un instant après elle se dirigeait vers l'entrée du parking.

Lucky sortit de voiture et passa sous la porte du garage qui s'était ouverte automatiquement. Devon l'attendait, vêtue d'un tailleur dont elle avait ôté la veste. Des lunettes de soleil maintenaient ses cheveux en arrière. Elle portait une boîte plate en carton contenant une pizza.

— Bonjour, fit Lucky d'un ton solennel.

— Bonjour.

— Je... euh...

Mal à l'aise, Lucky se balança d'un pied sur l'autre. Puis il leva les yeux vers le ciel qu'obscurcissaient de sombres nuages annonçant une tempête.

— Votre mari est-il là ?

— Non.

— Je ne voudrais pas vous rendre les choses plus difficiles qu'elles ne le sont déjà...

— Dans ce cas, que faites-vous ici ?

— J'ai à vous parler.

Lucky jura entre ses dents.

— Il faut que vous m'aidiez, Devon.

Elle jeta un coup d'œil autour d'elle d'un air inquiet — comme si elle avait peur d'être observée. Puis elle hocha la tête.

— Venez.

Après avoir refermé le garage, elle confia la pizza à Lucky pendant qu'elle ouvrait la porte de la cuisine. Il la suivit à l'intérieur et posa le carton sur le plan de travail carrelé de blanc.

Devon poussa un interrupteur et une lumière bleue, glaciale, jaillit des tubes fluorescents.

— Je reviens tout de suite, dit-elle.

Elle disparut alors. Lucky s'approcha de la fenêtre qui donnait sur le patio. Il avait commencé à pleuvoir. De grosses gouttes tombaient dans la piscine et éclaboussaient la terrasse. De si grosses gouttes qu'elles faisaient ployer les feuilles des plantes en pots. Un éclair déchira le ciel. Puis le tonnerre gronda.

— Vous avez faim ?

Lucky se retourna. Devon était revenue dans la cuisine. Elle avait pris le temps de se brosser les cheveux et de se changer. Elle portait maintenant un vieux jean, un pull confortable et des mocassins en cuir souple. Sans son strict tailleur, elle paraissait infiniment plus jeune et surtout plus vulnérable.

— Ma foi, oui, j'ai faim, répondit enfin Lucky. Même si je ne m'en rendais pas compte.

— Vous aimez la pizza aux piments ?

— Bien sûr.

— Je vais préparer une salade...

Abasourdi, Lucky ne savait plus que dire. L'invitait-elle à dîner ? Vraiment ? Lui qui s'attendait à ce qu'elle lui claque la porte au nez... A condition encore que ce soit *elle* qui vienne lui ouvrir. S'il était tombé sur le mari, il lui aurait demandé un renseignement quelconque, le nom d'une rue, par exemple...

Mais personne n'avait répondu quand il avait sonné un peu plus tôt. Aussi avait-il décidé d'attendre et de voir qui arriverait d'abord. A ce moment-là, il aviserait.

Quant à être invité à dîner... Cette possibilité ne lui avait pas une seule fois traversé l'esprit.

Devon prit une laitue et des tomates dans le réfrigérateur. Puis elle se mit en devoir de préparer la salade.

— Vous n'avez pas l'air surprise de me voir, déclara Lucky.

— Non.

Il s'appuya contre le plan de travail.

— Pourquoi ?

— Parce que vous m'avez dit que vous estimiez

qu'un « non » prononcé par une femme n'avait aucune signification... Excusez-moi.

Elle le poussa pour ouvrir le réfrigérateur où elle prit un flacon d'assaisonnement tout préparé pour la salade. Puis elle lui tendit une bouteille de vin rouge et un tire-bouchon.

— Je vous laisse faire.

De plus en plus étonné par son comportement, Lucky s'apprêta à déboucher la bouteille. De son côté, après avoir mis la pizza au micro-ondes, elle disposa la table pour deux.

— Où sont les verres ? demanda Lucky.

— Sous le placard mural.

Lucky remarqua à ce moment-là les verres alignés sur deux rangées dans des alvéoles — un peu comme dans un bar. Il en prit deux et les remplit. Devon alluma une bougie, la posa au milieu de la table et lui fit signe de s'asseoir.

Lucky s'exécuta, après avoir apporté les deux verres de vin ainsi que la bouteille. D'autorité, Devon le servit de salade et de pizza. De plus en plus étonné, Lucky la regardait faire. Et quand elle voulut s'emparer de son verre de vin, il lui prit la main.

— Mais qu'est-ce qui vous arrive ? jeta-t-il avec brusquerie.

— Comment ça ?

— Si votre mari rentre et nous trouve en train de dîner aux chandelles ?

— Ça vous inquiète ?

— Et comment !

— Il ne viendra pas.

— Vous en êtes sûre ?

— Tout à fait. Il ne viendra pas ce soir.

Devon dégagea sa main, saisit son verre et but un peu de vin. La bonne odeur de l'origan, des piments et de la mozzarella rappela à Lucky qu'il n'avait rien mangé de la journée.

— C'est très bon, déclara-t-il après la première bouchée.

— Merci.
— Ça vous arrive souvent ?
Devon coupa un morceau de pizza et, avant de le porter à sa bouche, attendit que le filament de fromage se casse.
— Quoi ? De rapporter une pizza le soir ?
S'obligeant à la patience, Lucky déclara :
— Non. D'inviter des hommes à dîner quand votre mari est absent.
— Je n'ai pas dit qu'il était absent. J'ai seulement dit qu'il ne viendrait pas.
Pourquoi jouait-elle sur les mots ? Exaspéré, Lucky la fixa.
— Ça vous arrive souvent ? redemanda-t-il.
Devon soutint son regard pendant quelques instants.
— Je ne devrais pas vous répondre, parce que ma vie ne vous regarde pas, déclara-t-elle enfin. Mais si ça peut vous rassurer, sachez que vous êtes le premier homme que j'invite à dîner ici. Voilà ! Vous êtes content ?
— Oui, merci.
— Je vous en prie.
— Je suis même flatté.
— Ça n'en vaut pas la peine. Je savais que vous ne partiriez pas sans m'avoir parlé. Et comme j'avais faim...
Elle haussa les épaules avant d'enchaîner :
— Deux personnes peuvent partager une pizza sans qu'il soit question d'adultère.
— Et si ces deux personnes-là ont déjà partagé le même lit ?
Devon sursauta. Ses yeux s'agrandirent, soudain terrifiés. Elle avait l'air traqué d'un animal ébloui par les phares d'une voiture.
Un terrible coup de tonnerre retentit alors et toutes les lumières s'éteignirent en même temps. La pièce n'était plus éclairée que par la faible lueur de la bougie.
— Ça va ? demanda Lucky, surpris par la soudaine absence d'éclairage.

— Bien sûr.

Mais quand elle voulut prendre son verre de vin, sa main tremblait.

— Devon...

Mû par une soudaine impulsion, il lui saisit la main. Elle était glacée. Il tenta de la réchauffer dans la sienne, puis il lui caressa la paume.

— A propos, Devon...

Elle lui jeta un regard interrogateur.

— Je fais allusion à cette nuit où nous avons partagé le même lit, reprit-il. Vous n'avez pas à vous inquiéter... J'ai fait attention. Je ne sais pas si vous vous en êtes rendu compte, mais...

— Si, si... prétendit-elle. Merci. Vous... vous vous êtes conduit en... en parfait gentleman.

Il eut un sourire ironique.

— Un parfait gentleman ne vous aurait pas suivie sur l'autoroute, ne se serait pas introduit dans votre chambre et surtout, un parfait gentleman ne serait pas resté toute la nuit.

— Vous étiez plutôt mal en point. A propos, comment va votre blessure ?

— Oh ! C'est déjà cicatrisé. On ne voit presque plus rien.

A quel moment avaient-ils commencé à chuchoter ? Lucky aurait été incapable de le dire. C'était étrange mais le sujet de conversation, l'ambiance, la lumière, tout poussait à baisser la voix.

Leurs regards demeuraient rivés l'un à l'autre. Et Lucky continuait à caresser la main de Devon... D'un air coupable, elle la retira presque de force, car il ne voulait pas la lâcher.

Sans enthousiasme, Lucky se remit à manger. Mais il n'avait plus d'appétit. Pour la pizza, du moins... C'était de Devon dont il avait faim.

Le silence n'était troublé que par le bruit de la pluie qui fouettait les vitres et le choc des couverts sur la porcelaine. Lucky se dit que si le désir était doté de parole, il ferait autant de bruit qu'une fanfare.

— Un peu plus de pizza ? proposa Devon.
— Non, merci.
— De la salade ?
Lucky secoua négativement la tête. Devon se mit alors en devoir de débarrasser la table. Il en profita pour remplir à nouveau leurs verres de vin. Les vitres obscures de la fenêtre leur renvoyèrent leur image. Le portrait intime d'un couple partageant un dîner aux chandelles...
— Les apparences peuvent être trompeuses, remarqua Lucky.
— C'est vrai, admit-elle.
Après un silence, Lucky déclara :
— Il faut que je vous parle franchement. Vous ne me connaissez pas beaucoup, mais je peux vous assurer que je n'ai pas l'habitude d'en user ainsi avec les femmes.
— Je m'en doute, fit-elle avec un petit sourire.
A travers son verre, Lucky contempla la flamme vacillante de la bougie.
— Voilà. Je sors avec une fille de Milton Point depuis deux ou trois mois...
— Ne vous inquiétez pas, vous n'aurez pas d'ennuis avec elle à cause de moi !
— Il ne s'agit pas de cela.
— Alors pourquoi me parlez-vous d'elle ?
— Parce qu'il est important que vous soyez au courant.
— Si vous croyez que je m'intéresse à vos histoires d'amour !
— En fait d'histoire d'amour... Bon, vous me laissez parler ? Après, ce sera votre tour.
— D'accord, fit Devon d'un air résigné.
— Le père de cette fille est le P.-D.G. de la banque qui nous a prêté des capitaux.
— C'est la raison pour laquelle vous sortez avec elle ?
Lucky eut l'étrange impression que Devon serait déçue s'il répondait « oui ».

— Non. J'ai commencé à sortir avec Susan parce qu'elle était l'une des rares femmes de Milton Point avec lesquelles je n'avais eu aucune relation, vous me comprenez...

Devon baissa les yeux.

— Eh bien... je vois.

— Je vous ai prévenue que j'allais vous parler franchement !

— J'apprécie. Continuez.

— Susan est gâtée, pourrie. Son père, sa mère, tout le monde est à ses genoux. Elle se croit le centre du monde et s'imagine que tout lui est dû.

Il aurait pu continuer pendant des heures, mais mieux valait ne pas outrer le portrait.

— On lui passe le moindre de ses caprices. Et le dernier en date... c'est de devenir Mme Lucky Tyler.

— Pourquoi ?

Lucky haussa les épaules.

— Ma sœur prétend qu'elle en tirerait vanité.

— C'est ainsi qu'on voit les choses à Milton Point ? interrogea Devon sans chercher à cacher son ironie.

— Certaines personnes, oui.

— Et si je comprends bien, vous n'avez pas très envie de l'épouser ?

— Pas question !

— Vous le lui avez dit ?

— Deux fois, déjà.

— Il semblerait que, pour elle, un « non » prononcé par un homme n'ait aucune signification.

Furieux, Lucky lui adressa un regard noir.

— J'essaie de vous expliquer la situation, et vous n'arrêtez pas de m'interrompre avec vos remarques sarcastiques !

— Il est possible que vos histoires de cœur fascinent certaines femmes. Mais je peux vous assurer que vos démêlés avec cette Susan me laissent complètement indifférente.

— J'arrive au fait !

— Allez-y ! soupira-t-elle.

— La semaine dernière, Susan a proposé d'aller trouver la police pour me rendre service. Elle était prête à jurer que j'étais avec elle la nuit de l'incendie.

— En échange de quoi, ce faux témoignage ? D'une demande en mariage en bonne et due forme ?

— En plein dans le mille !

— Et que lui avez-vous répondu ?

— Rien. En réalité, je ne l'ai pas prise au sérieux. Je pensais qu'elle allait laisser tomber...

— Mais ça n'a pas marché comme vous le souhaitiez ?

— Non. Tout à l'heure, elle a téléphoné pour me demander d'aller la voir.

— Et alors ?

— Alors ? Elle m'a menacé de faire un autre faux témoignage. Elle n'hésiterait pas à dire que je l'ai informée de mon intention de mettre le feu au hangar, de manière à toucher l'argent de l'assurance, ce qui me permettrait de rembourser la banque.

— Personne ne la croira.

— Au contraire ! Parce que, pour me noircir, il faudra qu'elle admette avoir passé la nuit avec moi. Ce qui signifie sacrifier sa réputation de sainte-nitouche. Pour les « feds », quelle plus belle preuve de sincérité ?

— Et... a-t-elle...

Devon s'interrompit et Lucky devina qu'avant même de l'avoir formulée, elle regrettait déjà sa question. Cela lui donna un peu d'espoir. Serait-elle jalouse des femmes qu'il y avait eu dans sa vie ?

— Non, je n'ai jamais eu aucune relation avec elle. Je le jure ! assura-t-il en la fixant droit dans les yeux.

Avait-il réussi à l'en persuader ? Probablement, car elle déclara :

— Dans ce cas, vous n'avez pas de souci à vous faire.

— Au contraire. Susan peut se montrer très convaincante. Tout à l'heure, je l'ai presque crue quand elle s'est mise à pleurer en disant qu'elle ne pouvait pas garder plus longtemps pour elle l'horrible révélation que je lui aurais faite. Elle ne cessait de répéter :

« Non, non ! Je ne peux pas avoir ça sur la conscience toute ma vie ! » Elle parlait comme si tout était vrai... Comme si je lui avais vraiment confié que j'avais l'intention de mettre le feu !

Songeuse, Devon tournait son verre entre ses doigts.

— Je suppose que Susan oublierait tout de suite que vous êtes un incendiaire si vous lui proposiez de l'épouser.

— Évidemment. A ce moment-là, elle en reviendrait à sa première version de l'histoire. Et au lieu de m'accuser, elle me disculperait.

— Et du même coup vous empêcherait de faire faillite.

Lucky hocha la tête d'un air sombre.

— Jamais je ne l'avais prise au sérieux. C'est seulement aujourd'hui que je viens de me rendre compte à quel point elle peut être dangereuse.

— Ah ! Une femme jalouse...

— Elle m'en veut d'autant plus que j'aurais dû dîner avec elle le soir où nous étions ensemble.

Devon ouvrit la bouche, mais demeura silencieuse.

— Quand elle a découvert le pot aux roses, ça a été la fin de tout. Pourtant, Sally — ma sœur — avait essayé de me mettre en garde contre Susan. Mais je m'étais contenté de rire. Je m'aperçois trop tard que j'ai eu tort... Susan n'est qu'une méchante garce prête à tout pour arriver à ses fins. Et moi, l'idiot, qui lui ai offert sur un plateau le moyen de me piéger ! Elle n'a aucun scrupule, elle est tout à fait capable de s'attaquer à ma famille... Par pure malveillance, elle va nous rendre la vie impossible. Oh ! Elle n'hésitera pas une seconde !

— A moins que je ne dise à la police où vous étiez en réalité la nuit de l'incendie, fit Devon en pesant ses mots.

— C'est vrai.

D'un ton bourru destiné à cacher son émotion, Lucky ajouta :

— A moins que vous ne leur disiez la vérité, vous me comprenez.

— Comme vous y allez !

Elle se leva si brusquement que la bougie faillit tomber. Comme si elle souffrait, elle s'appuya sur la surface carrelée d'un plan de travail, en crispant les poings avec violence.

Lucky la rejoignit et, debout derrière elle, il s'interdit, l'espace d'un instant, de la toucher. Non, il ne devait pas... En dépit des objurgations de sa conscience, il la prit par la taille et enfouit son visage dans sa somptueuse chevelure.

— Nous nous sommes aimés, Devon. Vous pouvez toujours prétendre que non, si cela apaise vos remords. Mais le fait est là.

— Laissez-moi... gémit-elle. Je vous en prie, laissez-moi !

— Écoutez-moi ! fit-il avec insistance. Ce n'est pas seulement à cause de l'incendie que je suis venu, vous le savez ! Oui, j'aurais cherché à vous revoir de toute manière. D'ailleurs, vous aussi, vous vouliez me revoir, même si vous le niez. Vous ne me fuyez pas seulement pour les conséquences que mes démêlés avec la justice pourraient avoir sur votre existence. Vous me fuyez aussi... parce que vous n'êtes pas insensible...

Il lui effleura le buste dans une caresse légère.

Elle se récria aussitôt.

— Pourquoi vous dérober ? fit-il.

Devant son trouble, il n'hésita pas à prendre l'avantage.

— Il vous déplaît de reconnaître que vous êtes aussi perturbée que moi.

— Arrêtez !

— Dites-moi que vous ne ressentez rien, dites-le-moi, Devon. Et alors j'arrêterai.

— S'il vous plaît ! Laissez-moi !

— Je ne peux pas ! fit-il dans un cri. Non, je ne peux pas...

Se dégageant, elle fit quelques pas, se retourna, affronta son regard et succomba tandis qu'il la prenait dans ses bras. Ils s'enlacèrent presque désespérément.

Le désir de Lucky atteignait son paroxysme. Et aussi sa colère... Car il n'avait pas le droit de toucher à cette femme. Sa philosophie en la matière était très claire. Autrefois, il allait au catéchisme le dimanche, et même s'il se montrait le plus dissipé de tous les élèves, il n'avait pas oublié les leçons du pasteur. Pas plus d'ailleurs que celles de ses parents, qui tenaient à inculquer certains principes moraux à leurs enfants.

Or, la manière dont il se comportait allait à l'encontre de tout ce qu'il avait appris.

Mais comment rester de glace quand Devon répondait à ses baisers avec une ardeur égale à la sienne ?

Lucky jura de toutes ses forces.

— Résistez-moi, Devon ! Arrêtez...

Un besoin presque primitif le submergea. Celui de combattre pour elle... Lui prenant la tête à deux mains, il l'écarta légèrement.

— Où est-il, ce type que vous avez épousé ? Où était-il quand vous traversiez l'est du Texas toute seule ? Il faut qu'il soit fou pour vous laisser autant de liberté ! Fou ! Ou bien aveugle... Pourquoi ce salaud n'est-il pas ici en ce moment ? Il devrait vous protéger... De moi, mais aussi de vous-même !

Ces questions étaient de pure forme et Lucky les avait posées sans vraiment attendre de réponse. Aussi fut-il rien de moins que sidéré quand Devon cria :

— Il est en prison !

Les lumières revinrent brusquement.

12

Ébloui, Lucky cligna les paupières à plusieurs reprises. Devon comprit aussi qu'il avait eu un choc. Elle s'empressa d'aller éteindre. D'ailleurs, elle se sentait plus à l'aise avec la seule lueur de la bougie.

— En prison ? répéta Lucky, stupéfait.

Il demeurait figé sur place comme si les semelles de ses bottes étaient clouées au sol.

— Au pénitencier fédéral à régime de sécurité minimale, dans l'est du Texas. Il se trouve à environ quatre-vingts kilomètres de...

— Je sais où.

— C'était après lui avoir rendu visite que, sur le chemin du retour, j'ai eu l'idée de faire une petite enquête pour mon article. Je pensais que mes théories se trouveraient plus aisément confirmées si j'allais dans un bar situé en dehors de la ville. On peut dire que la suite des événements m'a donné raison !

Devon se tut. Elle n'allait certainement pas lui fournir d'autres explications ! Pas question, en tout cas, de lui raconter comment s'était terminée sa visite au pénitencier. Ni à quel point elle était bouleversée. Tout cela ne regardait en rien Lucky Tyler.

Seul le hasard avait voulu qu'il intervienne au bon moment et au bon endroit — ou bien au mauvais moment et au mauvais endroit, selon le point de vue où l'on se plaçait —, pour profiter de son désarroi.

— Pourquoi est-il en taule ?

— Délit d'initié. Violation des règlements du SEC.

— Il est coupable ?

— Bien sûr que non ! mentit-elle. Vous pensez que j'aurais épousé un escroc ?

Tout au moins, elle était persuadée de son innocence le jour où elle était devenue sa femme.

— Comment voulez-vous que je sache ? s'écria Lucky.

Laissant libre cours à sa colère, il s'approcha, menaçant.

— Tout ce que je sais, c'est que vous êtes capable de tromper votre mari.

Quelle horrible accusation ! Mais Devon se sentait incapable d'avouer la vérité. Aussi elle feignit de se fâcher.

— Non ! protesta-t-elle avec force.

— Non ? répéta Lucky en ricanant. Moi, je dirais oui, ma chère.

Devon alla ouvrir en grand la porte qui donnait sur le garage.

— Vous pouvez partir par le même chemin...

— C'est trop facile !

— Maintenant que vous voyez enfin dans quelle situation compliquée je me trouve à cause de vous, je vous demande de vous retirer.

— Mais je ne comprends rien à rien ! tempêta Lucky.

Avec violence, il claqua la porte que Devon venait d'ouvrir. Le courant d'air fit vaciller la flamme de la bougie, projetant sur les murs leurs ombres mouvantes.

— Je ne quitterai pas cette maison avant que vous me fournissiez une complète explication, reprit-il.

— Je ne vous dois rien et...

Il lui coupa la parole.

— Haines, est-ce votre nom ou le sien ?

— Le mien. Lui s'appelle Shelby. Greg Shelby.

— Depuis combien de temps êtes-vous mariés ?

Elle n'était pas d'humeur à lui répondre. Mais Lucky ne partirait pas sans lui avoir arraché d'autres explications. Et comment l'en blâmerait-elle ? Si elle se trouvait à sa place, elle serait tout aussi furieuse et frustrée que lui. Après tout, elle n'était pas obligée de *tout* lui dire, juste l'indispensable...

Lucky la fixait d'un regard intense et ses yeux semblaient lire la moindre de ses pensées. Elle en était troublée. Et encore il ignorait que, pour elle, cette nuit-là avait été la première. Oui, la première... Un détail que Lucky Tyler ne semblait pas avoir enregistré...

Pour cacher sa gêne, elle demanda poliment :

— Puis-je vous offrir un peu de café ?

— Non.

— Autre chose ?

— Des réponses.

— Venez, nous serons mieux à côté pour parler.

Protégeant la bougie de sa main, elle la souffla. Puis, dans le noir, elle traversa le hall et pénétra dans la salle de séjour. Après avoir allumé une lampe, elle s'assit au coin d'un canapé en cuir ivoire. Lucky se laissa tomber sur un coussin jeté au pied d'un fauteuil et croisa les jambes en tailleur.

— Je vous écoute, fit-il.

Sans autre préambule, elle commença :

— Au moment où Greg est passé en jugement, j'ai proposé à mon rédacteur en chef de faire une série d'articles à son sujet.

— Vous ne le connaissiez pas avant ?

— Non.

— Qu'est-ce qui a pu vous intéresser à ce point chez cet homme pour que vous ayez envie de lui consacrer plusieurs articles ?

— La plupart des délinquants, depuis les grands criminels jusqu'aux petits voleurs, répondent à un ensemble de critères particuliers. Par exemple, les criminels en col blanc, qu'ils soient coupables ou non, ont la réputation de se montrer très arrogants et de traiter leurs juges avec beaucoup de condescendance.

— Continuez.

— D'après ce que j'avais lu au sujet de Greg, il ne correspondait pas du tout à ce profil type. Il paraissait désespérément sincère — presque pathétique —, quand il assurait n'avoir rien fait de mal. Une telle attitude m'intriguait. J'ai voulu écrire quelque chose à son sujet et le rédacteur en chef m'a donné le feu vert... Ça n'a pas été simple, je vous assure ! Il m'a fallu tout d'abord prendre contact avec l'avocat de Greg et le bureau du procureur afin d'obtenir les autorisations nécessaires, ce qui a demandé un certain temps...

— Vous avez obtenu toutes ces autorisations sans problème ?

— L'avocat de Greg a accepté à condition d'être présent pendant les interviews. Quant au procureur, il a stipulé que mes articles devraient lui être soumis avant publication. Vous comprenez, il me fallait rester totalement objective pour ne pas influencer les jurés. Je ne pouvais pas charger Greg, pas plus que je ne pouvais l'innocenter.

Lucky hocha la tête.

— C'est évident.

— Quand la procédure a été définie, j'ai enfin obtenu l'autorisation de voir Greg pour une première interview.

— Le coup de foudre ?

— Non, mais il me plaisait.

— Physiquement ?

— Entre autres.

— Un homme avec des menottes est-il tellement séduisant ?

Ignorant le sarcasme, Devon déclara :

— A ce moment-là, il ne se trouvait pas encore en prison. Il était en liberté sous caution.

Lors de sa première entrevue avec Greg dans le cabinet de l'avocat, Devon s'était demandé comment on pouvait l'accuser. Chemise blanche, cravate discrètement rayée, impeccable dans un classique costume trois-pièces couleur anthracite, il paraissait incapable de la moindre fraude. Ses cheveux châtains étaient soigneusement coiffés, dégageant un front haut, intelligent. Aussi élégant que courtois, il aurait pu passer pour un professeur de bonnes manières.

— Qu'avez-vous appris au cours de cette première rencontre ? interrogea Lucky.

— Je lui ai surtout posé des questions au sujet de son enfance.

— Et ?

— Il avait été élevé dans une ville sidérurgique de Pennsylvanie. Ses parents étaient des gens très stricts, très sévères et très pieux. Il avait d'ailleurs rompu tous les ponts avec eux.

— Quoi ? Je me vois mal, coupant toute attache avec ma famille !

Ce cri du cœur n'étonna pas Devon. A plusieurs reprises, Lucky avait manifesté son inquiétude à la pensée d'entraîner les siens dans sa chute. Apparemment, ce qui atteignait un Tyler concernait un vaste entourage...

— Greg n'a pas eu la chance d'avoir une famille unie comme la vôtre, monsieur Tyler.

Après un instant de réflexion, elle ajouta avec une pointe de tristesse, comme pour elle-même :

— A vrai dire, peu de gens ont cette chance !

Reprenant le fil de son discours, elle poursuivit :

— Le père de Greg avait travaillé pour la même compagnie sidérurgique toute sa vie. Il ne comprenait pas les mécanismes de la bourse et se moquait de Greg parce que, selon lui, il n'avait pas d'emploi régulier.

— Vous n'avez jamais fait la connaissance de ses parents ?

— Non.

— Et les vôtres ? Sont-ils contents d'avoir un gendre en prison ?

— Mes parents sont morts.

— Oh ! fit Lucky avec émotion. C'est terrible... Mon père est mort il y a deux ans.

Après un silence, il en revint à leur premier sujet de conversation.

— Combien de temps après cette première entrevue avez-vous commencé à sortir avec Shelby ?

— Nous ne sommes jamais sortis ensemble.

Lucky fronça les sourcils d'un air incrédule.

— C'est vrai ! assura Devon. Son avocat nous a déconseillé de nous montrer en ville ensemble. Un homme sur le point de passer en jugement a intérêt à attirer le moins possible l'attention sur lui.

— Alors l'avocat tenait la chandelle pendant que Shelby vous faisait la cour ? ironisa Lucky. Eh bien, il a dû s'amuser !

— Ce n'est pas un voyeur. Il a très vite compris que je n'étais pas là pour exploiter son client et qu'il pouvait me faire confiance. Aussi nous a-t-il laissés seuls.

— Commode !

— Cela nous a permis de faire connaissance.

— Je m'en doute !

— J'ai pu me rendre compte que Greg était accusé à tort. Quelqu'un de sa société avait communiqué des informations confidentielles à certains clients. Et cette personne, avec énormément d'adresse, s'était arrangée pour semer toute une série d'indices accusant Greg. Celui-ci avait adopté pour se défendre une attitude très logique : il n'avait tiré aucun profit de cette affaire. Par conséquent, puisqu'il n'avait rien gagné, comment pouvait-on l'accuser ?

Lucky eut l'impression que Devon attendait une réponse.

— Hé, je ne fais pas partie du jury ! protesta-t-il. De toute manière, le verdict a été rendu et cela ne sert à rien de revenir sur le jugement. Parlons plutôt de vous... et de Greg, bien sûr.

— Au fur et à mesure que le temps passait, lui et moi devenions de plus en plus proches...

— Hum !

— Dans ces conditions, comment rester objective ?

— Difficile !

— Je rêvais de l'aider, de le défendre contre toutes ces accusations injustes. Mais un bon journaliste doit se montrer impartial, et comme j'étais impliquée personnellement, j'ai été obligée d'abandonner ma série d'articles. Greg était navré. La pensée que nos relations personnelles pouvaient avoir une quelconque répercussion sur ma carrière l'ennuyait beaucoup.

— Il faut dire aussi que le battage que vous faisiez autour de lui le servait.

Ce commentaire avait de toute évidence atteint un point sensible.

— Que voulez-vous dire ? lança Devon d'un ton de défi.

— Rien, rien... fit Lucky avec lassitude. Ça n'a pas d'importance. Alors quand Shelby vous a demandé de l'épouser, vous avez tout de suite accepté ?

— Oui. Il aurait préféré m'épouser après le jugement. Moi je ne voulais pas attendre.

— Pourquoi ?

Pourquoi, en effet ? Qu'avait-elle cherché à prouver ? Qu'elle était plus perspicace que les détracteurs de Greg ? Qu'elle connaissait la vérité quand tous les autres se trompaient ? A moins que la situation dans laquelle se trouvait Greg ait réveillé en elle de pénibles souvenirs ? Il lui semblait encore entendre la voix de sa mère, quand cette dernière prétendait être malade.

J'ai mal. Devon. Vraiment... Je ne peux pas le supporter ! Il faut que tu m'aides.

Je suis innocent. Devon. Vraiment... Je le jure. Il faut que vous m'aidiez.

Comment ignorer l'appel d'une personne en difficulté ? Dans une situation désespérée ? A cause de sa mère et du naufrage de leurs relations qui les avait marquées toutes les deux, Devon avait été amenée à croire Greg. Même si les faits n'apportaient pas la preuve absolue de son innocence.

Par la suite, elle avait compris qu'elle était tombée dans un piège. Elle avait tout avalé les yeux fermés, l'appât et l'hameçon... Oh ! Greg n'avait pas eu grand mal à la manipuler ! Avec une adresse diabolique, il avait réussi à se substituer à Mme Haines. Et quand il parlait, c'était la voix de sa mère que croyait entendre Devon. Cette voix faible qui ne cessait de la hanter... Oui, Greg avait su comment faire appel à sa compassion !

Il n'était, certes, pas question d'admettre cela devant Lucky Tyler ! Contre toute logique, Devon continuait d'ailleurs obstinément à défendre Greg. En fait il n'y avait pas d'autre solution... D'ailleurs, Greg était son mari devant la loi et le mariage obligeait à assumer certaines responsabilités.

Pourquoi ? lui avait demandé Lucky. Pour répondre à cette question, elle en revint au mythe qu'elle avait créé de toutes pièces. Un mythe qui — elle le savait maintenant — n'était rien d'autre qu'un masque destiné à dissimuler sa trop grande crédulité.

— Je l'ai épousé pour démontrer que je le croyais

innocent. Le mariage a été célébré civilement dans le cabinet de son avocat.

— Combien de temps s'est-il écoulé entre cette cérémonie et sa condamnation ?

— Deux jours. Quand Greg a été appelé à la barre, il a parlé avec tant d'éloquence et de sincérité que j'étais persuadée qu'il allait être acquitté. Et au moment où le jury l'a déclaré coupable, je n'en ai pas cru mes oreilles...

Devon ferma les yeux.

— Je revois encore les huissiers s'approcher de lui pour l'emmener en prison. Il était effondré...

Et furieux, aussi, songea Devon. Cela l'avait rendu fou de rage de ne pas avoir réussi à influencer les jurés. Quoi, ces douze personnes n'avaient pas été convaincues de sa sincérité ? Devon était donc la seule à avoir été dupée ?

— Tout ça s'est passé quand ? interrogea Lucky.

— Il y a onze mois.

— Quel a été le verdict ?

— Deux ans de prison. Dix ans sous surveillance. Mais son avocat pense qu'il n'effectuera que la moitié des peines.

— Si bien qu'il pourrait être prochainement libéré ?

— On doit étudier son cas dans quelques semaines.

Lucky se leva et lui tourna le dos. Puis il glissa les mains dans les poches arrière de son jean. Ses épaules demeuraient rigides et la tension parut soudain presque palpable.

Brusquement, il se retourna, le visage dur, tendu.

— Combien de fois au cours de ces onze mois l'avez-vous trompé ? lança-t-il avec colère.

— Ça ne vous regarde pas.

— Et comment !

Lucky saisit Devon par la main et l'obligea à se lever à son tour.

— J'ai tout de même le droit de savoir si je suis un numéro parmi d'autres, ou bien si je fais partie d'une élite soigneusement sélectionnée, ou encore si je suis le seul et unique. Franchement, je ne sais pas ce que je préférerais... Mais quoi qu'il en soit, je *veux* savoir !

— Quelle importance !

— Pour moi, c'est important.

Les larmes picotèrent les paupières de Devon. Soudain, elle eut envie de lui crier la vérité. *Il n'y a jamais eu que vous dans ma vie !* Au lieu de quoi, elle murmura d'une voix tremblante :

— Vous êtes le seul.

Les épaules de Lucky se détendirent imperceptiblement. Ses yeux perdirent un peu de leur éclat implacable.

— Je suis bien obligé de vous croire, jeta-t-il en haussant les épaules.

— Que vous me croyiez ou non, c'est la vérité.

— L'aimez-vous ?

— C'est mon mari.

— Vous avez répondu à côté de la question.

— Je n'ai aucune intention de vous parler de mes relations avec mon mari.

— Pourquoi ?

— Parce que ça ne vous regarde pas.

— Vous êtes toute prête à partager votre corps, mais quand il s'agit de donner quelques informations...

— Je n'ai rien partagé du tout. Ce qui s'est passé est arrivé de manière tellement insolite. Tout a commencé par quelques baisers... Vous m'avez prise au dépourvu.

— Au dépourvu ! Vous n'avez pas senti la chaleur de mes lèvres sur vos seins, peut-être ?

Devon se souvenait de chacun de ses baisers, de chacune de ses caresses avec une acuité étonnante. Pourtant, que n'aurait-elle donné pour oublier cette aventure...

— J'étais à moitié endormie. J'ai répondu à vos avances sans m'en apercevoir.

Menaçant, Lucky s'avança d'un pas.

— Ne me dites pas que vous m'avez pris pour votre mari, sinon je vous étrangle !

— Non! cria-t-elle, en larmes. Non, je n'ai jamais pensé une chose pareille.

Incapable de soutenir son regard, elle baissa les yeux. Le silence qui régnait dans la maison lui parut soudain suffocant.

Comme écrasée par la présence de Lucky, elle s'écarta et se mit à errer sans but dans la pièce. Pour se donner une contenance et aussi pour éviter de le regarder, elle se mit à ranger les piles de magazines.

— Autrefois, on lapidait les femmes infidèles, fit Lucky d'un ton méprisant.

Devon, qui était en train de redonner forme aux coussins du canapé, se redressa brusquement.

— Vous avez une certaine part de responsabilité, monsieur Tyler.

— Je suis prêt à l'assumer. Ce qui n'est pas votre cas.

Devon posa les mains sur ses hanches et lui fit face.

— Et que devrais-je faire, à votre avis ? Me promener en ville en donnant des pierres aux passants pour qu'ils me les jettent ? Ou bien porter un tee-shirt avec une inscription en lettres rouges: *femme adultère* ? Dans certains pays, on coupe la tête des malheureuses qui ont osé tromper leur mari. Vous croyez que je mérite ce châtiment-là ? Dans ce cas, seriez-vous prêt à poser votre tête à côté de la mienne sur le rocher du sacrifice ? Après tout, vous l'avez bien posée sur le même oreiller...

Ce souvenir lui valut de s'interrompre net dans sa diatribe. Elle lui tourna le dos.

— J'ai commis une erreur de jugement, reprit-elle plus bas. Mais croyez-moi, ma conscience me punit suffisamment comme ça!

Lucky la rejoignit.

— Devon... murmura-t-il.

La prenant par les épaules, il la fit pivoter sur elle-même. Puis il posa un doigt sous le menton de la jeune femme, l'obligeant à relever la tête.

— Je ne veux pas vous punir. D'autant plus que je

suis plus à blâmer que vous. Je pourrais sûrement m'accuser de dix péchés là où vous n'en auriez qu'un à confesser. Mais jusqu'à présent, j'avais toujours considéré les femmes des autres comme étant sacrées. Pour moi, l'adultère...

Lucky laissa sa phrase en suspens. Leurs regards se rencontrèrent, s'accrochèrent...

— Jamais ? interrogea-t-elle d'une voix rauque.

— Jamais.

— Si vous aviez su que j'étais mariée...

Il réfléchit pendant quelques secondes.

— A vrai dire je ne pense pas que j'aurais eu le courage de résister, avoua-t-il.

Leurs regards demeuraient rivés l'un à l'autre, tandis que les souvenirs les submergeaient. Tous deux revivaient leur nuit dans cette chambre de motel... Et en toute équité, ils acceptaient chacun leur part de blâme, leur part de responsabilité.

— Il faut que je témoigne pour vous disculper, fit enfin Devon d'une voix presque inaudible. Je n'ai pas le choix, n'est-ce pas ?

— Si. Jamais je ne vous y forcerai.

— Mais si je refuse de vous aider, vous vous retrouverez dans une situation terrible. Et votre famille aussi. Je ne peux laisser une telle erreur se produire. Quand vous m'avez parlé du feu, hier, j'ai compris que je serais obligée de témoigner...

Elle soupira.

— C'est la seule chose à faire.

Avec un petit sourire de regret, elle enchaîna :

— J'espérais qu'entre-temps un miracle se produirait. Un miracle qui rendrait mon témoignage inutile. Hélas !

Lucky lui effleura le coin de la bouche du bout de l'index.

— Votre mari ne saura rien. Votre identité restera secrète. D'ailleurs, je n'ai pas encore été formellement accusé. Pour l'instant, je ne suis que le suspect numéro un. Une fois que vous leur aurez dit que j'étais avec vous cette nuit-là, du crépuscule à l'aube, je serai tout de suite mis hors de cause. Quant à vous, vous pourrez partir sans être davantage inquiétée. Votre nom ne sera pas donné en pâture à la presse ni aux curieux.

Devon en était moins sûre. De telles situations ne se résolvaient pas aussi facilement. Cependant elle préféra ne pas jeter d'ombre sur le bel optimisme de Lucky.

— Je prendrai ma journée de demain et j'irai à Milton Point, déclara-t-elle. Autant en finir le plus vite possible.

— Je suis bien de votre avis ! J'ai hâte d'être enfin lavé de tout soupçon.

Il sourit. De ce même sourire qu'il lui avait adressé en s'approchant de sa table, à *cet endroit-là*. Un sourire à la fois étincelant et nonchalant... Un sourire qui lui donnait l'air d'un pirate trop séduisant. Quelle femme pouvait résister à un tel sourire ?

Une vague de chaleur envahit Devon. S'efforçant de cacher son trouble, elle demanda d'une voix neutre :

— A quelle heure voulez-vous que je vienne demain à Milton Point ?

— Soyez à la maison à midi. Je demanderai à Patrick d'amener les enquêteurs pour prendre votre déposition.

— Qui est Patrick ?

— Le shérif. Patrick Bush. Vous l'avez vu le jour de la bagarre. Et c'est une bonne chose, parce qu'il pourra vous identifier comme étant la fille que j'ai draguée à *cet endroit-là*.

— Vous ne m'avez pas draguée.

— Façon de parler. Il n'y a pas de quoi se fâcher.

— Si, je suis fâchée. Bon ! Écoutez, j'ai accepté de faire ce que vous vouliez. Alors vous pouvez partir maintenant.

Aussitôt, Devon alla ouvrir la porte d'entrée.

— Je vais vous donner mon adresse et les indications nécessaires pour que vous trouviez la maison, dit Lucky.

— Inutile, je chercherai votre adresse dans l'annuaire.
— Faites comme vous voulez.
— Oh ! Je fais toujours ce que je veux.

Avant de passer le seuil, Lucky saisit la jeune femme par la nuque et déposa un baiser brûlant sur ses lèvres.

— Bonne nuit, Dovey, murmura-t-il avant de s'éloigner.

13

Devon était toujours de mauvaise humeur quand, le lendemain à midi, Lucky l'accueillit à la porte de chez lui. Il savait que ce baiser qu'il lui avait volé la veille, juste avant de la quitter, avait suscité sa colère. C'était d'ailleurs pour cette raison qu'il l'avait embrassée. Il adorait la provoquer, ce qui marchait à tous les coups...

Outre le plaisir de la provocation, il avait eu réellement envie du goût de ses lèvres et il aurait aimé récidiver, mais le moment semblait mal choisi. Il suffisait de voir le soin avec lequel elle évitait même de le frôler en passant devant lui pour entrer dans le hall...

Ce jour-là, elle portait un ensemble en lin d'un jaune très pâle, composé d'une jupe droite et d'une veste de coupe classique ornée d'une broche en argent. Des boucles d'oreilles, en argent également, complétaient sa tenue. On les remarquait car elle avait eu la ridicule idée de tirer sa splendide chevelure en chignon. Quant à son expression, elle n'était rien de moins que combative...

— Bonjour, fit-elle d'un ton froid.
— Bonjour, répondit-il avec insolence.
— Vous avez omis de me préciser que vous habitiez en dehors de la ville.
— Quand j'ai proposé de vous donner les indications nécessaires, vous m'avez envoyé promener. Ainsi vous vous êtes perdue ?

— Je suis bien arrivée, non ?

— Ouais...

Lucky la détailla des pieds à la tête.

— Avec votre chignon, vous ressemblez à une femme de pasteur. Personne ne voudra croire que je vous ai séduite dans un motel de l'autoroute.

Quel démon le poussait à être désagréable ? De son côté, Devon ne faisait pas non plus le moindre effort. Dès lors ils étaient à égalité.

La mère de Lucky les tira d'embarras.

— Notre invitée est arrivée, dit-elle en pénétrant dans le hall.

Elle salua Devon et la gratifia d'un sourire.

Devon se présenta à son tour.

— Entrez, madame Haines. Tout le monde est dans la cuisine. Par moments, je me demande pourquoi nous avons tant de pièces dans cette maison... On aurait mieux fait de construire une immense cuisine. C'est toujours là qu'on finit par se retrouver.

Un peu mal à l'aise, Devon jeta un coup d'œil dans la cour où l'on voyait plusieurs voitures garées côte à côte.

— Les enquêteurs sont déjà là ? interrogea-t-elle.

— Pas encore. Ce sont les voitures de la famille, répondit Laurie.

— Ils sont venus en curieux, dit Lucky d'un ton sarcastique. Vous attirez les foules !

Sa mère lui adressa un coup d'œil plein de reproche avant d'entraîner Devon à l'intérieur.

— Nous déjeunons toujours sans façon. Aujourd'hui, il y a de la salade de poulet au menu. Ce sera rafraîchissant, il fait si chaud, si lourd... Vous avez faim ?

— Euh... oui. Mais je ne m'attendais pas à être invitée à déjeuner.

Lucky suivit les deux femmes. Elles traversèrent la salle à manger qu'on n'utilisait guère que pour les grandes occasions. Devon paraissait de plus en plus déconcertée. Il était évident qu'elle ne pensait pas être reçue avec tant de chaleur par la mère de Lucky. Mais

Laurie Tyler avait un don pour mettre ses visiteurs immédiatement à l'aise. Elle avait l'habitude d'accueillir tous ceux qui venaient la voir à bras ouverts.

Elle fit entrer Devon dans la cuisine et la présenta avec beaucoup d'égards.

— Voici Devon Haines, qui a si gentiment proposé d'aider Lucky. Devon, voici Tanya, ma belle-fille. Sally, la plus jeune de mes enfants, et Rocky, le frère aîné de Lucky.

Ils la dévisagèrent sans chercher à cacher leur curiosité. Chacun la salua à tour de rôle. Laurie n'aurait pas admis le moindre manquement au savoir-vivre. D'ailleurs, elle avait la situation bien en main...

— Sally, pousse ta chaise et laisse Devon s'asseoir entre toi et Lucky, fit-elle d'un ton sans réplique. Devon, que puis-je vous offrir ? Du thé glacé ou de la limonade ?

— Euh... du thé glacé, s'il vous plaît.

— Très bien, je vous l'apporte tout de suite. Il y a du sucre et du citron sur la table. Lucky, donne-lui une assiette de salade au poulet. Et tu ferais bien de manger, toi aussi.

A l'adresse de Devon, Laurie ajouta :

— Il était tellement nerveux en attendant votre arrivée qu'il ne pouvait rien avaler.

— Tu exagères ! protesta-t-il.

En grommelant, il alla chercher dans le réfrigérateur deux assiettes toutes préparées de salade au poulet et, après les avoir posées sur la table, s'assit à califourchon sur une chaise.

— J'avais peur qu'elle ne vienne pas, c'est tout.

Devon sursauta.

— Je vous avais dit que je viendrais !

— Avec vous, on ne sait jamais. Il vous arrive de filer sans prévenir.

Tanya envoya un coup de coude dans les côtes de Rocky pour qu'il intervienne afin d'arrondir les angles. Ce qu'il fit aussitôt.

— Elle est là et c'est le principal. Nous vous sommes

tous très reconnaissants d'avoir accepté de témoigner afin de disculper Lucky, madame. Nous nous rendons bien compte que cela vous met dans une situation difficile.

Sally, qui, au grand soulagement de tous, s'était tue jusqu'à présent, ne put s'empêcher d'ajouter son grain de sel.

— Il est vrai que vous êtes mariée !... Remarquez, il faut bien le dire, vous n'avez pas l'air d'une fille qu'on drague à *cet endroit-là*...

— Sally !

— Conviens-en, maman ! Tu es aussi étonnée que moi, non ? Tu t'attendais plutôt à voir une fille en minijupe avec bas à résilles, sans parler du maquillage...

Avec ingénuité, elle ajouta :

— J'aime bien votre ensemble.

— Euh... merci.

Lucky, qui s'était pourtant amusé à provoquer Devon un peu plus tôt, aurait maintenant volontiers étranglé sa sœur. Devon avait rougi et ses yeux brillaient d'une lueur inhabituelle. Mais comme ses lèvres semblaient pâles sous le rouge nacré...

Devinant son malaise, Tanya lui tendit la perche.

— Depuis combien de temps êtes-vous journaliste, madame Haines ?

Devon lui adressa un sourire plein de gratitude.

— Depuis cinq ans. Après avoir terminé mes études universitaires, j'ai commencé à écrire quelques articles pour un journal local avant d'obtenir ce poste à Dallas.

— Je lis vos papiers régulièrement. Ils sont très intéressants.

Devon laissa échapper un petit rire.

— Vous êtes diplomate ! reconnut-elle. Certains lecteurs ne sont pas toujours d'accord avec moi et ne me l'envoient pas dire.

— Il arrive que mon opinion diffère de la vôtre, admit Tanya avec un sourire. Mais il faut admettre que chacune de vos chroniques donne matière à réflexion.

— Quel plaisir d'entendre cela.
— Écrivez-vous chez vous, ou bien allez-vous au journal tous les jours ? s'enquit Sally.
— Où trouvez-vous vos idées ? interrogea Rocky.
— Allez-vous laisser Mme Haines déjeuner en paix ? s'écria Laurie.
Oubliant ses propres recommandations, elle demanda à son tour :
— Utilisez-vous un ordinateur ?
Devon éclata de rire.
— Ça ne m'ennuie pas du tout de répondre à vos questions. J'aime parler de mon travail.
Ce qu'elle fit le plus naturellement du monde. Lucky était intéressé lui aussi, mais il s'efforçait de ne pas le montrer et faisait mine de ne s'occuper que du contenu de son assiette. Pourtant sa salade au poulet ne lui semblait avoir aucun goût...
Pourquoi les siens entouraient-ils Devon comme... comme si elle était la reine de Saba ? Après tout, c'était *lui* qui avait des ennuis. Pas elle ! Pourquoi la traitaient-ils avec autant d'égards ? C'était injuste... En même temps, il savait que si l'un d'entre eux osait faire à Devon une seule remarque désagréable, il lui sauterait à la gorge.
Laurie souleva un rideau en entendant un bruit de moteur. Une voiture de police était en train de se garer à côté des autres véhicules.
— Qui a prévenu Patrick ? demanda-t-elle.
— Ce n'est pas moi, fit Lucky.
Il se tourna vers Rocky.
— On avait dit qu'on l'appellerait après déjeuner.
— Mais oui.
Rocky se leva et rejoignit sa mère à la fenêtre.
— Il est seul. Les « feds » ne sont pas avec lui. Je vais lui ouvrir...
Le shérif entra dans la cuisine et, pour se donner une contenance, ôta son chapeau et ses lunettes de soleil.
— Bonjour tout le monde. Je suis désolé de vous déranger à l'heure du déjeuner.

— Vous allez nous tenir compagnie, Patrick, lui dit Laurie. Il y a bien assez pour un convive de plus.

— Je ne peux pas. Merci quand même.

— Voulez-vous boire quelque chose ?

— Non, merci.

Visiblement mal à l'aise, Patrick Bush évitait leurs regards. Il se dandina d'un pied sur l'autre, tout en triturant le bord de son chapeau. De toute évidence, son arrivée inattendue n'avait rien d'une visite amicale.

D'un geste impatient, Lucky repoussa son assiette encore pleine et se leva.

— De quoi s'agit-il, Patrick ?

Le shérif soupira avant de sortir un document de la poche de sa chemise d'uniforme.

— J'ai un mandat d'arrêt pour toi.

Sally et Tanya sursautèrent. Laurie mit une main sur sa poitrine — comme si elle venait de recevoir un coup. Devon ouvrit la bouche dans une exclamation silencieuse. La réaction de Rocky fut plus brutale.

— Quoi ? Qu'est-ce que ça veut dire ?

Lucky arracha le document des mains du shérif et le parcourut des yeux avant de le jeter sur la table en jurant copieusement.

Puis il désigna Devon.

— J'ai un alibi.

Le shérif adressa un signe de tête à la jeune femme.

— C'est ce que je vois. Mais une fois que le mandat d'arrêt a été émis, on n'a pas le choix. Il faut que tu viennes avec moi. Rocky pourra amener la dame au moment de l'interrogatoire. Remarque, ça devrait s'arranger vite.

— Patrick, vous... vous êtes obligé de l'arrêter ? balbutia Laurie.

— Hélas, oui ! Mais il peut terminer son déjeuner. Je ne suis pas pressé.

— Moi, je suis pressé d'en finir avec ces histoires, fit Lucky en se dirigeant vers la porte. Allons-y !

Patrick le saisit par le bras.

— Il faut respecter les règles. Auparavant je dois te dire quels sont tes droits...

— D'accord ! coupa Lucky. Mais attendez que nous soyons dehors. Je ne veux pas que ma mère entende ça.

— Pour qui me prends-tu, James-Lawrence ? fit Laurie d'un ton sec. Je ne suis pas une femmelette à qui il faut tout épargner ! Pendant deux longues années, j'ai aidé ton père à combattre le cancer qui l'a finalement emporté. Je n'ai aucune envie de perdre un autre membre de la famille maintenant. Et s'ils veulent la bataille, je suis prête à lutter !

— Oui, on va tous lutter ! renchérit Sally d'un air déterminé.

Lucky adressa un clin d'œil à sa mère.

— Prépare un bon dîner. Je serai de retour à temps pour y faire honneur.

Il sortit sans attendre. Patrick salua les femmes d'un coup de chapeau avant de le suivre. Une fois dehors, il lui lut ses droits, puis en soupirant, lui passa les menottes.

— Tu sais, ça ne m'amuse pas !

— Ne vous excusez pas, Patrick. Il faut bien que vous fassiez votre travail.

— En tout cas, je suis doublement content que tu aies retrouvé la fille.

— Pourquoi doublement ?

Lucky baissa la tête pour entrer à l'arrière de la voiture de police. Quelque chose dans la voix du shérif l'avait alerté.

De nouveau, Patrick Bush soupira.

— Parce que tu es dans une sale posture. Susan Young est allée dire aux « feds » que tu es l'auteur de l'incendie.

Très calme, Devon entra avec Patrick Bush dans la salle où avait lieu l'interrogatoire. Les deux agents grillaient cigarette sur cigarette et la petite pièce était envahie d'une fumée dense. En comparaison, Devon paraissait si fraîche... On aurait cru une bouffée d'air pur.

Le shérif la fit asseoir en face de l'agent fédéral qui menait l'enquête. Elle demeura très droite sur sa chaise, sans jeter un seul coup d'œil du côté de Lucky.

— M. Tyler prétend qu'il était avec vous la nuit où le hangar a brûlé.

Devon ne cilla pas. Son regard émeraude restait froid et résolu.

— C'est exact.

Patrick s'assit sur le bord du bureau et, d'un ton plein de bonhomie, demanda :

— Dites-nous comment et quand vous vous êtes rencontrés, tous les deux.

— Comme vous le savez déjà, shérif Bush, nous nous sommes rencontrés l'après-midi précédant la nuit de l'incendie dans un bar situé au bord de la nationale 277.

Devon fronça les sourcils.

— Curieux... Je n'arrive pas à me rappeler le nom de ce bar.

— Il n'en a pas, fit Patrick.

— Ah ! Voilà pourquoi je ne m'en souviens pas.

— Dites-nous ce qui s'est passé ! jeta l'un des agents fédéraux avec impatience, tout en allumant une autre cigarette.

Sans perdre son sang-froid, Devon parla des informations qu'elle voulait recueillir afin d'étayer son article. Elle reconnut cependant avoir agi de manière un peu inconsidérée en pénétrant dans ce bar.

— Pourtant, je ne cherchais pas du tout à me faire remarquer. Je suis restée très discrètement dans mon coin et n'ai en aucune manière encouragé ces deux hommes. Ils sont venus d'eux-mêmes s'asseoir à ma table et ont voulu m'offrir un verre. J'ai refusé. Mais pour ces deux-là, un « non » venant d'une femme n'avait aucune signification.

Le regard de Devon rencontra celui de Lucky. Sans le vouloir, elle avait employé exactement les mêmes mots que lui. Un courant passa entre eux. Un courant si fort que tous ceux qui étaient présents dans la pièce durent le sentir.

Devon se détourna et reprit son récit — qui corroborait celui de Patrick Bush et de Lucky. Puis elle en arriva à la scène du motel...

— J'ai ouvert la porte de ma chambre à M. Tyler parce qu'il était blessé.

Elle faisait là une petite entorse à la vérité, mais Lucky n'allait certainement pas la contredire !

— Je l'ai soigné, poursuivit-elle. Et, comme il n'était pas en état de reprendre le volant, il... il est resté avec moi toute la nuit. Il dormait quand je suis partie le lendemain, aux alentours de 6 heures du matin.

Lucky adressa un sourire triomphant aux deux agents fédéraux.

— Voilà !

Mais ils l'ignorèrent. L'un d'eux fit signe à Patrick Bush de dégager le coin du bureau où il s'était assis.

— Êtes-vous médecin, madame Haines ? interrogea-t-il d'un ton mielleux.

Lucky bondit.

— Par exemple ! Mais...

— Non, évidemment, répondit Devon, haussant la voix pour couvrir les exclamations furieuses de Lucky.

— Sans être médecin, vous vous êtes jugée capable de soigner une blessure provoquée par un coup de couteau, aussi bien que cet œil tuméfié au point que M. Tyler n'y voyait plus ?

— Au contraire, je me sentais un peu dépassée. J'ai même conseillé à M. Tyler d'aller à l'hôpital, mais il a refusé.

— Pourquoi ?

— C'est à lui qu'il faut poser la question.

— Je la lui ai posée. Et il m'a répondu que, si j'avais été à sa place, j'aurais probablement préféré passer la nuit avec vous plutôt qu'au service des urgences.

A travers le nuage dense de fumée qui obscurcissait la pièce, Devon adressa à Lucky un regard à la fois blessé et incrédule.

— C'était une blague, Devon. Juste une blague !

Soudain très pâle, elle se tourna de nouveau vers le policier.

— M. Tyler avait été blessé en me défendant. Si bien que je me sentais responsable. Puisqu'il refusait d'aller à l'hôpital, il ne me restait qu'à le soigner tant bien que mal. Cela me semblait normal de lui venir en aide après ce qu'il avait fait pour moi.

— Comme il vous aurait semblé normal d'avoir une relation physique avec lui pour le remercier...

De nouveau, Lucky bondit.

— Attendez un peu ! Elle...

Patrick Bush le saisit sans douceur par l'épaule.

— Toi, assieds-toi et ferme-la.

Il paraissait prêt à utiliser la force si Lucky tentait de se rebeller. Ce dernier comprit que le shérif ne cherchait qu'à l'aider en l'empêchant de provoquer un scandale. Dompté, il reprit place sur son siège en fixant l'agent fédéral d'un regard noir.

— Alors, madame Haines ? insista celui-ci.

— M. Tyler paraissait épuisé. Il avait aussi trop bu. Bref, comme je vous l'ai déjà dit, il n'était pas en état de conduire. Et quand il m'a demandé s'il pouvait rester, je lui ai répondu que oui. C'était effectivement plus raisonnable. D'autant qu'il craignait d'avoir des blessures internes...

Les deux agents fédéraux échangèrent un regard sarcastique.

— Vous l'avez cru ? demanda l'un d'eux en ricanant.

Cette fois, Lucky n'eut pas le temps de bondir. La main du shérif s'était abattue sur son épaule, le clouant sur son siège. Lucky ne put que gronder. Pourquoi ces deux policiers posaient-ils toutes ces questions embarrassantes à Devon ? On aurait vraiment cru que ça les amusait.

— Je ne pouvais pas savoir s'il avait des blessures internes, riposta Devon. Pas plus que vous, d'ailleurs !

Elle se redressa encore avant de poursuivre :

— Son œil était meurtri, il était visiblement choqué... Étant donné les circonstances, je pense avoir agi pour le mieux.

— Vous êtes très charitable, madame Haines, ironisa l'un des policiers.

Il adressa un clin d'œil à son collègue.

— Donc il était toujours là le lendemain matin quand vous êtes partie ?

— Oui, répondit-elle avec hauteur.

Elle ne cherchait pas à cacher son mépris pour les deux enquêteurs. Connaissant ses opinions féministes, Lucky se rendait compte à quel point leurs sarcasmes lui étaient insupportables. Mais elle réussissait malgré tout à garder son sang-froid.

— Et il dormait toujours ?

— Oui, il dormait profondément.

— Il n'a pas quitté la chambre de la nuit ?

— Non.

— Qu'en savez-vous ?

— Je le sais.

L'agent fédéral se leva et mit ses mains dans ses poches.

— Il n'aurait pas pu sortir de la chambre, prendre sa voiture, aller à Milton Point, mettre le feu dans le hangar où était stocké tout ce matériel assuré au maximum, puis revenir sans que vous vous soyez aperçue de son absence ?

— Non.

— Ça ne lui aurait pas pris plus de... hum, mettons deux heures.

— Il n'a pas quitté la chambre.

— Vous en êtes persuadée ?

— Absolument.

— Vous paraissez très sûre de vous.

— Je le suis.

— Les chambres de motel sont en général assez grandes. M. Tyler aurait très bien pu bouger sans que vous...

— Nous ne partagions pas seulement la même chambre, mais aussi le même lit.

Les yeux de Devon étincelaient.

— C'était cela que vous vouliez me faire admettre ? Dans ce cas, pourquoi ne pas m'avoir posé la question directement au lieu de tourner autour du pot ?

— Amen, psalmodia Lucky.

— M. Tyler et moi dormions dans le même lit, poursuivit Devon. Très près l'un de l'autre, obligatoirement. Par conséquent, si M. Tyler s'était levé, il m'aurait réveillée. J'ai le sommeil très léger.

Elle était formidable ! Lucky eut soudain envie de l'applaudir. Ou de l'embrasser... En quelques mots, elle avait réussi à réduire à néant les accusations de ces deux salauds.

Mais ils n'avaient pas encore abandonné la partie.

— Avez-vous dormi pendant toute la nuit sans vous réveiller ?

Lucky vit le piège et espéra que Devon l'avait noté elle aussi. Si elle répond « oui », pensa-t-il aussitôt, ils vont prétendre que j'ai réussi à m'absenter sans qu'elle s'en aperçoive, de manière à avoir un alibi. Dans le cas contraire, ce sera admettre avoir eu des relations intimes avec moi — un homme qu'elle connaissait à peine.

— Non, répondit-elle enfin.

Une telle réponse avait dû blesser son orgueil et Lucky admira son courage.

— Je me suis réveillée une fois.

— Pourquoi ?

Malgré les efforts de Patrick Bush pour le maintenir en place, Lucky réussit à se lever.

— Qu'est-ce que ça peut vous faire ?

Le shérif l'obligea à se rasseoir et se plaça entre lui et les agents. Puis il tenta de tempérer les choses.

— Écoutez, Mme Haines est venue ici de son propre gré. Vous savez qu'elle est mariée et que cette situation est très gênante pour elle. Alors ayez un peu de tact.

Mais, sans tenir compte de ses objurgations, le policier insista.

— Répondez, madame. Pourquoi vous êtes-vous réveillée ?

Elle le fixa d'un air méprisant, puis elle jeta un rapide coup d'œil à Lucky avant de baisser les yeux sur ses mains crispées.

— Pendant la nuit, M. Tyler et moi avons... euh, avons été physiquement très intimes.

— Pouvez-vous le prouver ?

Elle releva la tête.
— Et vous, pouvez-vous prouver que nous ne l'avons pas été ?
— Non, admit-il. Mais nous avons dans une pièce voisine une autre personne qui prétend la même chose. Et elle affirme que M. Tyler s'est vanté auprès d'elle d'avoir mis le feu au hangar pour toucher l'argent de l'assurance.
— Elle ment.
— Vous croyez ?
— Oui.
— Comment le savez-vous ?
— Parce qu'il est resté avec moi pendant toute cette nuit-là.
— Vous reconnaissez que vous avez fait plus que partager le même lit.
Cette fois, Patrick Bush ne réussit pas à arrêter Lucky qui, avec un rugissement furieux, s'était jeté sur le policier, coupable à ses yeux d'avoir insulté Devon. Celui-ci perdit l'équilibre et tomba, entraînant la table dans sa chute. Avec un petit cri terrifié, Devon alla se réfugier près de la porte.
Celle-ci s'ouvrit alors brusquement et Rocky fit irruption dans la pièce. Il attendait à côté, mais dès le premier signe de bagarre, il était venu à la rescousse.
Lucky bourrait de coups de poing l'agent fédéral qui se trouvait toujours par terre. L'autre policier voulut se précipiter au secours de son collègue, mais Rocky le saisit par-derrière.
— Pas si vite, mon vieux !
Le shérif, retrouvant ses esprits, attrapa Lucky et le colla contre le mur.
— Qu'est-ce qui t'arrive ? Tu crois que ça va arranger les choses ?
De sa main libre, il aida l'agent fédéral à se relever.
Lucky haletait. Pointant son index en direction du policier, il menaça :
— Espèce de salopard ! Si vous l'insultez encore une fois, je...

— Je vais porter plainte ! Ça va vous coûter cher ! Voie de fait contre agent dans l'exercice de ses fonctions !

L'agent fédéral sortit de sa poche un mouchoir blanc et tenta d'étancher le sang qui coulait de sa lèvre tuméfiée.

— Je ne vous conseille pas de porter plainte, déclara le shérif d'une voix forte. Si vous le faites, moi j'irai trouver vos supérieurs et je leur dirai comment vous avez mené cet interrogatoire. Mme Haines coopérait de son mieux et, au lieu de recueillir son témoignage, vous l'avez harcelée de questions qui n'avaient rien à voir avec l'enquête. Pour l'humilier.

— C'est vrai, fit Rocky entre ses dents serrées.

Il avait immobilisé l'autre agent en lui tordant les bras dans le dos au point que celui-ci laissa échapper un cri de douleur.

— C'est vrai ! répéta Rocky. Je le sais ! J'attendais à côté avec une demi-douzaine d'adjoints du shérif. On a tout entendu !

Le policier avait peine à respirer.

— Peut-être... peut-être que nous avons un peu exagéré... admit-il enfin.

— Rocky, lâche-le ! ordonna Patrick Bush.

Lucky ne prêtait aucune attention à ce qui se passait autour de lui. Il ne pensait qu'à reprendre la bagarre. Le visage convulsé de fureur, il se tourna vers le policier qu'il avait déjà brutalisé.

— Toi, je t'aurai ! Je...

— Lucky, ta gueule ! coupa le shérif.

Il appela l'un de ses adjoints parmi ceux qui s'étaient réunis à la porte.

— Emmenez-le là-haut et enfermez-le.

— Hein ? Quoi ? s'écria Lucky.

On allait le jeter en prison ? A cette perspective, il se trouva immédiatement dégrisé.

— Pourquoi me...

— Tu es toujours accusé d'être un incendiaire, lui rappela Patrick Bush avec calme.

— Mais je suis innocent !

— Tu t'expliqueras devant le juge tout à l'heure. Entre-temps, je te conseille de te calmer.

Trop abasourdi pour protester, Lucky se laissa emmener par l'adjoint que le shérif avait désigné. D'ailleurs, comment aurait-il pu résister à ce dernier ? Un homme qui avait fait partie de la même équipe de base-ball que lui...

Avant de sortir, il se tourna vers Devon.

— Ramène-la à la maison, Rocky.

— Ne t'inquiète pas, je m'occupe d'elle. Quant à toi, tâche de te tenir tranquille.

— On se reverra tout à l'heure, fanfaronna Lucky.

Sa bravade disparut quand il arriva dans la pièce voisine. Adjoints, employés de bureau, il y avait là beaucoup de monde... Et, parmi tous ces hommes vêtus de gris, on remarquait une femme en robe de couleur vive. Susan Young.

Elle se tenait à l'autre bout de la pièce, tortillant une mèche de cheveux entre ses doigts, un sourire suffisant aux lèvres.

14

— Ce n'était vraiment pas malin !

La vieille camionnette portant le sigle *Tyler Drilling Co* sur ses portes rebondit sur un nid-de-poule. Il aurait été impossible de deviner la couleur d'origine des sièges sous les couches de crasse accumulées sur les lieux de forage.

Rocky changea de vitesse et adressa un coup d'œil peu amène à son frère.

— Tu as une idée de ce que ça coûte de s'en prendre à un agent fédéral ?

— Non. Et toi ? rétorqua Lucky.

— Ne détourne pas la conversation. Tu sais ce que je veux dire.

— Écoute, ça n'a pas été plus loin, hein ? Alors fiche-moi la paix, O.K. ?

En maugréant, Lucky se carra dans son siège. Le crépuscule s'épaississait tandis que Rocky fonçait en direction de la propriété familiale.

Déjà malheureux d'avoir parlé sur ce ton à son frère, Lucky déclara du bout des lèvres :

— Merci d'avoir payé la caution.

— C'est Tanya qu'il faut remercier. L'argent vient des fonds pour sa maison.

— De quoi ?

— Des fonds pour sa maison. Elle veut acheter une maison et met de l'argent de côté pour le premier versement.

Lucky rejeta ses cheveux en arrière.

— Oh, là là ! Je me sens en dessous de tout !

— Pas autant que si tu avais dû croupir en prison jusqu'au jugement. Imagine que le juge ait écouté le procureur et demandé une caution trop élevée ? Nous n'aurions jamais pu la payer...

Les agents fédéraux avaient affirmé au procureur qu'ils possédaient maintenant assez de preuves pour épingler James-Lawrence Tyler comme incendiaire. Leur raisonnement était simple. Si une femme pouvait mentir pour lui, une autre aussi... Pourquoi devraient-ils ajouter foi aux dires de Devon plutôt qu'à ceux de Susan ? Par conséquent ce serait à la cour de trancher entre les versions contradictoires des deux femmes, puis de juger de l'innocence ou de la culpabilité de Lucky.

Ceux qui soutenaient ce dernier pensaient que les agents fédéraux agissaient par dépit plutôt que par conviction. Mais malheureusement il n'y avait rien à faire...

L'avocat de Lucky avait demandé au juge de réduire le montant de la caution demandée par le procureur. Il avait insisté sur le fait que Lucky était bien connu dans la région et ne chercherait pas à éviter de comparaître devant le tribunal. Ne souhaitait-il pas se disculper des charges qui pesaient sur lui ? Le juge avait fait preuve de mansuétude. Il connaissait les Tyler depuis toujours. Des garçons un peu chahuteurs, mais certainement pas des criminels !

— Comment va Devon ? demanda Lucky.

— Elle a été assez secouée. Maman s'occupe d'elle.

— Tu crois qu'on pourra réussir à garder son intervention secrète ? Du moins jusqu'au jugement.

— A part le shérif et les « feds » qui l'ont interrogée, personne ne connaît son nom. Je ne pense pas que ceux-ci parleront. Tu les as mis en difficulté et ils n'ont sûrement pas envie que ça se sache.

De nouveau, Rocky jeta un coup d'œil réprobateur à son frère.

— Non, ce n'était pas malin ! Si Patrick n'avait pas été là pour arranger les choses, tu te retrouvais dans un drôle de pétrin.

Lucky pensait surtout à l'opinion que Devon avait de lui.

— Elle doit me prendre pour une tête brûlée.

— Mais *tu es* une tête brûlée.

— Pas toi, peut-être ?

— Moi, je ne suis pas assez stupide pour m'attaquer à un agent fédéral.

— Imagine qu'on insulte ta femme ?

— Ah ! Parce que maintenant, Devon est *ta femme* ?

— Une expression comme une autre...

— Ou un lapsus freudien.

Lucky se renfrogna et fixa le pare-brise où étaient venus s'écraser de nombreux insectes.

— Qui aurait jamais pensé qu'une bagarre pouvait prendre de telles proportions ? murmura-t-il.

C'était plus une constatation qu'une question, et Rocky ne jugea pas utile de répondre. D'un air morne, Lucky contempla le paysage.

— Pas de nouvelles de Little Alvin et de Jack Ed ? lança-t-il.

— Non. Ils sont très discrets en ce moment.

— Si tu veux mon avis, les « feds » feraient bien de nous laisser tranquilles, Devon et moi, et d'aller voir du côté de ces deux-là.

— Peut-être, mais personne ne t'a demandé ton avis.

Rocky emprunta l'allée qui menait à la maison, dont ils ne tardèrent pas à apercevoir les fenêtres éclairées d'une chaude lumière dorée.

— Et ne t'avise pas d'aller trouver Little Alvin et Jack Ed ! reprit Rocky. On n'a pas besoin de problèmes supplémentaires.

— Tiens ! Devon est encore là, remarqua Lucky.

La vue de la petite voiture rouge compacte l'avait tout de suite rasséréné. Rocky gara la camionnette à côté. Sans perdre une seconde, Lucky sauta dehors et courut jusqu'à la maison.

— Salut, tout le monde ! cria-t-il. L'oiseau est sorti de sa cage !

— Ce n'est pas drôle, lui dit sa mère d'un ton de reproche.

Laurie Tyler se tenait dans la salle de séjour avec Devon, Sally et Tanya. Rocky leur avait téléphoné un peu auparavant pour les mettre au courant des derniers événements.

— La prison non plus, ce n'est pas drôle ! proclama Lucky d'un ton solennel.

Il alla s'asseoir sur le canapé où avait pris place Devon et posa la main sur le genou de cette dernière.

— Ça va ?

— Ça va.

— Ces salauds ne vous ont plus ennuyée après qu'on m'a embarqué ?

— Non. Ils m'ont laissée partir et Rocky m'a ramenée ici.

Devon sourit aux trois femmes qui l'entouraient.

— Tout le monde m'a dorlotée... même si ce n'était pas nécessaire.

Laurie se leva.

— Après la façon dont vous avez été traitée ? C'était non seulement nécessaire, mais indispensable. Nous avons envers vous une dette de reconnaissance, Devon.

Elle se dirigea aussitôt vers la cuisine.

— Le dîner va être servi dans un instant, fit-elle aux garçons. On vous attendait pour servir.

— J'ai à parler à Devon, déclara Lucky.

— Après dîner, coupa sa mère. La pauvre doit mourir de faim. Rocky, laisse Tanya tranquille et emmène tout le monde dans la salle à manger, s'il te plaît.

Sans enthousiasme, Rocky cessa d'embrasser sa femme dans le cou.

— On aurait dû emmener maman chez les « feds ». Ils n'auraient pas osé poser des questions embarrassantes, grommela-t-il.

Se souvenant des recommandations de Lucky, Laurie avait préparé un délicieux dîner. Poulet rôti, purée, maïs, petits pois... Elle avait même pensé à confectionner le dessert préféré de son cadet : un pudding à la banane.

En dépit des événements de la journée, le dîner se déroula dans la bonne humeur.

Après le café, Tanya s'empara de sa fourchette et fit tinter son verre. En silence tout le monde se tourna vers elle avec surprise, car elle évitait d'ordinaire d'attirer l'attention.

— Maintenant, les bonnes nouvelles ! annonça-t-elle.

Prenant la main de son mari, elle lui sourit avant de proclamer :

— Il y a un petit Tyler en route. Je suis enceinte.

Laurie joignit les mains, tandis que ses yeux se mouillaient.

— Oh ! C'est merveilleux !

Sally siffla lentement. Quant à Lucky, il s'esclaffa.

— Rocky, tu as fait tomber un gros morceau de pudding sur tes genoux !

Sans quitter sa femme des yeux, Rocky posa sa cuiller sur son assiette.

— C'est... c'est vrai ? Tu... tu es sûre ?

Tanya hocha joyeusement la tête.

— Mais oui. Tu vas devenir papa !

Devon arriva devant la clôture blanche qui entourait le verger de pêchers. Elle posa ses avant-bras sur la barre la plus haute et respira à fond. Lucky se tenait à ses côtés. C'était la première fois qu'ils se trouvaient seuls depuis que Rocky l'avait ramenée.

Après que Tanya eut annoncé qu'elle attendait un bébé, les questions avaient fusé de toutes parts. Elle y avait répondu posément.

Oui, elle était bien enceinte. C'était encore tout récent, mais le médecin le lui avait confirmé.

Oui, elle se sentait très bien.

Non, elle n'avait encore eu aucun malaise.

Oui, le bébé naîtrait aux alentours du 1er janvier.

Non, le médecin ne prévoyait aucune difficulté...

On ne parlait plus que du bébé et la conversation s'était éternisée. Enfin, Laurie s'était levée, libérant discrètement Lucky et Devon.

Il faisait bon. L'air était lourd, humide, chargé de toutes les senteurs du printemps.

— Étiez-vous au courant ? demanda Devon.

— Pour Tanya ?

Il secoua négativement la tête.

— Non. Mais ça ne me surprend pas autrement. Ils voulaient des enfants, ce n'était pas un secret. Mais je suis content qu'elle ait choisi ce soir-là, justement, pour l'annoncer.

Lucky s'adossa à la barrière et se tourna vers Devon. La brise faisait voleter les petites mèches qui s'étaient échappées de son sévère chignon. Elle avait troqué son ensemble contre une longue jupe en jersey et un tee-shirt prêtés par Sally.

Lucky ne savait pas s'il la préférait vêtue de manière décontractée — comme en ce moment —, ou bien portant l'un de ses élégants tailleurs. Quoi qu'il en soit, nature ou sophistiquée, elle était toujours merveilleuse...

— Votre mère est formidable, fit Devon. A la fois très solide et très sensible... C'est rare de posséder ces deux qualités en même temps.

— Moi aussi, je la trouve formidable. J'avais peur

que les Tyler ne vous paraissent un peu dingues... Toujours prêts à se chamailler, et une seconde plus tard la larme à l'œil parce qu'on leur annonce qu'un bébé va bientôt agrandir la famille.

Devon arracha une feuille au pêcher le plus proche et se mit à la triturer.

— Vous êtes tous très proches les uns des autres.

— Ça vous surprend ? Vous n'étiez pas proche de votre famille ?

— Pas vraiment. Mes parents sont morts, je vous l'ai déjà dit. Et je n'avais ni frères, ni sœurs.

Lucky avait peine à imaginer une famille aussi réduite.

— Étant enfants, Rocky et moi n'arrêtions pas de nous disputer, fit Lucky d'un air songeur. Maintenant encore, d'ailleurs ! Ça ne nous empêche pas d'être les meilleurs amis du monde. Je ferais n'importe quoi pour Rocky, et lui de même.

— Cela, je l'ai compris en le voyant faire irruption dans le bureau où l'on m'interrogeait.

Ils avaient pris un peu de recul depuis cette expérience désagréable et pouvaient en sourire. Lucky fut le premier à se reprendre.

— Je craignais que les liens familiaux ne se relâchent après la mort de mon père. Au contraire ! Ils sont plus forts que jamais. Surtout grâce à maman, je crois...

— Parlez-moi de votre père.

— C'était un homme très strict, mais très juste, aussi. Il nous aimait beaucoup et nous le savions. Et s'il nous gâtait beaucoup, il n'hésitait pas à nous donner une fessée quand il l'estimait méritée. Pour lui, la vie ne comportait pas de zones d'ombre, pas de demi-mesures. D'un côté le bien, de l'autre le mal. Il plaçait la probité et la franchise au-dessus de tout. Hormis cela, il aimait Dieu, son pays... et la mère de ses enfants, qu'il traitait avec une affection à la fois bourrue et respectueuse.

— C'est lui qui vous a appris à vous conduire en redresseur de torts ? Chaque fois qu'une femme a des ennuis, vous accourez...

Lucky esquissa un demi-sourire, comme s'il se moquait de lui-même. Puis il haussa les épaules.

— Réflexe conditionné...

S'emparant d'une mèche de cheveux de Devon, il la tourna autour de son doigt.

— Racontez-moi votre enfance.

— Je me sentais souvent seule.

L'expression de Devon s'assombrit.

— Au contraire de votre père, le mien n'était pas très chaleureux. Il ne cessait de donner des ordres. Ma mère obéissait... Leurs rôles étaient définis d'une manière très claire. L'homme dominateur qui gagnait le pain de la famille, et la petite femme soumise... Maman passait ses journées à s'occuper de la maison, et quand mon père revenait le soir, elle était aux petits soins...

— Hum ! C'est pour ça que leur fille unique est devenue une féministe militante ?

— Oh ! Pas militante ! protesta-t-elle avec vigueur.

Lucky leva les mains en l'air.

— Ne vous fâchez pas ! Je ne suis pas armé.

— Excusez-moi, murmura Devon. J'ai toujours tendance à être sur la défensive.

Lucky se pencha vers elle.

— Vos prunelles lancent des éclairs. Des éclairs d'un vert... Si ça continue, je vais vous embrasser.

Son ton restait léger, mais ses yeux transmettaient un message tout différent.

Devon se détourna et contempla les rangées de pêchers dont les branches étaient déjà chargées de fruits verts.

— La vie de ma mère tournait autour de mon père, reprit-elle. Aussi, quand il est mort, elle a perdu toute raison de vivre.

— Vous étiez là, pourtant.

— Oh, moi ! Je ne comptais pas beaucoup.

— Vous ne deviez pas être très heureuse.

— Non.

Devon soupira.

— Deux ans après la disparition de mon père, maman est morte à son tour.

— Comment ?

Devon baissa les yeux et parut soudain très intéressée par le sol. Quand elle se mit à parler, ce fut d'une voix presque indistincte.

— Ma mère était une malade imaginaire. Je l'avais toujours entendue se plaindre. Un jour elle avait mal à la gorge, le lendemain à la tête, le surlendemain à l'estomac... Je ne pouvais jamais recevoir mes amies à la maison parce qu'elle prétendait être trop fatiguée. Bref, l'hypocondriaque type !

Lucky lança quelques épithètes peu aimables à l'adresse de la défunte Mme Haines. Devon secoua la tête.

— Je pense maintenant que c'était pour elle une manière d'attirer l'attention de mon père. Très vite, j'ai appris à ne pas attacher d'importance à ses lamentations continuelles. Après la mort de mon père, elle a continué à se plaindre. Sa vie était maintenant dénuée d'intérêt hormis ses problèmes de santé. A l'époque, je venais tout juste de terminer mes études et je cherchais un job afin de devenir indépendante matériellement. J'allais la voir le moins souvent possible. C'était tellement pénible de l'entendre larmoyer !

Devon arracha un petit bout de feuille qu'elle triturait nerveusement et le jeta dans le vent.

— Elle se plaignait de plus en plus, disant que ses douleurs devenaient insupportables. Et moi, je faisais mine de ne pas entendre. Je croyais qu'il ne fallait pas écouter les malades de ce type.

Devon se mordit les lèvres avec tant de force qu'elles devinrent toutes blanches. Voyant des larmes briller dans ses yeux, Lucky lui prit les mains.

— Un jour, il s'est avéré qu'elle avait du mal à avaler. Elle ne pouvait plus manger — c'est du moins ce qu'elle disait — et vomissait tout ce qu'elle essayait d'ingurgiter. Je... je l'ai alors emmenée voir un médecin et... et...

Incapable de poursuivre, elle cacha son visage dans

ses mains. Lucky la prit par les épaules dans un geste protecteur.

— Qu'est-il arrivé, Devon ? murmura-t-il.

Son intuition lui disait qu'elle ne s'était jamais confiée à qui que ce soit. Cette marque de confiance l'émouvait. En revanche il souffrait de la voir à ce point bouleversée.

Devon avait peine à respirer.

— Elle... elle est morte deux semaines après. D'un cancer de l'estomac inopérable.

— Oh ! fit seulement Lucky.

Puis il jura entre ses dents. Devon s'essuya les yeux avec un mouchoir. Son visage était torturé.

— Vous ne pouviez pas savoir, murmura Lucky.

— J'aurais *dû* savoir !

— Étant donné qu'elle se plaignait toujours, même quand elle n'avait rien...

— Oui, mais j'aurais *dû* l'écouter. J'aurais *dû* faire quelque chose.

— Ça n'aurait probablement rien changé, fit Lucky avec amertume.

Son père était mort lui aussi d'un cancer après avoir tenté de lutter — en vain.

— Non, ça n'aurait probablement rien changé, admit Devon. Mais si je ne l'avais pas négligée, elle n'aurait pas tant souffert. Je l'ai laissée tomber au moment où elle avait le plus besoin de moi.

— D'après ce que vous m'avez dit tout à l'heure, c'est elle qui vous avait négligée la première.

Devon avait complètement déchiqueté la feuille qu'elle avait dans la main.

— Nous n'avons jamais été très proches les uns des autres chez les Haines. Quelle différence avec les Tyler ! Votre famille est si unie... Je vous envie, vous savez ! dit-elle, esquissant un sourire.

Comprenant qu'elle ne parlerait pas davantage de la mort de sa mère, Lucky n'insista pas. Pourtant, ce bref aperçu de la vie de Devon avait aiguisé sa curiosité. Mais le moment était mal choisi pour poser des questions. Adoptant lui aussi un ton plus enjoué, il demanda :

— Ainsi vous nous trouvez plutôt sympathiques ? Ni trop impétueux, ni trop remuants...

Elle ébaucha un geste.

— Juste ce qu'il faut. En tout cas ce doit être bien agréable de savoir qu'il y aura toujours quelqu'un pour vous soutenir, quelles que soient les circonstances.

— Vous n'avez personne qui puisse vous aider ?

Lucky posa un doigt sous le menton de Devon et l'obligea à relever la tête.

— Et votre mari ?

— Il n'est pas en état de le faire.

— Mais si tel était le cas ?

Le visage de Devon se crispa et elle se détourna. Lucky laissa tomber ses bras d'un air coupable.

— Allez-vous le mettre au courant de cette affaire ? demanda-t-il.

— Oui.

— Je suis navré. J'aurais voulu empêcher ça...

Mais s'il l'avait vraiment voulu, il n'aurait pas poussé Devon à venir témoigner à Milton Point. En l'occurrence, il n'avait pensé qu'à lui. Maintenant, il pouvait espérer un non-lieu.

Mais si pour lui l'épreuve était terminée, pour Devon, elle commençait à peine... Elle n'avait pas fini de souffrir des conséquences de toute cette histoire !

— Quand avez-vous l'intention d'aller le voir ? reprit-il.

— Demain. Je ne veux pas que ce soit quelqu'un d'autre qui l'informe. Il faut que je lui explique tout moi-même... C'est pourquoi j'ai accepté l'invitation de votre mère. Je passerai la nuit ici. Le pénitencier ne se trouve pas très loin de Milton Point. Ce serait stupide de rentrer ce soir à Dallas pour revenir ici demain matin.

— Qu'est-ce que vous allez lui raconter ?

Elle secoua la tête en soupirant d'un air accablé.

— Juste l'essentiel.

— Lui direz-vous comment nous avons fait connaissance ? insista Lucky.

— Il le faudra bien.

— Lui parlerez-vous de Little Alvin, de Jack Ed, de la bagarre ?

— Je le suppose.

— Comptez-vous lui expliquer les raisons pour lesquelles vous êtes allée à *cet endroit-là* ?

— Cela, il comprendra sans peine.

— Mais pour le reste ? Comment justifier que je vous aie suivie jusqu'au motel ?

— Je ne sais pas ! coupa-t-elle avec impatience.

— Vous feriez bien de réfléchir à la manière dont vous allez présenter les choses.

Elle se tourna vers lui avec emportement.

— A votre avis, que faut-il dire ? Quels mots employer pour lui faire accepter plus facilement la situation ? Mettez-vous à sa place... Il est en prison. Comment réagiriez-vous si les rôles étaient inversés ? Que ressentiriez-vous si j'étais votre femme, si vous vous trouviez en détention et si vous appreniez le rôle que j'ai joué dans cette aventure ?

Lucky l'attira contre lui.

— Si vous étiez ma femme, gronda-t-il, le problème ne se serait pas posé.

Devon esquiva le baiser qu'il s'apprêtait à lui donner.

— Non !

Lucky plongea son regard dans le sien.

— Devon...

— Non ! répéta-t-elle avec fermeté. Lâchez-moi.

Lucky obéit et elle s'éloigna de quelques pas.

— Pour des raisons qui m'échappent, les vôtres m'ont accueillie avec chaleur alors que je ne mérite que leur mépris, déclara-t-elle, pensive. Je m'attendais à ce qu'on me tienne à l'écart comme si j'étais une femme de mauvaise vie. Au lieu de quoi, ils se sont tous montrés incroyablement gentils. Je ne voudrais pas trahir leur confiance en... en me conduisant inconsidérément.

Lucky eut un geste de dépit.

— Je ne peux que déplorer votre réserve mais vous avez probablement raison. Pourtant aujourd'hui encore j'ai failli faire une bêtise pour vous. Ces policiers m'ont tellement révulsé.

Devon baissa brusquement la tête. Peut-être parce que les larmes l'aveuglaient...

— N'essayez pas de me compliquer la vie, Lucky.

— C'est la première fois que vous m'appelez par mon prénom, remarqua-t-il en se rapprochant d'elle. C'est un commencement.

Elle releva la tête et leurs yeux se rencontrèrent. Devon s'humecta les lèvres.

— Nous n'avons même pas le droit à un commencement.

Sur ces mots, elle pivota sur elle-même et se dirigea vers la maison. Lucky ne chercha pas à la suivre.

La voix moqueuse de Sally s'éleva.

— Eh bien ! A chaque jour sa surprise !

Lucky se retourna, furibond.

— Qu'est-ce que tu fais là ?

Sally apparut derrière le tronc d'un pêcher.

— Qui aurait cru cela ? Il existe donc une femme capable de dire non à Lucky Tyler ? C'est plutôt encourageant.

— Tais-toi, sale môme, grommela Lucky. Il y a longtemps que tu es là ?

— Assez longtemps pour que mon petit cœur ait des palpitations.

— Alors tu nous espionnais ?

— Pas du tout. Maman m'a envoyée vous dire que Rocky et Tanya partaient. Elle pensait que vous vouliez les féliciter encore une fois. Mais quand je me suis rendu compte que vous étiez en grande discussion, j'ai jugé inopportun de vous déranger...

— Ouais, c'est bien ce que je disais, tu nous espionnais.

Pas le moins du monde décontenancée, Sally emboîta le pas à son frère.

— Pauvre Lucky ! s'exclama-t-elle avec un soupir

théâtral. Il trouve enfin une femme qui lui plaît et il faut qu'elle ait trois tares.

— Quelles tares ?

— Un cerveau, une conscience et un mari.

Lucky la fixa d'un air exaspéré.

— Le jour où papa et maman t'ont ramenée de la maternité, tu sais ce que nous avions comploté, Rocky et moi ? De te ligoter dans un sac et de te jeter dans la mare du bétail. On a été bien bêtes de ne pas le faire.

— Lucky avait l'air furieux contre Sally, as-tu remarqué ? fit Tanya à Rocky.

Tous deux rentraient chez eux en voiture. Rocky avait laissé la camionnette à la maison, car il ne voulait pas obliger sa femme à voyager dans un véhicule brinquebalant, sale et inconfortable.

— Sally a toujours été impossible, remarqua Rocky avec un sourire indulgent. Elle a dû énerver Lucky à propos de Devon.

— Je l'aime beaucoup.

— Qui ? Sally ?

Tanya savait que son mari faisait exprès de ne pas comprendre.

— Non, Devon.

— Hum... Elle a du cran. Elle nous a rendu un fier service aujourd'hui ! Et elle n'a pas craqué devant les « feds ». Pas un instant elle n'a perdu son calme. C'est évident qu'elle dit la vérité. Un jury ne devrait avoir aucun doute en l'entendant.

— Tu la trouves jolie ?

Tanya paraissait soudain moins sûre d'elle. Rocky prit le temps de garer sa voiture dans l'emplacement qui lui était alloué devant leur immeuble avant de se tourner vers elle.

— Toi, en tout cas, tu es ravissante, murmura-t-il en déposant un léger baiser sur le front de sa femme.

— Mais Devon est si intelligente, si sophistiquée, si...

— Et toi, tu portes mon enfant !

Rocky souleva les vêtements de Tanya et posa la main sur son ventre nu.

— Quand as-tu commencé à t'en douter ?

— Il y a une dizaine de jours. Mes règles étaient en retard de deux semaines déjà... Hier, j'ai fait un test de grossesse à la maison. Le résultat était positif mais je ne m'y fiais pas tout à fait. Aussi j'ai pris rendez-vous chez le médecin. Il m'a reçue ce matin et a confirmé que j'étais enceinte.

— Tu n'as pas changé du tout, murmura Rocky en lui caressant le ventre.

Avec un éclat de rire, elle lui ébouriffa les cheveux.

— J'espère que non ! Pas encore, du moins.

Les caresses de Rocky devenaient plus précises, plus intenses... Ses baisers se firent plus passionnés. Soudain, Tanya le repoussa.

— On ferait mieux d'aller à l'intérieur.

— On ferait mieux, oui, fit Rocky d'une voix rauque de désir.

A peine étaient-ils entrés chez eux qu'il l'entraîna vers le canapé de la salle de séjour.

— Rocky ! protesta Tanya. Nous sommes à deux pas de la chambre !

— C'est trop loin.

Déjà, il s'était débarrassé de sa chemise. Il se mit alors en devoir de déshabiller Tanya. Ses mains tremblaient d'impatience. Au moment de l'étreindre, il marqua un temps d'arrêt.

— Je ne vais pas te faire mal ?

— Non.

— Tu me le diras ?

— Bien sûr.

— Promis ?

L'impatience la gagna à son tour.

— Promis, assura-t-elle en lui ouvrant les bras. Viens...

Quelques instants plus tard, leurs sens enfin apaisés, ils gisaient tendrement enlacés.

— Oh ! Comme je t'aime, murmura Rocky.

— Moi aussi, je t'aime.

Tanya posa ses lèvres sur la poitrine de son mari.

— Cela m'attriste que tout le monde ne soit pas aussi heureux que nous. Surtout Lucky et Devon...

L'envie ne faisait pas partie des défauts de Tanya. Désintéressée, généreuse, elle souffrait cependant de quelques complexes dus à son éducation.

Ses parents, des fermiers, étaient très pauvres et pour Tanya, jamais il n'avait été question de faire des études. C'est la raison pour laquelle elle portait à ceux qui avaient été à l'université une admiration sans bornes.

Rocky avait d'abord été attiré par sa douceur et son manque de prétention. Il savait aussi qu'elle ne se sentait pas très sûre d'elle — ce qui la lui rendait encore plus chère.

— Tu parles de Lucky et de Devon comme d'un couple, remarqua Rocky.

— Il est clair qu'ils sont attirés l'un par l'autre.

Rocky caressa les cheveux blonds de sa femme.

— Sais-tu que tu seras une mère parfaite ?

— Qu'est-ce qui te fait dire cela ?

— Tu as un cœur si grand, si plein d'amour...

Les yeux de Tanya se mouillèrent.

— Et toi, tu es toujours plein d'attentions. Il va falloir songer sérieusement à déménager, fit-elle pour ne pas sombrer dans la sensibilité. Il y a quelques semaines, avant que Lucky ait tous ces ennuis, j'avais abordé la question avec la responsable d'une agence immobilière. Elle m'a dit de la contacter quand nous serions décidés à commencer nos recherches.

— Elle ?

— Une de tes vieilles amies, figure-toi. Marcie Johns.

— L'asperge !

— L'asperge ?

— C'était comme ça qu'on l'appelait.

— Quelle horreur !

— Pas du tout. C'était plutôt drôle.

— Elle est très gentille.

— Oh ! Je sais... Elle a toujours été très gentille. On

la taquinait parce qu'elle était grande et maigre, qu'elle portait des lunettes et un appareil pour redresser les dents, et qu'elle étudiait tout le temps.

— Ce qui lui a permis de réussir dans la vie.

— C'est ce que j'ai entendu dire. Elle possède sa propre agence, non ?

— Exact. Je lui ai parlé de nos projets. Eh bien, même après avoir payé la caution de Lucky, il nous reste assez pour verser un premier acompte. Si du moins nous trouvons la maison de nos rêves...

Tanya se souleva sur un coude pour regarder son mari.

— J'ai l'impression que Marcie était un peu amoureuse de toi quand vous étiez à l'école.

— Tu crois ? fit Rocky avec indifférence.

Il soupesa l'un des seins de Tanya.

— Que tu es belle...

— Elle m'a posé mille questions à ton sujet, reprit la jeune femme. Elle voulait savoir comment tu allais, ce que tu devenais...

— L'asperge ne s'intéressait qu'à ses livres, pas aux garçons. Surtout pas aux garçons libidineux comme moi...

Rocky attira Tanya contre lui et demanda d'une voix rauque :

— Si on parlait d'autre chose ?

Il resserra son étreinte et ils se turent.

15

Le pénitencier disposait d'un court de tennis, d'un golf de neuf trous, d'une salle de musculation, d'une piste de jogging, et même d'une bibliothèque où l'on trouvait les derniers best-sellers...

Il n'en restait pas moins que c'était une prison.

La veille, Devon avait appelé le directeur pour obtenir la permission de rendre visite à son mari. Il avait fixé la rencontre au lendemain, 9 heures.

Elle s'était levée tôt, était descendue après avoir fait sa toilette. Laurie, qui était déjà debout, avait insisté pour qu'elle prenne au moins une tasse de café avant de partir.

— Sally dort toujours, lui avait-elle dit.

Puis, sans que Devon lui pose la moindre question, Laurie lui avait appris que Lucky était allé rendre la camionnette au siège de la compagnie, où l'on pouvait en avoir besoin.

C'était la belle saison. Un trajet en voiture aurait dû être un plaisir. Le temps se maintenait au beau et des fleurs des champs parsemaient les prés où paissaient de paisibles troupeaux. Devon avait baissé les vitres et respirait à pleins poumons cet air léger qui fleurait bon le pin et le chèvrefeuille.

Elle en avait pour une heure environ. Une heure au cours de laquelle elle aurait pu se détendre... Hélas, ce n'était pas le cas ! Plus le moment de cette visite redoutée approchait, plus son énervement croissait. Jamais elle ne s'était sentie aussi mal à l'aise de sa vie.

Les paumes moites, elle entra dans le parloir, une pièce spacieuse et claire dont les fenêtres donnaient sur le jardin où les prisonniers cultivaient fleurs et légumes. Son ameublement était constitué de fauteuils et de canapés fonctionnels mais confortables. Des magazines étaient disposés sur les tables basses. Et il y avait même une cafetière pleine à côté d'une boîte de *doughnuts*.

— Il arrive tout de suite, lui dit le gardien. Servez-vous de café en l'attendant.

— Merci.

A vrai dire, Devon ne tenait pas plus à boire qu'à manger. Son estomac était trop contracté pour cela. En se tordant les mains, elle s'approcha des fenêtres.

Que dire ?

Greg, j'ai une liaison...

Ce n'était pas une liaison, mais l'aventure d'une seule nuit !

Greg, j'ai eu une aventure d'une nuit.

Non, ça semblait pire !

Greg, j'ai été emportée par la passion.

La passion ?

Oui, la passion.

Sinon, comment expliquer sa défaillance ? La raison n'était pas entrée en ligne de compte. Ni le cœur. Pas même le simple bon sens, et encore moins la moralité... Elle s'était laissé gouverner par ses sens, mais au-delà par un élan plus profond.

Une rencontre extraordinaire ! Même si, au début, Devon ne voulait pas le reconnaître. Extraordinaire... Et c'était pour cela qu'elle se sentait obligée de se confesser à Greg. Dans d'autres circonstances, peut-être ne lui aurait-elle rien avoué ?

Il ne s'agissait pas d'une simple histoire épidermique. Ses émotions avaient pris la relève. Et sa conscience. Par honnêteté, elle *devait* parler à Greg.

Leur mariage n'était peut-être qu'une parodie. Cependant il existait un document légal signifiant qu'ils étaient mari et femme. C'était en toute liberté qu'elle avait prononcé les vœux qui allaient l'unir à lui. Et c'était aussi en toute liberté qu'elle les avait piétinés...

Que Greg soit innocent ou coupable, qu'il l'ait ou non manipulée, peu importait. Un seul fait comptait : elle était une femme adultère.

Tout aurait été différent, peut-être, s'ils avaient eu une vraie nuit de noces...

Tout aurait été différent si son corps n'avait pas été assoiffé d'amour...

Tout aurait été différent si Greg n'avait pas renoncé à son droit aux visites conjugales...

Ce coup avait été la fin de tout. Quelques heures seulement avant de rencontrer Lucky, elle avait découvert que Greg avait refusé de la recevoir en privé — une des facilités offertes aux détenus de ce pénitencier à régime de sécurité minimale.

Quand elle lui avait demandé les raisons de ce refus, il avait été incapable de lui donner une réponse satisfaisante.

— Pourquoi, Greg ? Pourquoi ? ne cessait-elle de répéter.

Mais plus elle insistait, plus il se fâchait.

Déjà marquée par l'égoïsme de son père et l'indifférence de sa mère, Devon avait été littéralement brisée par le rejet de Greg. Était-elle donc si peu désirable pour que son mari ne veuille pas d'elle ?

Meurtrie, désespérée, elle avait quitté le pénitencier... Et le destin — un destin plein de dérision — avait alors voulu que son chemin croise celui de Lucky Tyler. Grâce à ce dernier, elle avait retrouvé non seulement l'espoir, mais aussi une certaine confiance en elle.

Cependant, personne ne l'avait obligée à faire l'amour avec lui. Certes, sa chair avait des exigences mais si chacun devait donner prise à ses désirs...

Un bruit de pas se fit entendre dans le couloir. Puis le murmure d'une conversation... Abandonnant la fenêtre, Devon crispa les mains l'une sur l'autre tout en s'humectant les lèvres. D'un instant à l'autre, Greg allait entrer. Quelle attitude adopter ? Aller au-devant de lui comme si de rien n'était ? Sourire ? Y réussirait-elle, quand son visage était si tendu ?

Lorsque Devon venait rendre visite à Greg, elle tenait à lui faire honneur. La veille, Laurie Tyler avait absolument voulu repasser son ensemble en lin et Sally lui avait prêté des produits de maquillage. Mais après une nuit blanche, de grands cernes creusaient ses yeux. De grands cernes que le fond de teint n'avait pas réussi à cacher.

Le bruit de pas se rapprochait. Les voix devenaient plus fortes. Le cœur de Devon se mit à battre à grands coups précipités dans sa poitrine... Avec difficulté, elle avala sa salive et grimaça un sourire.

Greg apparut, accompagné d'un gardien qui les laissa ensemble.

Greg paraissait en pleine forme. Il avait dit à Devon

qu'il jouait tous les jours au tennis. Il passait beaucoup plus de temps en plein air qu'à l'époque du jugement, et chaque fois, Devon s'étonnait de le trouver aussi bronzé.

Ici, les détenus ne portaient pas d'uniforme, mais leurs propres vêtements. Greg était toujours impeccable, même s'il avait remplacé ses classiques costumes trois-pièces et ses élégants mocassins italiens par des tenues de sport plus décontractées.

Mais il était évident que l'internement commençait à lui peser. Rien de surprenant ! La plupart des détenus de ce pénitencier s'ennuyaient. L'oisiveté forcée coûtait à ces hommes d'affaires habitués à tout mener, à tout commander. Le plus difficile, pour eux, était peut-être de vivre selon une routine bien établie, sans jamais pouvoir prendre de décisions.

L'intuition de Devon lui dit qu'un grand sourire serait mal accueilli. D'ailleurs elle n'avait aucune envie de faire preuve d'un entrain factice. Aussi demeura-t-elle immobile et silencieuse devant la fenêtre pendant que Greg traversait la pièce.

Il s'arrêta devant elle, le visage contracté de rage. Avec une violence telle que cela la fit sursauter, il jeta un journal sur l'appui de la fenêtre. Puis il tourna les talons et sortit.

Prise au dépourvu, Devon ne parvint pas à émettre un seul son. Avec des mains tremblantes, elle s'empara du journal. Il s'agissait d'un quotidien de Dallas — un concurrent de celui pour lequel elle travaillait.

Elle l'ouvrit et n'eut aucun mal à trouver le texte que Greg avait encadré de rouge. Sidérée, elle se laissa tomber dans le fauteuil le plus proche et parcourut les lignes imprimées. Puis, les yeux clos, très pâle, elle demeura à la même place en serrant les feuillets contre sa poitrine, tandis que son cœur battait à tout rompre.

Elle avait si bien préparé son discours... Et elle n'avait pas eu à prononcer un mot. Greg savait déjà tout ! Cet article était d'une précision écœurante.

La haute silhouette de Rocky s'encadra sur le seuil du bureau.

— Promets-moi de ne pas te mettre en colère et de ne pas faire quelque chose de stupide !

Assis dans le fauteuil pivotant qui avait d'abord été celui de son grand-père, puis de son père, les pieds sur la table, Lucky téléphonait. Il salua son frère de la main, tout en continuant à parler.

— Oui, nous pouvons vous envoyer une équipe demain pour commencer les travaux...

Lucky adressa un clin d'œil à son frère et leva le pouce en signe de victoire.

— Non, non, pas de problème. Nous n'avons perdu qu'une partie de notre matériel dans l'incendie. Donnez-moi les indications nécessaires. Mes hommes seront sur les lieux demain à l'aube.

Lucky se redressa et, après s'être emparé d'un bloc et d'un crayon, commença à écrire sous la dictée de son interlocuteur.

— Départementale n° 4, dites-vous ? Oui, trois kilomètres environ après le moulin à vent. C'est noté. Parfait ! Je suis content de travailler de nouveau avec vous, Virgil.

Lucky raccrocha et bondit en poussant un cri de guerre.

— Un contrat ! Un supercontrat... Tu te souviens de Virgil Daboe, en Louisiane ? Il a quatre emplacements pour des puits et il veut que nous nous occupions du forage ! Qu'est-ce que tu penses de ça ? Ce n'est pas formidable ? Quatre nouveaux puits et un bébé en route... Ça fait trop de bonnes nouvelles d'un coup !

Jubilant, il alla se servir une tasse de café. Au passage, il donna une bourrade à Rocky.

— Je vais réunir une équipe et leur dire de préparer le matériel...

Il s'interrompit en s'apercevant que son frère ne partageait pas son enthousiasme.

— Que t'arrive-t-il ?

— C'est bien, pour le contrat, fit Rocky d'un ton morne.

— Ça ne te fait pas plus d'effet ?

Lucky reposa sa tasse de café.

— Que t'arrive-t-il ? répéta-t-il. Tu devrais sauter au plafond de joie !

— Je ne demanderais pas mieux. Auparavant je me demande si je ne devrais pas te ligoter pour éviter que tu ne fasses des bêtises...

— Pourquoi ferais-je des bêtises ?

— Quelqu'un a vendu la mèche, Lucky.

— Vendu la mèche ?

Rocky prit dans la poche de son jean un journal plié en huit et, d'un air réticent, le lui tendit.

Lucky lut l'article qu'il lui indiquait et jura. D'abord très bas, puis de toute la force de sa voix. Rocky observait son frère avec inquiétude, se demandant ce qui allait suivre. Car les réactions de Lucky étaient parfois imprévisibles...

Enfin, Lucky se laissa tomber dans son fauteuil et se prit la tête à deux mains, tout en récitant un chapelet de jurons. A bout de souffle, il se redressa.

— Est-ce que Devon a vu ce torchon ?

— Maman ne le pense pas. Elles ont pris toutes les deux le café ensemble. Le journal était arrivé mais maman ne l'a ouvert qu'après le départ de Devon.

— Qu'est-ce que ça veut dire ? *Selon une personne qui préfère ne pas dévoiler son identité ?*

— C'est simple. Celui qui a communiqué cette histoire à la presse a peur des représailles.

— Et il a raison ! siffla Lucky. Mais ne t'inquiète pas, le salaud qui a fait ça ne perd rien pour attendre !

Lucky reprit le journal.

— *Estimant qu'ils avaient insulté sa maîtresse, Tyler est tombé à bras raccourcis sur les agents fédéraux...* lut-il. *Estimant qu'ils avaient insulté sa...* Mais ils l'ont vraiment insultée ! Quant à l'appeler ma maîtresse... O.K., nous avons passé une nuit ensemble. Une seule nuit, merde !

Lucky se mit à aller et à venir dans la pièce à grandes enjambées.

— Moi qui voulais éviter cela ! fit-il en se donnant un violent coup de poing dans la paume. Moi qui voulais protéger Devon du scandale...

— De toute manière, elle aurait été obligée de révéler son identité pour témoigner devant le tribunal.

— Mais j'espérais qu'on n'en arriverait pas là. Je me disais que ça s'arrangerait avant. Susan aurait pu peut-être...

Lucky s'interrompit brusquement.

— C'est ça !

Au comble de la fureur encore quelques minutes auparavant, il était soudain devenu remarquablement calme.

— C'est ça, bien sûr ! Susan !

— Tu crois qu'elle est responsable de...

— Élémentaire ! Je parie que le contrat de Virgil Daboe c'est elle aussi !

Lucky raconta alors à son frère qu'il avait vu Susan au moment où on l'avait emmené hors de la pièce où les agents fédéraux interrogeaient Devon.

— Oui, moi aussi je l'ai vue, fit Rocky. Elle jubilait... On aurait cru un chat devant une jatte de crème. Mais elle court un gros risque. Imagine que son nom soit mêlé à cette histoire...

— Elle a menti aux « feds », non ?

Déjà, Lucky était à la porte. Inquiet, Rocky se lança à sa poursuite.

— Où vas-tu ?

— Voir Mlle Young.

— Lucky...

— Ne t'inquiète pas. Oh ! Je l'étranglerais volontiers. Mais je vais essayer de trouver une solution moins radicale...

Clara, l'employée de maison des Young, hésita quand Lucky demanda à voir Susan. Mais Lucky était capable de faire preuve d'obstination, et, vaincue, Clara l'emmena derrière la maison, sur la terrasse ensoleillée où Susan était en train de prendre son petit déjeuner. Dans ce décor de fougères géantes et de plantes fleuries, on aurait cru une orchidée de serre.

En silence, Lucky l'observa. Au passage, il avait cueilli un brin de lilas dans la somptueuse composition florale qui ornait le hall.

Loin de se douter de sa présence, Susan fredonnait, tout en tartinant une brioche de marmelade d'oranges. Le fameux journal était ouvert devant elle.

— Tu fais un bien joli tableau, Susan.

En entendant la voix de Lucky, elle laissa échapper son couteau qui tomba avec bruit sur l'assiette en porcelaine. D'un bond, elle se leva et se réfugia derrière sa chaise. Comme si ce dossier en filigrane de fer forgé pouvait lui servir de bouclier...

— Lu... Lucky... balbutia-t-elle.

Sa voix était à peine audible et toute couleur avait disparu de ses joues. A deux mains, elle agrippait sa chaise avec tant de force que ses jointures étaient devenues toutes blanches.

Menaçant, inexorable, Lucky avança... Alors elle recula. Et quand il leva la main, elle se rejeta brusquement en arrière comme pour éviter un coup.

A ce moment-là seulement, son regard terrifié se posa sur le brin de lilas qu'il lui tendait.

— Bonjour, fit-il en déposant un léger baiser sur sa joue.

Trop stupéfaite pour pouvoir répondre, Susan s'empara de la fleur dans un geste automatique.

— Lucky ! Je... je ne m'attendais pas à te voir.

— Désolé de venir de si bonne heure...

Lucky prit le temps de mordre dans la brioche que Susan avait recouverte de marmelade d'oranges.

— ... mais il y a une éternité que je ne t'ai pas vue, poursuivit-il. Et je n'ai pas eu la patience d'attendre plus longtemps. J'espère que...

A ce moment-là, il fit mine de remarquer le journal et jura. Puis, à la fois exaspéré et confus :

— Zut, alors ! Moi qui voulais arriver avant que tu ne lises ça !

D'un geste, il désigna l'article incriminé.
— Susan, je suis désolé.
Médusée, elle le fixa avec des yeux écarquillés. Feignant le dégoût, Lucky exhala un long soupir.
— Un sale fouineur a découvert que j'étais avec cette femme la nuit de l'incendie et il a tout raconté aux journalistes...
D'un air abattu, Lucky se laissa tomber sur l'une des chaises en fer et secoua la tête.
— Quelle connerie... Mais quelle connerie ! Comment est-ce que je pouvais savoir qu'elle était mariée, hein ? Et que son type était en prison !
De nouveau, il jura :
— Ma pauvre Susan ! Maintenant, tu vas être obligée d'avouer aux « feds » que tu as menti en prétendant être avec moi la nuit de l'incendie.
— Je... je vais être obligée de...
La voix de Susan, d'abord très sourde, monta brusquement à l'aigu.
— Malheureusement, oui, ma pauvre !
Lucky se leva et la prit par les épaules.
— Tu es déjà trop compromise, fit-il avec douceur. Hier, ça m'a rendu malade de te voir là-bas...
Il lui caressa les cheveux.
— Je devine sans peine les questions qu'ils ont dû te poser, va ! Des questions intimes, gênantes... Seigneur, comme tu devais être embarrassée ! J'en étais malade pour toi.
Lucky posa la main sur son cœur.
— Et tu sais ce que ces salauds ont inventé pour me faire craquer ? Ils ont dit que je m'étais vanté auprès de toi d'avoir mis le feu. Tu imagines ? Oh ! C'est vrai... l'autre jour, tu plaisantais à ce sujet. Mais tu ne parlais pas sérieusement !
— Euh... non.
— Ne t'inquiète pas, je ne suis pas tombé dans le panneau ! J'ai bien compris qu'ils bluffaient pour essayer de me piéger. Tu n'aurais pas été capable de trahir ainsi l'homme qui rêvait de t'épouser... Ma

Susan, je t'estime trop, je te respecte trop pour accepter que tu sois salie par toute cette boue.

Il l'attira contre lui et enfouit son visage dans ses cheveux. Susan ne réagissait pas. La stupeur la laissait sans voix...

— Comment te remercier de tout ce que tu as fait pour m'éviter de passer en jugement ? reprit Lucky. Mais je ne veux pas que tu te sacrifies davantage. En tout cas, pas question que tu comparaisses devant un tribunal pour te parjurer.

— Me... me parjurer ?

— Évidemment !

Lucky la lâcha.

— Réfléchis un instant. Si tu certifies sous la loi du serment que j'étais avec toi la nuit de l'incendie, et si cette femme certifie la même chose, il ne me restera plus qu'à confirmer à mon tour sa version.

D'un air navré, il conclut :

— Et tu seras coincée dans tes mensonges... Voilà pourquoi il faut que tu te rétractes immédiatement. Pour éviter toute publicité, le plus tôt sera le mieux.

Pâle comme un marbre, Susan le regarda d'un air atterré.

— Mon Dieu ! Je n'ai jamais pensé à cela !

— Je sais bien... Tu ne songeais qu'à m'aider ! Tu as cru faire pour le mieux.

Lucky réussit à paraître catastrophé.

— Et quand je me dis que nous ne pourrons jamais nous marier...

— Pourquoi ?

Il écarta les bras dans un geste d'impuissance.

— Tes parents n'accepteront jamais que tu épouses un homme capable de séduire la femme d'un type en prison ! Non, il y a des limites... Ton père risquerait de te déshériter et de tout laisser à une œuvre de charité. Tes parents ont quand même des principes. Je suis sûr qu'ils préféreraient te voir morte plutôt qu'encombrée d'un mari comme moi. Et franchement, je les comprends !

Lucky parlait avec tant de conviction qu'elle ne remarqua pas l'ironie sous-jacente. La reprenant dans ses bras, il la serra très fort contre lui avant de la relâcher brusquement.

— Adieu, Susan ! Maintenant que cette affaire est officielle, je ne pourrai plus jamais te revoir.

Sans lui laisser le temps de prononcer un mot, il s'éloigna. Au lieu de traverser le hall sinistre, il emprunta l'allée qui contournait la maison. Avant de passer le coin, il se retourna.

— Tire ton épingle du jeu tant qu'il en est encore temps, Susan. Appelle le shérif tout de suite.

— Oui, oui. Je vais lui téléphoner.

— Tu m'enlèves un grand poids de la poitrine !

Lucky lui envoya un baiser.

— Adieu, Susan ! répéta-t-il.

Tête basse, il continua son chemin comme un condamné à l'échafaud. Mais en réalité, il avait envie de bondir de joie. Et intérieurement, comme il riait !

16

Le lendemain matin, Lucky trouva Devon qui l'attendait au siège de la compagnie Tyler. Une tasse de café ébréchée à la main, assise en face de Rocky sur une chaise au dossier raide, elle avait l'air d'une lycéenne bien sage.

Ils échangèrent un long regard. Des rais de soleil fusaient et des poussières y dansaient tout aussi follement que battait le pouls de Lucky.

Rocky fut le premier à rompre le silence.

— Devon vient d'arriver, déclara-t-il, visiblement mal à l'aise.

Il ne semblait pas connaître les raisons de cette visite inattendue.

— Je lui ai offert du café, enchaîna-t-il. Tu en veux, Lucky ?

— Non, merci.

Lucky ne quittait pas Devon des yeux. Et elle aussi continuait à le regarder...

— Euh... L'équipe est déjà partie pour la Louisiane, fit Rocky.

— Parfait.

Au lieu de meubler le silence, les maladroits efforts de conversation de Rocky le rendaient encore plus pesant. Il s'éclaircit la gorge.

— Bon... Euh, j'ai du travail. Je vous laisse. A tout à l'heure.

En passant près de Lucky, il lui donna un coup de coude amical. « Allons, un sourire ! » semblait dire son message silencieux.

Lucky attendit que la porte se soit refermée sur son frère pour remarquer :

— Je suis étonné de vous trouver ici.

— Et moi, je suis étonnée de me trouver là, avoua-t-elle avec un petit sourire timide.

Lucky s'assit en face d'elle, sans cesser de la contempler avec avidité.

— J'ai essayé de vous téléphoner tout l'après-midi d'hier.

— J'avais décroché mon téléphone.

— Je m'en suis douté. Pourquoi ?

— Après la parution du journal, tout le monde essayait de me joindre.

Lucky fronça les sourcils.

— Je suis furieux que cet article ait été publié. J'aurais voulu que vous restiez le plus longtemps possible en dehors de toute cette histoire. Me croyez-vous ?

— Oh ! Je sais que vous n'y êtes pour rien. A votre avis, qui a pu mettre la presse au courant ?

— Susan Young.

Lucky lui raconta sa visite à cette dernière.

— Je suis sûr, absolument sûr que c'est elle ! Elle s'est débrouillée pour découvrir votre nom et, par dépit, par vengeance, a été tout raconter aux journalistes.

— C'est sans importance maintenant. Le mal est fait.

Lucky l'étudia pendant quelques instants. Comme elle était pâle et comme ses traits étaient tirés ! Quoi d'étonnant après les terribles vingt-quatre heures qu'elle venait de vivre ? Elle serrait sa tasse avec force — un peu comme une noyée s'accroche à une bouée de sauvetage.

Lucky la lui retira des mains et posa la question qui le hantait depuis près de vingt-quatre heures :

— Comment se sont passées les choses avec votre mari hier ?

— Mal.

Devon frissonna. Et pourtant il faisait très chaud dans le bureau...

— Quand je suis arrivée, Greg avait déjà lu le journal. Il me l'a jeté à la figure, puis il est parti.

— Sans un mot ?

— Les mots étaient superflus, vous ne pensez pas ?

— Je le suppose... murmura Lucky.

Mais il pensait que s'il avait une femme qu'il aimait comme un mari devait aimer sa femme, il n'aurait pas réagi comme Greg Shelby. Lui laissant le bénéfice du doute, il lui aurait au moins posé quelques questions. En tout cas, jamais il ne l'aurait condamnée avant d'entendre sa version des faits.

Si elle avait nié la véracité de cet article, il l'aurait crue et aurait exigé un démenti de la part de la rédaction.

Mais si elle avait admis l'avoir trompé... alors il serait devenu fou de rage. Un homme amoureux était forcément jaloux et passionné. Ce Greg Shelby n'avait donc rien dans le ventre ni dans le cœur pour se comporter avec une telle froideur ?

— Qu'avez-vous fait après son départ ? demanda Lucky.

— J'ai lu l'article. Ce qui m'a plutôt choquée. Il faut dire qu'on ne m'y présente pas sous un jour très sympathique... Et le récit des faits semble assez sordide... Ignoble !

De nouveau, elle frissonna.

— Selon vous l'était-ce vraiment ? murmura Lucky en lui prenant la main.

— Vous ne le pensez pas, dites, fit-elle, à son tour les yeux pleins de larmes.

— Non.

Leurs regards se rencontrèrent, s'accrochèrent avec tant de force que Devon retira sa main. Pour se donner une contenance, elle feignit de s'essuyer les yeux.

— Avant de quitter le pénitencier, j'ai demandé à revoir mon mari, reprit-elle. Mais il a refusé. Une fois de retour à Dallas, j'ai appelé le directeur et j'ai obtenu la permission de parler à Greg par téléphone. Je voulais tenter de lui expliquer...

Elle secoua la tête d'un air désolé.

— Il n'a pas voulu me répondre.

Dans son for intérieur, Lucky traita Greg Shelby de tous les noms possibles. Puis il demanda :

— Où en êtes-vous maintenant ? Voulez-vous que j'aille le voir avec vous ?

— Oh, non !

Devon se leva et se mit à errer comme une âme en peine.

— En ce moment, il ne souhaite voir personne. J'ai été trouver son avocat — qui n'est pas très content de toute cette histoire, entre parenthèses. Lui m'a conseillé de laisser Greg tranquille pendant plusieurs jours. Le temps qu'il se calme, qu'il réfléchisse... Ainsi, quand il acceptera de me voir, nous pourrons avoir une conversation... posée.

— Je n'en suis pas sûr, fit Lucky, dubitatif. Au lieu de se calmer, il peut se fâcher davantage.

— Greg n'est pas comme vous.

— Sur ce point, vous avez raison !

Cette exclamation bien sentie n'était pas en faveur de Greg.

— Si vous étiez ma femme et si un type avait osé

vous toucher, il y a longtemps que j'aurais démoli les murs de la prison pour aller l'égorger !

— Greg n'est pas violent.

— Vous pensez qu'il va vous pardonner et oublier ?

— Avec le temps, je l'espère.

Cette réponse ne réconforta pas Lucky. Le mari de Devon avait l'air d'un sale hypocrite capable de rancune à vie. Et la pensée que Devon était liée pour toujours à un individu pareil le rendait fou.

Avec mauvaise humeur, il demanda :

— Vous êtes venue de Dallas exprès pour me dire ça ?

— Non, il y a une autre raison.

Devon se rassit.

— Depuis que je suis allée dans *cet endroit-là* pour boire une bière, je n'ai que des ennuis. Maintenant, tout le monde sait que, grâce à moi, vous avez un alibi. Mais jusqu'à ce que le jugement soit prononcé — et Dieu seul sait quand il le sera ! —, ma vie va devenir un enfer. Je voudrais éviter cela !

— Ça ne sera pas drôle pour moi non plus. Mais que peut-on y faire ?

— S'arranger pour que vous soyez mis hors de cause.

— On a essayé ! J'espérais que votre témoignage arrangerait tout. Vous avez vu le résultat !

— Oui. Mais si on présentait aux « feds » le véritable coupable ?

L'espace d'un instant, Lucky la fixa sans comprendre. Puis il éclata de rire.

— Vous voulez jouer au détective ?

— Écoutez, si vous étiez disculpé, on cesserait vite de parler de cette histoire et nous pourrions recommencer à vivre tranquillement. Je vais avoir du mal à obtenir que Greg me pardonne... Mais ce sera plus facile dans la mesure où nous n'aurons pas besoin de passer ensemble devant un tribunal... Et dès lors qu'il pense que je ne vous reverrai jamais.

Devant cette perspective déprimante, Lucky ne sut que répondre.

— Je me suis arrangée au journal, déclara-t-elle. J'ai

dit au rédacteur en chef que je prenais une semaine de vacances pour trouver l'incendiaire. Je lui ai promis un reportage formidable... Et aussi un article sur la manière dont certains policiers traitent les témoins pour mener leur enquête. Je pense que... Pourquoi ricanez-vous bêtement, monsieur Tyler ?

— C'est vous qui me faites rire.

— En quoi suis-je drôle ?

— Vous voulez tout diriger. Même la police.

— La police ne vous a guère aidé. Je réussirai peut-être mieux.

— Possible.

— Je n'ai jamais fait confiance à personne pour s'occuper de mes affaires.

— Hem, hem !

Sans cesser de sourire, Lucky se leva et s'étira. Il se sentait cent fois mieux qu'une heure auparavant... Il était au désespoir de n'avoir pas réussi à contacter Devon depuis la parution de cet article.

Et voilà que non seulement elle réapparaissait, mais qu'en plus elle lui annonçait son intention de rester à Milton Point pendant plusieurs jours ! Quelle chance il avait ! La démoralisante image de son taulard de mari s'estompait. Au fond, Greg Shelby semblait nul dans ses affaires comme en amour.

Ce Shelby ne méritait pas d'avoir une femme comme Devon. C'était évident ! S'il avait été à la hauteur, jamais elle ne l'aurait trompé.

D'ailleurs, elle était consentante. Lucky n'avait pas eu besoin de la persuader... Ce qui prouvait combien ce mariage était boiteux. Certes, Devon ne lui avait fait aucune confidence à ce sujet et il ne pouvait qu'admirer sa discrétion. Mais il aurait quand même voulu savoir pourquoi elle avait épousé un homme qui ne la rendait pas heureuse. Avec le temps, peut-être réussirait-il à le comprendre ?

Une seule chose assombrissait sa bonne humeur. Devon demeurait intouchable... Ils allaient passer beaucoup de temps ensemble, mais pas question de l'approcher. Comment résisterait-il, alors qu'elle occupait toutes ses pensées, nuit et jour ? Au point qu'il en oubliait ses soucis : l'éventuelle faillite de la compagnie Tyler comme son implication judiciaire en tant qu'incendiaire... Son désir pour Devon le consumait.

— J'adore jouer aux gendarmes et aux voleurs, déclara-t-il. Quand commence-t-on ?

— Il faut d'abord que je trouve un hôtel. Où me conseillez-vous d'aller ?

— A la maison.

— Ce n'est pas possible, Lucky ! s'exclama-t-elle en secouant la tête avec véhémence. Non, ce n'est pas possible. Vous devriez le comprendre.

— Ma mère serait furieuse si elle apprenait que vous êtes à l'hôtel. Et vous pourrez dormir sur vos deux oreilles ! Elle n'est pas femme à tolérer une aventure extra-conjugale sous son toit ! Aussi, pas de discussion, vous logerez chez nous.

— Mais...

— Devon ! fit-il avec sévérité. J'ai dit : pas de discussion.

Elle capitula enfin, même si cet arrangement ne semblait guère lui plaire.

— Bon ! Et maintenant, au travail ! s'exclama-t-elle.

— Par quoi commençons-nous ?

— Tout d'abord, il faudrait savoir exactement comment le feu a pris.

— Avec de l'essence et des fusées. C'est moi qui les ai achetées. Ce qui a évidemment confirmé leurs soupçons.

— Pouvons-nous consulter le compte rendu officiel de l'affaire ?

— Je n'en sais rien. Ça m'étonnerait qu'on mette de tels documents à la disposition du public.

— Mais votre ami le shérif Bush pourrait peut-être nous en communiquer une copie ?

Lucky siffla entre ses dents.

— Remarquez, on peut toujours le lui demander.

Déjà, Devon avait décroché le téléphone. Lucky lui prit le récepteur des mains.

— *Je* vais lui demander ! Avec un peu de chance, il acceptera de nous rendre service.

— Entre-temps, j'aimerais voir le hangar qui a brûlé.

— C'est facile. Il se trouve à moins d'un kilomètre d'ici.

Lucky examina la jeune femme des pieds à la tête. Elle portait des chaussures à hauts talons, des bas clairs, une robe élégante...

— Vous ne pouvez pas aller là-bas habillée de cette façon !

— Je n'ai qu'à me changer.

Lucky alla chercher la valise que Devon avait laissée dans le coffre de sa voiture. Puis elle s'enferma dans les minuscules toilettes. Elle s'y trouvait toujours quand Rocky revint.

Rocky regarda autour de lui, puis adressa un coup d'œil interrogateur à son frère, qui téléphonait.

— Où est Devon ?

Lucky posa la main sur le récepteur.

— Là, dit-il en désignant la porte des toilettes. Elle se change.

La porte s'ouvrit alors. Rocky tourna la tête, les yeux exorbités. Et Devon apparut, en jean, tout en roulant les manches de son chemisier.

— Que se passe-t-il ? demanda Rocky.

Lucky lui fit signe de se taire et reprit sa conversation téléphonique.

— Allons, Patrick, un bon mouvement ! O.K., je sais que j'ai fait l'idiot... O.K., je mérite d'être fouetté... O.K., je reconnais toutes mes erreurs... Alors, c'est oui ou non ?

Il écouta la réponse du shérif, tout en admirant d'un air connaisseur les longues jambes de Devon et le doux renflement de ses seins.

— Formidable ! s'écria-t-il. Merci ! Alors, entendu, à 22 heures 30. Non, évidemment, je ne dirai rien à personne ! A ce soir !

Lucky raccrocha et Rocky répéta :

— Que se passe-t-il ?

— Patrick va nous apporter le compte rendu de mon affaire ce soir.

Devon posa ses poings sur ses hanches.

— Lucky, vous venez de promettre au shérif de ne rien dire à personne ! s'écria-t-elle.

— Oui, mais Rocky, ce n'est pas la même chose ! Le shérif sait bien que je le mettrai au courant.

— Si vous me disiez enfin ce qui se passe ici ? redemanda Rocky.

— On va chercher l'incendiaire pour supprimer les charges qui pèsent sur moi ! annonça triomphalement Lucky.

— Et pour que je puisse me réconcilier avec mon mari, ajouta Devon.

Lucky pinça les lèvres mais ne fit aucun commentaire. Rocky les regarda l'un après l'autre en secouant la tête avec incrédulité. Puis il se tourna vers Devon.

— Ça ne vous ennuie pas de me laisser un instant seul avec mon frère ?

— D'accord, répondit-elle. Je vous attends dehors, Lucky.

— Je vous rejoins tout de suite.

Une fois seul avec son cadet, Rocky le prit par les épaules et le secoua sans douceur.

— Mais tu as perdu la tête ? Te mêler d'une enquête du F.B.I. ! Pour qui te prends-tu ? Pour Kojak ?

— Je suis quand même plus beau que Kojak ! fit Lucky avec fatuité.

La colère de Rocky ne tombait pas.

— Je ne plaisante pas !

— Moi non plus, assura Lucky.

— Non ?

Lucky rétrécit les yeux.

— Où veux-tu en venir ?

— Ce n'est pas un jeu pour toi, peut-être ? Un jeu qui te permet de rester près d'une femme dont tu ne devrais pas t'approcher ?

— Ne te mêle pas de ça, s'il te plaît.

La bonne humeur de Lucky avait disparu.

— Ce que je fais avec Devon...

— Tu ferais mieux de ne rien faire du tout avec Devon. Elle est mariée.

Lucky acceptait d'autant plus mal les reproches de son frère que sa conscience lui dictait exactement les mêmes conseils. Il se dégagea.

— Écoute, je suis assez grand pour mener ma vie comme je l'entends. Je n'ai pas besoin de tes semonces.

Rocky soupira.

— Il ne s'agit pas de ça. Au fond, je suis plus contrarié pour Devon que pour toi. C'est une victime dans cette histoire, Lucky. Toute son existence se retrouve sens dessus dessous. Et par ta faute !

— Tu n'as pas besoin de me le rappeler.

— Quand tu auras fini de t'amuser, qu'est-ce qu'il lui restera, hein ? Un mariage brisé, un cœur en miettes...

— Tu te trompes, Rocky.

— Vraiment ?

— Cette fois, il ne s'agit pas d'un jeu.

Rocky hocha la tête en le contemplant sans mot dire.

— Oui... C'est bien ça qui m'inquiète, murmura-t-il enfin.

Il ne restait rien du hangar, sinon une surface noircie couverte de cendres qui avaient été si souvent tamisées qu'elles étaient réduites en poudre grise. Les débris des machines avaient déjà été emportés. Le peu qu'on avait pu sauver avait été bazardé à un ferrailleur. Le produit de la vente avait à peine couvert les frais de séjour de l'équipe en Louisiane.

Devon soupira en donnant un coup de pied dans les cendres.

— Il n'y a pas grand-chose à voir.

— Je vous l'avais dit, fit Lucky.

Assis sur ses talons, il prit une poignée de cendres et la laissa glisser entre ses doigts.

— Celui qui a mis le feu voulait vraiment tout détruire, remarqua Devon. Il ne s'agissait pas d'un simple avertissement.

— C'est ce que les « feds » ont dit dès le début. C'est d'ailleurs la raison pour laquelle ils m'ont immédiatement désigné comme coupable présumé. Le feu a tout détruit très vite. Quand les pompiers sont arrivés, il était trop tard. Ils n'ont pu que protéger les bois alentour.

Devon s'éloigna et s'assit sur un tronc d'arbre qui gisait dans l'herbe. Lucky la rejoignit et, en silence, ils contemplèrent la surface carbonisée.

— Ce n'est pas le seul hangar de votre société ? interrogea Devon.

— Non, mais on entreposait ici presque tout notre équipement lourd. Celui qui a jeté l'allumette savait ce qu'il faisait. Il savait aussi que je serais automatiquement accusé.

Devon le regarda sans chercher à cacher son étonnement.

— Pourquoi pensez-vous que c'était à vous qu'on en voulait ?

Lucky haussa les épaules.

— Et à qui d'autre ? Maman ? Elle n'a que des amis... Sally ? C'est une gosse.

— Imaginez un petit copain jaloux ?

Lucky rejeta immédiatement une telle hypothèse.

— Elle n'a pas encore eu de vrai boy-friend. C'est qu'elle n'est pas commode, ma petite sœur ! Elle effraie même les plus hardis.

— Et Rocky ?

— Oh ! Il s'est fait quelques ennemis. Mais je sens ici...

Lucky se frappa l'estomac du plat de la main.

— Je sens ici que c'était moi qu'on visait.

— Pourquoi ?

Devon noua ses bras derrière son dos. Son chemisier se tendit sur ses seins et pour ne pas les regarder, Lucky baissa la tête, s'obligeant à suivre le lent cheminement d'une chenille qui escaladait le tronc.

— Parce que c'est toujours moi qui ai des histoires, répondit-il enfin. J'ai un don pour me mettre dans des situations impossibles.

Leurs regards se rencontrèrent... Et l'un et l'autre se figèrent comme deux statues. Le silence était de plomb. Un silence si dense qu'on aurait entendu une mouche voler.

La brise souleva les cheveux de Devon qui, avec effort, revint à l'instant présent.

— Avec qui avez-vous eu des histoires ?

— Vous êtes bien curieuse !

— Il faut considérer comme suspects tous ceux qui vous en veulent pour une raison ou une autre.

— Oui, vous êtes très curieuse...

Devon rougit légèrement.

— Peut-être. C'est une habitude... Quand j'écris un article sur quelqu'un, j'interroge ceux qui le connaissent. Je rassemble des informations de tous les côtés jusqu'à ce que, pièce par pièce, je réussisse à reconstituer la personnalité de la personne en question. Quelquefois, l'interview la moins importante m'apporte le renseignement essentiel, le petit élément grâce auquel tout se met en place.

— Fascinant...

Ce n'était pas tant le sujet de conversation qui intéressait Lucky que la passion avec laquelle Devon parlait de son métier. Ses yeux n'étaient pas d'une seule couleur... Lorsqu'elle s'animait, ses prunelles étincelaient de mille nuances de vert, du plus pâle au plus foncé.

Quand elle réfléchissait ou qu'elle était triste, ils s'assombrissaient — comme l'autre soir, au moment où elle lui avait parlé de ses parents. Se rendait-elle compte à quel point ses yeux étaient expressifs ? Probablement pas... Car si elle le savait, elle s'arrangerait pour qu'ils ne la trahissent plus.

Avec effort, Lucky relança le débat.

— Je me demande ce que vos méthodes de travail ont à faire avec moi !

— Pour trouver le coupable, il faut que je vous connaisse bien. Je procède de la même manière que si j'écrivais un article à votre sujet. Avec qui Lucky Tyler a-t-il été en contact récemment ? Je veux m'entretenir avec tous ces gens-là. Dites-moi avec qui vous avez eu des ennuis depuis... hum ! Disons depuis six mois.

Lucky éclata de rire.

— Ça va prendre tout l'après-midi !

— Nous avons tout notre après-midi.

— Oui, c'est vrai... Rocky s'est occupé d'envoyer une équipe de forage en Louisiane. Bon ! Voyons...

Lucky se gratta le cou d'un air absent.

— Bien sûr, tout récemment il y a eu Little Alvin et Jack Ed.

— Pour le moment, laissons-les de côté. Nous reviendrons à eux plus tard. A mon avis, ils sont trop directement visés pour être suspects.

— O.K. Qui d'autre ? Ce type qui avait un club à Longview...

— Quel genre de club ? Club de gymnastique ? Country-Club ?

— Non... euh, vous savez...

— Un nigth-club ?

— C'est ça. Le genre d'endroit où les types vont parce qu'il y a des filles. Elles les poussent à boire, dansent un peu... Vous savez bien, quoi !

— Le genre de bar où les serveuses ont les seins nus ?

— Euh... ce genre-là, oui, fit Lucky avec gêne.

Devon leva les yeux au ciel.

— Ne prenez pas la peine d'épargner ma sensibilité ! Ça nous fera gagner du temps. Alors, que s'est-il passé avec ce type ?

— Il m'a accusé de m'intéresser à une des filles.

— C'était vrai ?

— Bof ! Je lui avais offert quelques verres...

— Et il s'est fâché pour ça ?

De plus en plus mal à l'aise, Lucky s'agita.

— Pas exactement...

— Quoi, exactement ?

— J'ai flirté avec elle. Elle a pris la chose au sérieux... Et quand j'ai cessé d'aller à Longview, elle a déprimé.

— Comment le savez-vous ?
— Le type est venu m'engueuler. Il était furieux parce qu'elle n'arrêtait pas de pleurer et ne voulait plus travailler. Mauvais pour le business, ça ! D'autant plus que c'était la préférée des clients. Il m'a dit de ne plus mettre les pieds dans son club. Et de ne plus adresser la parole aux filles — surtout à celle-là. En fait, je crois qu'elle lui plaisait et qu'il était jaloux.
— Assez pour mettre le feu à ce hangar ?
— Ça m'étonnerait.
Devon prit une profonde inspiration.
— Ça vaut quand même la peine de vérifier. Qui d'autre ?
— Un fermier.
— Laissez-moi deviner, fit-elle avec ironie. Il avait une fille ?
— Non. Une vache.
Après un moment d'hésitation, Devon secoua la tête.
— Cette histoire ne m'intéresse pas.
— Oh ! s'exclama Lucky, choqué parce qu'elle imaginait tout de suite le pire. Ce n'est pourtant pas une histoire bien méchante. Pour me rendre sur un site de forage, il fallait que je traverse un champ. Une vache a pris peur...
— De quoi ?
— De mon camion...
— Vous l'avez écrasée ?
— Par accident, je le jure ! L'idiote a foncé droit sur le capot. Elle a été tuée sur le coup.
— Vous l'avez payée au fermier ?
— Et plus qu'elle ne valait ! Mais il a piqué une crise et a menacé de nous poursuivre pour obtenir des dommages et intérêts.
— Et alors ?
— On n'a plus entendu parler de rien depuis. Il a dû laisser tomber.
— Peut-être pas... Je doute cependant qu'un pauvre vieux fermier soit un incendiaire.
— Pauvre vieux fermier, mon œil ! Il sortait de l'uni-

versité d'agriculture du Texas. Ah ! J'aurais voulu que vous l'entendiez ! Il me traitait de tous les noms.

— D'accord, c'est une possibilité. Tâchez de retrouver son nom et on vérifiera s'il a acheté des fusées récemment. Avec qui d'autre avez-vous eu des problèmes ?

Lucky plissa les yeux dans le soleil.

— Hum... Ah, oui ! Les Irving.

— Au pluriel ?

— Il y a toute une bande d'Irving dans le comté de Van Zandt.

— Eh bien, soupira Devon, ça ne va pas faciliter les recherches... Que leur avez-vous fait ?

— Rien !

Devon formula différemment sa question.

— De quoi vous accusent-ils ?

Lucky prit les mains de Devon dans les siennes.

— Je jure que ce n'est pas moi qui...

Devon eut un geste d'impatience.

— Ella Doreen est enceinte, fit-il enfin. Encore une fois, je n'y suis pour rien.

L'espace d'un instant, Devon le regarda avec stupeur. Puis elle éclata de rire.

— C'est une plaisanterie ?

— Pas du tout. Je ne vois pas ce qu'il y a de drôle ! Se retrouver au milieu d'une armée de brutes ! Parlons-en. Les Irving ont assiégé le bureau un beau matin, et, sous la menace de leurs fusils, m'ont sommé de faire d'Ella Doreen une honnête femme et de reconnaître l'enfant.

— Y avait-il... euh, une possibilité pour que vous soyez le père ?

Lucky lui adressa un coup d'œil blessé.

— C'était une gosse ! Plus jeune que Sally, vous imaginez ? Ella Doreen ? Je ne savais même pas de qui ils parlaient. Il a fallu qu'un de ses oncles aille la chercher à l'arrière d'un camion pour une confrontation.

— Et alors, vous l'avez reconnue ?

— Oui, bien sûr. Je l'avais rencontrée une quinzaine

de jours auparavant dans un immeuble de bureaux à Henderson. J'étais allé là-bas pour un rendez-vous avec un client. Dans le hall, j'ai vu une gosse assise dans un coin, en train de s'éventer avec un journal. Elle avait l'air si pâle, si mal en point que j'ai cru qu'elle allait s'évanouir. « Ça ne va pas ? » lui ai-je demandé. Elle m'a répondu qu'elle ne se sentait pas très bien. Il faut dire qu'il faisait plutôt chaud dans ce hall... Je l'ai emmenée dehors et lui ai offert un Coca. On n'a pas été seuls une seconde. Et je ne lui ai touché que le coude ! Tout en buvant son Coca, elle m'a questionné sur mes activités. Je lui ai donné ma carte... Je me souviens qu'elle avait été assez impressionnée en lisant mon nom gravé sur le bristol.

— Et ça s'est terminé comment ?

— Elle m'a dit qu'elle allait téléphoner pour qu'on vienne la chercher. Et je suis parti... En fait, elle était venue consulter un médecin. A l'époque, elle était déjà enceinte de quatre mois. Moi, le père de cet enfant ? Impossible ! Dans cette histoire, je n'étais que le bouc émissaire... Une fois qu'on l'a poussée devant moi, elle s'est effondrée et a admis avoir menti.

Devon secoua la tête.

— On peut dire que vous avez le don d'attirer les ennuis !

— Je ne le fais pas exprès.

— Et toujours à cause des femmes...

Devon se détourna avant d'ajouter d'une voix presque inaudible :

— Maintenant, à cause de moi.

Lucky lui caressa la joue.

— Vous avez l'air triste...

— Je le suis.

— Pourquoi ? C'était si pénible, hier ?

— Oui. Ça a été une épreuve terrible de devoir affronter mon mari, sachant que je l'avais trahi. Physiquement. Avec vous.

— Et sachant aussi que vous aviez envie de recommencer !

Devon retint sa respiration. Ses yeux s'agrandirent, tandis que ses lèvres s'entrouvraient.

— Je n'ai pas dit cela, Lucky ! protesta-t-elle.

— Vous n'avez pas besoin de le dire...

Elle laissa échapper une petite plainte quand, du pouce, il lui effleura la lèvre inférieure. Baissant les yeux sur la pointe de ses seins dressés sous le chemisier, il murmura :

— Votre corps parle pour vous.

17

Assis à une table de pique-nique du parc Dogwood, Patrick Bush buvait une bière à même le goulot. Boire de l'alcool en uniforme ? C'était aller à l'encontre de tous les règlements. Mais remettre un rapport de police officiel à la personne impliquée, n'était-ce pas aussi aller à l'encontre de tous les règlements ? Alors, au point où il en était !

Devon mit ses lunettes et parcourut la première page du dossier à la lumière des lampes à halogène du parc.

— Qu'est-ce qu'un *trailer* ? demanda-t-elle.

— Une canalisation de fuel. Il y en avait plusieurs autour du hangar, un peu comme des rayons autour d'une roue. Ils n'ont eu qu'à y jeter les fusées...

— ... avant de filer, ajouta Lucky, qui s'était installé sur une balançoire dans le parc de jeu tout proche.

— Celui qui a agencé cela avait bien étudié son affaire, reprit Patrick. Apparemment, il a d'abord coupé le système de ventilation. Puis les vapeurs d'essence sont montées, exactement comme de l'air dans un ballon. Une étincelle... et voilà ! L'explosion a été assez puissante pour faire fondre les métaux.

— On trouvera peut-être quelque chose en examinant ce qui reste des machines ? suggéra Devon.

Elle s'efforçait de parler avec optimisme, mais Lucky devina qu'elle n'avait guère d'espoir. Il maudissait le jour où il avait acheté ces fusées que les ouvriers utilisaient parfois la nuit pour signaler l'accès d'un site de forage éloigné de tout.

Patrick termina sa bière et, consciencieusement, jeta la bouteille vide dans une corbeille.

— Il vaut mieux que je rentre. Il est tard. S'il y a du nouveau, tenez-moi au courant. Mais pour l'amour de Dieu, tâchez d'agir discrètement, tous les deux. Surtout ne vous faites pas remarquer.

— Ne vous inquiétez pas, Patrick, fit Lucky. Si nous sommes pris, jamais nous n'avouerons comment nous avons eu ce rapport.

— Tu n'as pas besoin de me le dire, fit le shérif d'un ton bourru.

Il se tourna vers Devon, souleva d'un doigt le bord de son chapeau et se dirigea vers l'endroit où il avait garé sa voiture de patrouille.

— Vous êtes prête ? demanda Lucky.

Devon rangea ses lunettes, prit le dossier et le suivit jusqu'à la Mustang, qu'ils avaient laissée de l'autre côté du parc.

La maison était plongée dans l'obscurité quand ils rentrèrent. Laurie était déjà couchée. Mais un mince rai de lumière passait sous la porte de la chambre de Sally et on entendait la radio.

Arrivée devant la chambre d'ami que Laurie avait préparée à son intention, Devon s'arrêta.

— Demain on poursuivra l'enquête. On ira interroger tous ceux qui ont des raisons de vous en vouloir. Et on les éliminera un par un.

— O.K. !

— Si vous pensez à quelqu'un d'autre, dites-le-moi, je l'ajouterai à ma liste.

— O.K. !

— Vous m'écoutez ?

— Bien sûr, prétendit-il. Vous avez sommeil ?

— Un peu.

— Pas moi. Je n'ai pas du tout envie de dormir.
— Vous ne vous êtes pas levé d'aussi bonne heure que moi. Et j'ai fait des kilomètres pour venir ici !
— C'est vrai...
Lucky ne parvenait pas à détacher son regard de la jeune femme. Il ne trouvait pas non plus le courage de la quitter.
— La chambre, ça va ? interrogea-t-il. Le lit est confortable ?
— Je ne l'ai pas encore essayé, mais je suis sûre que tout est parfait.
— Il ne fait pas trop chaud ?
— Non.
— Pas trop froid ?
— Tout est parfait, Lucky, répéta Devon.
— Vous avez ce qu'il vous faut ?
— Oui.
— Des serviettes ?
— Oui.
— Du savon ?
Devon sourit.
— Votre mère est une hôtesse exemplaire. Elle a même pensé à mettre des bonbons sur ma table de nuit.
— Alors il ne vous manque rien ?
— Non, non.
— Mais si vous avez besoin de quelque chose...
— Je n'ai besoin de rien, vous dis-je.
— Par exemple d'une couverture supplémentaire, d'oreillers...
Se penchant, Lucky lui effleura les lèvres.
— De moi...
Son baiser, d'abord très léger, se fit de plus en plus passionné. Tout frémissant de désir, il attira Devon contre lui tandis que ses mains s'affolaient... Celle-ci le repoussa.
— Oh ! Devon... gémit-il.
— Non, Lucky. On ne peut pas.
— Juste un petit baiser...
— Non.

— Un petit baiser de rien du tout.
— Il ne faut pas.
— Je sais, je sais !
— Lâchez-moi, s'il vous plaît.

Il laissa retomber ses bras mais ne trouva pas le courage de s'éloigner. Leurs yeux se rencontrèrent... Avec une certaine satisfaction, Lucky s'aperçut que Devon haletait — tout comme lui —, que ses protestations manquaient de conviction et que ses yeux étaient brûlants de passion.

Elle fit rapidement retraite dans la chambre d'ami et referma la porte derrière elle.

Cette nuit-là, Lucky dormit à peine. Oh ! Penser que Devon reposait à seulement quelques mètres... Et qu'il ne pouvait aller la rejoindre !

Après trois jours de ce régime, Lucky était sur le point de devenir fou.

Un par un, Devon barrait les noms de sa liste. Aucun de ceux qui avaient des raisons d'en vouloir à Lucky ne pouvait être coupable, c'était évident ! Les charges qui auraient pu être retenues contre eux ne résistaient pas à un examen sérieux.

Lucky n'en pouvait plus. Voir Devon du matin au soir sans pouvoir la toucher... Quel supplice ! Il était d'une humeur de dogue.

Au matin du quatrième jour, tout en prenant son café matinal, Devon déclara :

— Le fermier représentait notre dernier espoir. Or, il se trouvait dans l'Arkansas pour acheter du bétail. Nous voilà acculés à un mur. Les seules personnes présentes à Milton Point la nuit de l'incendie ne vous veulent que du bien ! Je me demande de quel côté diriger maintenant les recherches...

— Pas possible ! ricana Lucky. Moi qui avais l'impression que vous saviez tout ! Je croyais que vous alliez sortir le coupable de votre sac, comme un prestidigitateur tire un lapin de son chapeau... Alors vous voilà devant un mur ?

Froissée, Devon se leva et se dirigea vers la porte. Au passage, Lucky la prit par la taille, l'attira contre lui et enfouit son visage contre sa poitrine.

— Pardon, pardon... murmura-t-il, les yeux clos, en respirant son parfum. Je me conduis comme un malade... mais je n'en peux plus ! Je ne réponds plus de moi si...

— Voilà quelqu'un.

Devon se dégagea vivement. Quelques secondes plus tard, la mère de Lucky faisait son entrée dans la cuisine, suivie par Sally. Laurie Tyler fut-elle sensible à l'ambiance survoltée ? Remarqua-t-elle leurs visages rouges, leur confusion ? En tout cas elle s'abstint de tout commentaire.

En revanche, Sally leur adressa un clin d'œil moqueur.

— Bonjour ! J'espère qu'on ne vous dérange pas ?

Lucky se contenta de grommeler.

— De quel côté allez-vous diriger vos recherches aujourd'hui ? demanda Laurie.

— Nous n'avons encore rien décidé, répondit Devon.

— À mon avis, vous avez négligé ceux que vous auriez dû d'abord soupçonner.

— Qui sont ?

Déjà, Lucky ne pensait plus à corriger son impertinente petite sœur. Il avait toujours attaché beaucoup de prix à l'opinion de sa mère. Par ailleurs, il était prêt à accepter n'importe quelle diversion pour se changer les idées et oublier ses obsessions.

— Ce lourdaud de Cagney et son horrible ami, évidemment.

— Little Alvin et Jack Ed Patterson ?

Laurie frissonna à la seule mention de ces deux noms.

— Des types détestables ! s'exclama-t-elle. Surtout ce Jack Ed. Quant aux Cagney, il n'y en a pas un pour racheter l'autre.

— Little Alvin et Jack Ed Patterson... Juste après la bagarre ? Ce serait tellement gros !

— Ils ont peut-être compté là-dessus.

Lucky rencontra le regard de Devon.

— C'est une idée, murmura celle-ci. Ces deux-là vous en voulaient...

— Mais ils ont des alibis en béton !

— Pfff ! s'exclama Sally. Des mensonges, oui ! Ils font peur à tout le monde. Les gens sont prêts à témoigner n'importe quoi pour avoir la paix.

Lucky se mordilla la lèvre inférieure, tout en réfléchissant.

— Je ne peux pas aller les trouver pour leur arracher la vérité. J'ai promis à Patrick de me tenir tranquille.

Un sourire lui vint aux lèvres.

— D'ailleurs, je ne suis pas sûr de sortir vivant d'une nouvelle bagarre avec Little Alvin.

— Alors, que faire ? interrogea Devon.

— Little Alvin est fort comme un Turc et mauvais comme une teigne. Mais il a un cerveau de la taille d'un petit pois.

Devon hocha la tête.

— La tête, ce serait donc Jack Ed Patterson ?

— Sans aucun doute. Savez-vous comment nous allons procéder ? En retournant à notre avantage la stupidité de Little Alvin.

— Comment ?

Lucky se renversa dans sa chaise et s'envoya une grande claque sur les cuisses avec satisfaction.

— Par la ruse.

En arrivant devant la grande caravane rouillée posée sur une plate-forme en ciment, Devon s'humecta les lèvres nerveusement.

— J'ai l'air de quoi ? demanda-t-elle.

Lucky coupa le moteur de sa Mustang.

— Belle à damner un saint.

Devon remonta ses lunettes de soleil.

— Avec *ça* ?

A l'aide de ses ombres à paupières de toutes les couleurs, Sally lui avait dessiné un splendide œil au beurre noir. Une véritable œuvre d'art...

Lucky résista à l'envie d'embrasser Devon. Mieux valait ne pas se montrer trop tendre, car Little Alvin les observait peut-être de sa fenêtre.

— Je ne vais pas ouvrir votre portière, déclara-t-il. Débrouillez-vous toute seule, c'est mieux.

Là-dessus, sans un seul coup d'œil en arrière, il sortit de voiture et alla frapper à la porte de la caravane. Puis il se retourna.

— Alors, tu te grouilles ? hurla-t-il.

Devon arriva en courant.

— Sale macho ! murmura-t-elle entre ses dents.

La porte s'ouvrit si brusquement que la caravane parut vibrer sur sa base en ciment.

— Qu'est-ce que tu viens foutre ici, Tyler ? gronda Little Alvin. Qu'est-ce que tu veux ?

Lucky ne se laissa pas démonter.

— Je voudrais te parler.

— Pourquoi ?

— Je te le dirai une fois que tu m'auras invité à l'intérieur.

— Quand les poules auront des dents, ouais ! Fiche le camp.

Little Alvin voulut leur fermer la porte au nez, mais Lucky avait mis son pied dans l'entrebâillement.

— Si tu ne nous laisses pas entrer, on reviendra avec le shérif. Qu'est-ce que tu préfères ?

Alvin regarda Lucky d'un air plein de suspicion, puis il adressa un clin d'œil lubrique à Devon.

— La petite dame n'aimerait pas mieux venir toute seule ?

Lucky grinça des dents.

— Non, la petite dame n'aimerait pas ça.

Little Alvin jura. Puis il se décida enfin à rentrer chez lui, après leur avoir fait signe de les suivre. Automatiquement, Lucky s'effaça devant Devon mais, d'un signe, celle-ci lui fit comprendre qu'il devait passer le premier pour rester dans son rôle de macho.

L'intérieur de la caravane était une véritable porcherie. Çà et là traînaient des restes de repas, des bouteilles d'alcool vides, des boîtes de bière... Des posters découpés dans des magazines pornographiques décoraient les murs.

En les voyant, Devon se raidit. Lucky se planta devant l'un d'eux et hocha la tête d'un air connaisseur avant de se laisser tomber sur un canapé. Tirant brutalement Devon par la main, il l'obligea à s'asseoir près de lui, puis il lui prit la taille dans un geste possessif.

— Qu'est-ce que vous voulez ? grommela leur hôte.

— Une bière, ce serait bien. Une pour moi et une pour elle, répondit Lucky en désignant Devon du pouce.

En jurant, Little Alvin se rendit dans la cuisine adjacente et revint quelques instants plus tard avec trois bières. Il les déposa devant ses visiteurs et s'assit dans un fauteuil défoncé. Son fauteuil favori, vraisemblablement, ainsi que l'attestait la large tache graisseuse qui s'étalait sur le dossier au niveau de sa tête.

— Alors ? jeta-t-il après avoir ingurgité une gorgée de bière.

— Patrick Bush m'a donné vingt minutes pour que je te mette un marché en main.

Little Alvin ricana.

— Moi ? Faire un marché avec toi ? Tu es dingue, Tyler.

— Je t'avais dit qu'il ne voudrait pas, murmura Devon.

— Et moi je t'ai dit de la fermer ! rétorqua Lucky en adressant un coup d'œil menaçant à Devon. Tu vas me laisser m'occuper de ça, oui ?

Cette fois, ce fut Little Alvin qu'il désigna du pouce.

— Il n'est peut-être pas très malin mais il n'est pas stupide.

— Qu'est-ce que... gronda Little Alvin.

Lucky lui coupa la parole.

— Tu veux m'écouter ou non ? Tu ne te rends pas compte que tu perds du temps en ouvrant ta grande gueule ? A chaque minute perdue, tu te rapproches de la prison fédérale.

— Pourquoi j'irais en taule ?

Devon éclata de rire. Lucky fronça les sourcils avec impatience.

— Pourquoi ? répéta-t-il avec mépris. Ne fais pas l'idiot, hein ! Les « feds » ont assez de preuves pour t'envoyer à l'ombre. Même sans jugement !

Le coup avait porté. Le sourire insolent de Little Alvin disparut.

— Qu'est-ce que tu racontes ? Quelles preuves ?

— Un paquet. Je n'ai pas le temps de faire le détail.

— Quand vas-tu lui parler du papier ? demanda Devon d'un ton plaintif.

Lucky jura.

— Mais tu vas la fermer et me laisser m'occuper *d'abord* de mes affaires ?

A un signal convenu, Devon ôta ses lunettes de soleil pour montrer son œil au beurre noir.

— Je m'en moque, de ton incendie ! Tu as dit...

— Quelles preuves le shérif a-t-il contre moi ? demanda Little Alvin avec anxiété.

Feignant de ne pas l'avoir entendu, Lucky poursuivit sa discussion avec Devon.

— D'accord ! Je traite mes affaires ? répéta-t-il. Après, nous en viendrons à ce qui t'amène.

En même temps, Lucky adressa un clin d'œil à Little Alvin.

— On l'avait trouvée plutôt chouette, cette nana, quand on l'a vue pour la première fois à *cet endroit-là*, non ? fit-il à mi-voix. Seulement maintenant...

Il soupira d'un air exaspéré avant d'ajouter encore plus bas, comme pour lui-même :

— Seulement maintenant, je me dis qu'il aurait mieux valu pour tout le monde que ce soit toi qui l'emballes et pas moi ! Bon, où est-ce que j'en étais ?

— Les preuves qu'ils ont contre moi ! couina Little Alvin.

— Ah, ouais, c'est ça ! Pour le moment, ils prétendent que le dossier est clos. Ils comptent sur l'effet de surprise. Tout ce que je sais, c'est que Patrick Bush doit arrêter Jack Ed d'abord. Mais combien de temps ça prendra ? Je l'ignore. Remarque, il peut arriver d'un instant à l'autre.

Pour rendre son discours encore plus plausible, Lucky se leva pour aller jeter un coup d'œil à la fenêtre voilée de rideaux sales.

La sueur inonda le visage porcin de Little Alvin.

— Ils vont arrêter Jack Ed ?

— Eh oui ! Et tu connais ce petit salaud. Il serait capable de vendre sa propre mère. Qu'est-ce qu'il va raconter à ton sujet ? Sûrement que c'est toi qui as mis le feu. Il va te charger à mort, tu peux compter là-dessus.

Little Alvin Cagney laissa échapper un cri de désespoir et fonça vers la porte. Lucky avait prévu son mouvement. Il l'attrapa par le col et le ramena au milieu de la pièce.

— Du calme, Alvin ! Je suis là pour t'aider.

— Tu me crois né de la dernière pluie ?

— Si tu témoignes contre Jack Ed, tu en prendras pour moins longtemps. Sinon...

— Menteur !

Little Alvin gigota, tentant de se libérer. Mais Lucky le tenait solidement par-derrière.

— Pourquoi serais-tu venu me prévenir, Tyler ?

— Moi, je ne voulais pas. C'est Patrick Bush qui a insisté. Il a besoin de toi pour épingler Jack Ed. Et comme il savait que je devais te voir pour autre chose, il m'a demandé de te proposer un marché. Correct de sa part, non ? Parce que tu vois, les « feds » sont formels : c'est Jack Ed qui a flanqué le feu. Mais il manque deux ou trois éléments pour le coincer...

— C'est... c'est vrai qu'il a flanqué le feu. Moi, j'ai suivi sans comprendre. Je ne savais plus ce que je faisais cette nuit-là... Tu m'avais drôlement arrangé. Mais Jack Ed disait que...

— Ne te fatigue pas à me raconter ça à moi. Tu parleras devant le shérif quand il arrivera. Ce qu'il faut, c'est que tu te souviennes de tous les détails. Par exemple, où Jack Ed a-t-il trouvé les fusées ?

— Dans le garage de sa sœur. Son beau-frère travaille à l'entretien de l'autoroute... Jack Ed disait que tu serais le premier soupçonné, parce que tu avais l'occasion de te servir du même genre de fusées et...

— Inutile de te fatiguer à me raconter ça. Si tu crois que ça m'intéresse ! Une fois qu'ils sauront où Jack Ed s'est procuré les fusées, ils n'auront pas de mal à découvrir où il a trouvé les bonbonnes de gaz.

— Dans le garage de son beau-frè...

— Je m'en fous, moi !

Lucky poussa Little Alvin qui s'écroula dans son fauteuil où il resta affalé, claquant des dents et transpirant à grosses gouttes. On aurait cru une énorme masse de gelée tremblotante.

— Voilà ! C'est fini ? s'écria Devon avec une impatience feinte. Maintenant on peut s'occuper de mon problème ?

— Maintenant, oui, fit Lucky. Donne à Alvin de quoi écrire.

Le regard affolé de l'ex-footballeur alla de l'un à l'autre.

— Écrire ? Écrire quoi ?

— Tu n'as pas lu le journal ? Tu ne sais pas que son mec est en taule ?

Little Alvin se contenta de hocher la tête affirmativement.

— Il fait des ennuis à sa gonzesse, poursuivit Lucky. Il s'est mis dans la tête que ça durait depuis longtemps entre nous. Il prétend même qu'on se voyait avant qu'il n'aille en taule. L'autre jour, si le maton ne l'avait pas arrêté à temps, il l'aurait démolie...

Lucky désigna l'œil au beurre noir de Devon.

— Tout ce qu'elle te demande, c'est juste de certifier que je l'ai draguée à *cet endroit-là* et que je ne l'avais jamais vue avant. Ça lui rendrait un sacré service. Ça ne t'ennuie pas ?

Dans l'état où il se trouvait, Little Alvin était prêt à toutes les concessions.

— Non, bien sûr.

— C'est sympa. Remarque, je me contrefiche de ce que son mec peut penser, mais elle n'arrête pas de me tarabuster avec ça. Tu sais comment sont les femmes !

Devon apporta à Little Alvin une feuille de papier et un crayon.

— Pendant que tu écris ça, je vais essayer de joindre Patrick Bush dans sa voiture de patrouille. J'espère qu'il ne sera pas trop tard... Je lui dis que tu es prêt à parler. O.K. ?

— O.K.

Little Alvin soupira.

— Mes frangins m'avaient bien dit de me méfier de Jack Ed.

— Et ils avaient raison, assura Lucky d'un air sagace. Parce que pour l'intelligence, tu es quand même au-dessus de lui.

Il donna une tape sur l'épaule de Little Alvin comme s'ils étaient amis depuis toujours.

— Le garage de son beau-frère ? Pfff... Je ne veux même pas savoir où il habite, celui-là.

— Sur la départementale n° 4. A côté du grand silo.

Derrière le dos de Little Alvin, Lucky adressa un sourire triomphant à Devon.

18

Ils riaient si fort qu'ils se tenaient les côtes. Ils riaient si fort qu'ils en pleuraient. Lucky s'écroula sur son frère en s'esclaffant.

— Quand Patrick est arrivé, Little Alvin pleurnichait comme un veau en pensant à toutes les brimades qu'on faisait subir aux célébrités comme lui en prison. Il était absolument terrifié ! Ça ne m'a pas étonné... Je m'étais toujours dit qu'au fond, ce soi-disant dur n'était qu'une poule mouillée. Eh bien, c'est la pure vérité !

Les Tyler s'étaient tous réunis dans la salle de séjour ; Rocky, Tanya, Laurie et Sally ne se lassaient pas d'écouter le récit entrecoupé d'éclats de rire que leur faisaient Lucky et Devon.

— Le pauvre ! A la fin, j'avais un peu pitié de lui, avoua cette dernière.

— C'est pour ça que vous lui avez fait du thé ? demanda Lucky.

— Du thé ? s'écria Rocky avec incrédulité. Little Alvin a bu du thé ?

— Devon a été emprunter un sachet à l'une de ses voisines. Elle lui a préparé une tasse de thé et a insisté pour qu'il la boive pendant que le shérif et son adjoint attendaient l'arrivée de son avocat. Ils ne pouvaient prendre la déposition de Little Alvin qu'en présence de ce dernier.

— C'est gentil de la part de Devon, admit Laurie. Mais je ne peux pas dire que j'éprouve la moindre pitié pour cet homme. Les frères Cagney ne valent pas la corde pour les pendre. Même lorsqu'ils étaient petits, ils étaient impossibles. Leurs parents les laissaient faire tout ce qu'ils voulaient. Ce qui m'étonne, c'est qu'ils ne soient pas tous sous les verrous maintenant.

Rocky réussit enfin à retrouver son sérieux.

— Et Jack Ed ? demanda-t-il.

— Ils ont un mandat d'arrêt contre lui. Ils ne devraient pas avoir de mal à lui mettre la main dessus puisqu'il ne se méfie pas.

Lucky se remit à rire.

— Il va avoir une drôle de surprise, lui qui se croit à l'abri de tout soupçon !

— Je suis si contente que ce cauchemar soit fini ! s'exclama Tanya.

— Avec un peu de chance, tout va rentrer dans l'ordre, fit Sally. Oh ! À propos, Lucky, figure-toi que je suis allée en ville ce matin. J'ai vu Susan Young chez le teinturier. Elle a gardé les yeux baissés... C'est bien la première fois depuis que je la connais qu'elle ne m'a pas toisée avec hauteur !

— Sa vilaine petite machination s'est retournée contre elle, cette fois, remarqua Rocky. Elle a dû avoir la peur de sa vie.

— Peur de Lucky en tout cas ! corrigea Sally qui se tourna vers son frère en riant.

Rocky se leva et tendit la main à sa femme pour l'aider à se redresser.

— Je vais au bureau téléphoner à la compagnie d'assurances, déclara-t-il. Maintenant que nous sommes lavés de tout soupçon, il ne leur reste plus qu'à casquer.

— Que fera-t-on avec l'argent ? demanda Lucky. On remboursera la banque ou bien on remplacera le matériel détruit ?

— Il va falloir en discuter.

— Pas maintenant ! s'écria Laurie.

Avec affection, elle prit sa belle-fille par le bras pour l'accompagner jusqu'à la porte.

— Où en êtes-vous de vos recherches, ma petite Tanya ? Avez-vous trouvé la maison de vos rêves ?

La jeune femme sourit.

— Ce matin, Marcie m'a emmenée en visiter une qui me plaît beaucoup. Je voudrais que Rocky la voie.

— Bientôt, promit-il.

— Comment vous sentez-vous, Tanya ? demanda Laurie.

— Oh ! En pleine forme !

Après avoir fait leurs adieux au reste de la famille, Rocky et Tanya partirent. Ravi que son frère soit enfin disculpé, Rocky klaxonna tout le long de l'allée.

— Vous savez ce qui me ferait plaisir maintenant ? dit Lucky. Un bon galop à travers champs... Qui veut venir ?

— Ni Sally ni moi, fit Laurie. Nous avons rendez-vous chez le dentiste.

— Maman ! implora Sally.

— Ah, non, Sally ! J'ai déjà dû reporter trois fois de suite ce rendez-vous. Ça suffit ! Allons, viens ! Au revoir tout le monde...

Sans enthousiasme, Sally suivit sa mère derrière la maison où elle avait l'habitude de garer sa voiture. Lucky se tourna vers Devon.

— Et vous ?
— Non, il faut que je rentre à Dallas.
— Maman pense que vous allez rester une nuit de plus.
— Comment le savez-vous ?
— Elle ne vous a pas fait ses adieux.
— Mais si, elle a dit au revoir à tout le monde !
— Elle a dit cela à la cantonade.
Devon hésita.
— Plus rien ne me retient ici.
— Vous pouvez bien prendre une heure pour une petite promenade à cheval ! Et honnêtement, vous ne pouvez pas partir sans embrasser tout le monde.
Devant le sourire désarmant de Lucky, Devon capitula.
— Donnez-moi cinq minutes pour me débarrasser de ce maquillage et changer de vêtements, fit-elle en se dirigeant vers l'escalier.
— Vous me retrouverez à l'écurie.

Devon ralentit sa monture et se mit à tousser dans le nuage de poussière soulevé par les sabots du cheval de Lucky.
— J'ai gagné ! cria ce dernier.
— Ce n'est pas juste ! Vous avez triché.
Lucky sauta en bas de sa monture.
— Évidemment que j'ai triché. C'est la seule manière pour être sûr de gagner !
Devon mit à son tour pied à terre.
— Votre surnom ne vous va pas du tout. Lucky ! Pfff ! Il eût mieux valu vous appeler : « Tricheur. »
En riant, Lucky lui prit les rênes des mains et emmena les chevaux vers l'écurie. Il faisait agréablement frais et sombre à l'intérieur après cette promenade sous un soleil de plomb.
— Oh ! Il m'est quelquefois arrivé d'avoir de la chance dans la vie, déclara Lucky, tout en dessellant les chevaux avec habileté.
Il les conduisit lentement le long de l'allée centrale pour les sécher. Devon lui emboîta le pas.

— C'est parce que vous aviez de la chance qu'on vous a appelé Lucky ?
— Ma foi, oui.
— Qui vous a baptisé ainsi ?
Un grand sourire éclaira le visage tanné de Lucky.
— Rocky.
— Pourquoi ?
— Un jour, lui et ses copains...
Lucky s'interrompit.
— Vous voulez vraiment savoir ?
— Oui.
— D'accord... Mais ne vous fâchez pas après.
— Pourquoi ? C'est une histoire sordide ?
— Un peu. Un tout petit peu... Ça s'est passé il y a bien longtemps. Je devais avoir quatorze ans, quelque chose comme ça... Rocky et ses copains avaient décidé d'aller à Kilgore. Ils ne voulaient pas m'emmener mais je me suis arrangé pour les y obliger. On a atterri dans un bowling... Ils cherchaient une fille.

Pour se donner une contenance, Devon mit de l'avoine dans un seau pendant que Lucky brossait le cheval qu'elle avait monté.

— A vrai dire, continua-t-il, ce n'était pas quelqu'un de très recommandable, mais Rocky et ses copains la trouvaient fabuleuse. Il est exact qu'elle n'était pas mal. Une minijupe collante, des seins épanouis... Enfin, vous voyez le tableau, quoi ! Le genre de fille qui fait rêver les lycéens.

Tout en parlant ils passèrent dans le box voisin et se mirent à bouchonner le cheval de Lucky.

— Rocky et ses copains, fit Lucky, regardaient la fille avec des yeux exorbités. Mais ils n'osaient pas s'approcher... Moi, j'ai voulu leur montrer que j'étais moins empoté — même si j'étais le plus jeune. Sans le moindre complexe, je suis allé trouver la fille et j'ai engagé la conversation.
— De quelle manière ?
— Je lui ai parlé de mon père. Je lui ai raconté que le pauvre homme avait été accusé par les communistes

d'être un espion et qu'il se trouvait prisonnier dans un goulag derrière le rideau de fer.

Stupéfaite, Devon éclata de rire.

— Non ! Quelle imagination ! Et elle l'a cru ?

— Je le suppose... A vrai dire, je n'en sais rien. Peut-être en avait-elle assez de se balader dans le bowling en se tortillant ? En tout cas, quand je lui ai dit que je ramassais des boîtes de bière ou de soda en aluminium pour les recycler et gagner ainsi de quoi acheter la liberté de mon père, elle m'a proposé de l'accompagner chez elle pour y récupérer toutes celles qui étaient entreposées.

Devon suivit Lucky jusqu'à l'évier situé derrière le bâtiment et ils se lavèrent les mains, partageant le même gros savon.

Puis, tout en s'essuyant à la serviette suspendue au-dessus de l'évier, Devon remarqua :

— Je suppose que Rocky et ses copains n'avaient aucune idée de ce que vous étiez en train de raconter ?

— Vous pensez bien que non ! Derrière le dos de la fille, je leur faisais des signes de victoire...

— Je vois le tableau.

— Donc je l'ai suivie chez elle. Et comme un idiot, j'ai ramassé toutes les boîtes qui traînaient pour les mettre dans les sacs en plastique qu'elle m'avait donnés. Ce n'était pas un boulot très marrant, mais le décor était superbe.

— Le décor ?

— Elle.

— Ah, oui ! Elle...

— Je vous l'ai dit ! Un rêve d'adolescent ! Sinon je dois avouer que mes goûts ont considérablement évolué depuis. Elle était à la réflexion un peu grosse et même vulgaire... Mais à l'époque, j'étais absolument ébloui. Et tout en récupérant ses boîtes de bière vides au fond de la poubelle, j'en profitais pour la reluquer. Pendant ce temps-là, elle m'adressait des compliments, admirant mon courage et me félicitant de me charger d'une mission aussi délicate... Vous imaginez !

Si elle avait un corps à faire rêver tout un lycée, côté intellect, ce n'était pas une lumière !

Lucky entraîna Devon dans la pièce attenante à l'écurie. On y trouvait deux chaises, un lit en fer qui avait dû être autrefois peint en bleu et un réfrigérateur.

Lucky tira la ficelle qui pendait du ventilateur fixé au plafond. Les pales de celui-ci se mirent à tournoyer, brassant l'air moite. Puis il prit deux boîtes de bière dans le réfrigérateur et, après en avoir tendu une à Devon, ouvrit l'autre.

— La fille n'a pas essayé, commença-t-elle... de vous...

Il secoua la tête d'un air désolé.

— A la fin, je me suis dit que j'étais vraiment bête de laisser passer une telle occasion. Alors j'ai fait appel à tout mon courage pour l'embrasser... Et elle s'est mise à me câliner en m'appelant mon pauvre bébé. Son pauvre bébé ! Par exemple ! Pfff ! Mais à ses yeux, j'étais trop jeune et trop pur pour songer à la chair... Quand le moment est venu de partir — j'avais récupéré toutes les boîtes qui traînaient dans les coins et je ne pouvais pas m'éterniser —, je lui ai demandé si je pouvais sortir par-derrière. Je me doutais bien que Rocky et les autres m'avaient suivi et je ne voulais pas me montrer avec mes sacs pleins à ras bord. Je suis allé les cacher dans les buissons voisins. Puis j'ai attendu... Environ une heure plus tard, ils ont klaxonné. Alors j'ai ouvert ma chemise, je me suis griffé la poitrine pour leur faire croire que cette femme était une vraie tigresse au lit et j'ai arboré un air triomphant, supérieur...

Partagée entre l'incrédulité et l'hilarité, Devon s'assit au bord du lit dont les ressorts grincèrent.

— Quelle histoire ! J'ai peine à y croire... C'était donc si important pour vous de prouver votre virilité ?

— A l'époque, oui. De toute manière, la mise en scène était parfaite. D'une voix haletante, je leur ai raconté que j'étais épuisé parce que la fille s'était jetée sur moi et que nous avions fait l'amour sans arrêter... Ils ont tous cru que j'avais eu la chance d'obtenir ce dont ils rêvaient. Et depuis ce jour-là, ils m'ont appelé Lucky. Je n'ai jamais avoué la triste vérité...

— Pas même à Rocky ?

— Non.

Lucky fronça les sourcils.

— Vous n'allez pas lui dire ?

Devon éclata de rire en se rejetant en arrière, les bras croisés derrière sa nuque.

— Ce serait tomber de votre piédestal ! Révéler que votre précocité n'était qu'un mythe ! Jamais !

— Ah, bon !

Lucky s'assit au bord du lit et la regarda en souriant.

— J'étais quand même assez précoce. J'ai fait mes premières armes très peu de temps après, avec une fille du cours d'algèbre.

Devon, qui ne riait plus, évita le regard de Lucky.

— Pour vous, les femmes ont toujours été des conquêtes faciles, n'est-ce pas ?

Elle tenta de se lever, mais Lucky l'en empêcha.

— Toutes sauf une, déclara-t-il d'un air grave. Avec vous, rien n'a été facile.

— Laissez-moi partir.

— Pas maintenant.

— Je vous en prie...

Lucky lui cloua les lèvres dans un baiser passionné, puis il la renversa sur le lit tout en glissant les doigts dans sa somptueuse chevelure auburn. Déjà, Devon ne résistait plus... Au contraire, elle noua ses bras autour de son cou et s'accrocha à lui.

Au-dessus d'eux, les pales du ventilateur continuaient à tournoyer lentement, rafraîchissant leurs corps brûlants. Dans l'écurie voisine, les chevaux soufflaient bruyamment...

Lucky releva la tête et la contempla avec passion.

— Si vous saviez à quel point je vous désire, Devon.

De nouveau, leurs lèvres se rejoignirent. De ses doigts impatients, Lucky ouvrit les boutons du chemisier en coton blanc de la jeune femme, puis il défit son soutien-gorge et lui caressa les seins.

— Lucky... murmura-t-elle avec extase.

Avec transport, elle serra cette tête blonde contre sa poitrine, s'abandonnant tout entière, étourdie de caresses et de baisers.

Ils avaient fait l'amour une seule fois et, depuis ce jour-là, l'imagination de Lucky n'avait cessé de s'enfiévrer... Il avait tenté de se convaincre qu'il n'y avait rien de sérieux derrière cette aventure et que s'il désirait Devon Haines comme un fou, c'était tout simplement par dépit et du fait qu'elle lui échappait.

Mais il lui avait suffi de la prendre dans ses bras pour constater l'inanité de cette théorie. Oh ! Comme il la désirait ! Il voulait la posséder envers et contre tout. Maintenant. Oui, tout de suite. Et plus tard. Et demain. Et le jour suivant. Et toujours...

Il adorait ses éclats de rire comme ses coups de colère. Il appréciait son esprit analytique, la vivacité de ses reparties. Il ne se lassait pas de l'entendre exprimer ses opinions — il en était même venu à aimer ses idées féministes ! Tout en elle lui plaisait. Tout.

Avec adresse, il ouvrit le jean de la jeune femme et commença une lente exploration. Avec ses doigts, avec ses lèvres...

— Devon... murmura-t-il d'une voix rauque. Oh ! Devon...

— Non !

Soudain, elle se rejeta en arrière et se recroquevilla sur elle-même.

— Non ! Il ne faut pas... Je ne peux pas.

Lucky la regarda avec stupeur. Haletant, il s'efforçait de comprendre. Pourquoi se refusait-elle ? Son visage torturé et ses yeux pleins de larmes prouvaient assez qu'elle ne jouait pas, comme il l'avait cru l'espace d'une seconde. Elle était déchirée, tourmentée — et lui ne pouvait supporter de la voir souffrir.

— Comme vous voulez, Devon, fit-il d'un ton à la fois tendre et bourru.

Avec maladresse, il voulut l'aider à tirer son chemisier sur ses seins rosis par de folles caresses.

— Je ne veux pas que vous ayez quelque chose à vous reprocher... ou à me reprocher, assura-t-il. Jamais !

Elle leva vers lui ses yeux pleins de larmes.

— Je suis mariée, Lucky...

D'une voix tremblant de désespoir, elle répéta :

— Je suis mariée.

— Je sais.

Le vieux lit grinça de tous ses ressorts quand Lucky se leva. Il sortit en claquant la porte et, une fois dehors, se mit à arpenter l'étable de long en large. Les dents crispées dans un effort surhumain pour contrôler ses passions et sa colère, il maudissait le destin.

Cependant, quand Devon le rejoignit, sa colère tomba brusquement.

Les yeux pleins de larmes, elle paraissait plus désespérée que jamais, et ses lèvres meurtries lui donnaient l'air d'une victime. Si elle était la victime, qui donc était le coupable ?

Moi ! songea-t-il.

— Je vous accompagne... fit Lucky avec douceur.

Ignorant la main qu'il lui tendait, elle marcha à côté de lui jusqu'à la maison.

— Je vais faire mes bagages, déclara-t-elle, à peine rentrée. Ça ne devrait pas être long.

Lucky n'eut pas le temps de la retenir : déjà, elle était dans l'escalier. L'attente dura dix minutes. Dix minutes interminables... Pendant que Devon se préparait à partir pour toujours, Lucky allait d'une pièce à l'autre comme un ours en cage. Dommage que sa mère ne veuille pas qu'il y ait de l'alcool dans cette maison... Parce que s'il avait jamais eu besoin d'un whisky bien tassé, c'était maintenant !

Une valise à la main, Devon descendit l'escalier sans qu'il l'entende. Elle était déjà arrivée en bas quand il l'aperçut.

— Devon...

— Au revoir, Lucky. Je suis contente que tout se soit arrangé pour vous. Remarquez, je me doutais bien que vous seriez vite mis hors de cause. Remerciez votre mère pour son hospitalité et dites au revoir à tout le monde pour moi. Ils ont tous été si gentils, si...

Sa voix se brisa. Passant devant lui, elle se dirigea vers la porte d'entrée.

Lucky la prit par le bras et l'obligea à faire demi-tour.

— Vous n'allez pas partir ainsi.

— Il le faut.

— Mais vous ne le voulez pas. Non, je sais que vous ne le voulez pas !

— Je suis mariée, lui rappela-t-elle.

— Avec un type que vous n'aimez pas.

— Qu'en savez-vous ?

Lucky se rapprocha. Le moment était venu de jouer serré. Leur avenir était à ce prix...

— Non, vous ne l'aimez pas ! Parce que si vous l'aviez vraiment aimé, jamais vous ne m'auriez laissé vous faire l'amour. Ne prétendez pas que vous dormiez ! Quant à ce qui vient de se passer maintenant... Là, vous étiez tout à fait consciente. Alors ?

Sans attendre sa réponse, il poursuivit :

— Quant à lui, il ne vous aime pas non plus. S'il vous avait aimée, il ne se serait pas conduit comme il l'a fait quand vous êtes allée le voir... S'il avait tenu à vous, il aurait été fou de rage, il n'aurait pensé qu'à m'éliminer. Mais il a réagi comme un gosse qui découvre qu'on a abîmé son jouet.

Devon baissa la tête.

— Là n'est pas la question, Lucky. Ce qui compte, c'est que *nous* soyons honnêtes. Je m'en vais, ma décision est prise et rien de ce que vous pourrez dire ne me fera changer d'avis.

— Je ne peux pas vous laisser partir.

— Vous n'avez pas le choix, murmura-t-elle. Moi non plus d'ailleurs.

Il la retint.

— Mais si vous aviez le choix...

— Je ne l'ai pas.

— Si vous le pouviez, continua-t-il avec obstination, resteriez-vous avec moi ?

Pour la première fois depuis qu'elle était descendue, Devon le regarda droit dans les yeux. Et ce qu'il lut dans ses prunelles remplit Lucky d'espoir. Il lui caressa la joue.

— Si vous aviez le choix, seriez-vous à moi comme je le désire tant ?

Si forte était la tension émotionnelle qu'elle en paraissait presque palpable. Le regard de Devon était plus qu'éloquent mais elle demeurait silencieuse... Aussi, quand elle se dirigea vers la porte, il ne chercha pas à la retenir.

— Adieu, fit-elle.

Voilà, tout était fini. Accablé, Lucky se laissa tomber sur une marche et écouta le bruit des pas de Devon décroître sur le perron, sur le gravier de l'allée... Il l'entendit claquer la portière de sa voiture, puis mettre le moteur en marche. La voiture s'éloigna. Le vrombissement du moteur décrût... bientôt, ce fut le silence. Lucky était effondré.

Jamais il n'avait désiré une femme comme il désirait Devon. Ils n'avaient fait l'amour qu'une seule fois et cette expérience dominait toutes celles qu'il avait eues jusqu'à présent.

Ce qu'il avait partagé avec Devon l'avait ému jusqu'au fond de lui-même. Vivre sans elle ? Cela lui paraissait inimaginable. Et pourtant — hélas ! —, il le fallait... En pensant aux mornes années qui l'attendaient, il se demanda ce qu'il allait devenir.

La situation était sans espoir. Mais cela, ne le savait-il pas depuis qu'il avait appris qu'elle était mariée ? Cependant ils ne devaient pas considérer Greg Shelby comme leur plus grand ennemi. Non, leur conscience était encore plus exigeante. La conscience de Devon, tout comme celle de Lucky, leur interdisait de s'engager dans une liaison coupable. Ils étaient trop droits pour agir ainsi.

Le sort avait de ces ironies... A cause de ces qualités de droiture et de morale qu'ils respectaient l'un chez l'autre, il leur était impossible de se retrouver !

Mais James-Lawrence Tyler n'était pas seulement chanceux. Il était aussi un éternel optimiste.

Pourquoi se lamenter ? Rien n'était impossible. La situation ne pouvait que s'arranger... Le destin n'allait pas les séparer après les avoir réunis. Non, la vie ne pouvait pas lui jouer un si mauvais tour ! D'ailleurs, il n'avait aucune intention de se laisser faire.

Ah, non ! Pas question !

19

— Les visites sont limitées à quinze minutes.

Après avoir rappelé ce règlement à Lucky, l'un des responsables du pénitencier le fit entrer dans la pièce où, une semaine auparavant, Devon avait rencontré brièvement son mari.

— Quinze minutes ? Très bien. Merci d'avoir pu organiser cette entrevue si vite.

Lucky avait passé une nuit blanche. Au cours de ces longues heures sans sommeil, il s'était dit qu'il ne lui restait qu'une seule solution : s'expliquer avec le mari de Devon.

Mais qu'allait-il lui dire ? En réalité, il l'ignorait... Oui, que dire ?

Qu'il regrettait d'avoir fait l'amour à Devon ? Certainement pas ! D'ailleurs, comme il n'éprouvait pas le moindre regret, ce serait mentir.

Et s'il avouait tout simplement à Greg Shelby qu'il était amoureux de sa femme ?

Car il était amoureux de Devon. Cette nuit d'insomnie l'en avait persuadé.

En dépit de ses multiples conquêtes, Lucky avait toujours su qu'un jour viendrait où il aurait envie d'être fidèle à une seule femme. Cette femme, c'était Devon Haines. Et désormais, il n'y aurait plus qu'elle dans sa vie. N'en était-il pas de même entre Tanya et Rocky...

Devon avait réussi ce miracle : éclipser toutes les autres... Elle le comblait sur tous les plans, elle donnait à sa vie une nouvelle dimension... Et un jour, elle porterait ses enfants.

A cette pensée, Lucky eut la chair de poule. Un enfant. Un enfant de Devon... Lorsqu'on souhaitait fonder une famille avec une femme, c'était une preuve absolue d'amour.

Mais avec l'amour venaient mille obligations. Les Tyler avaient inculqué le sens du devoir à leurs enfants. Quand on aimait quelqu'un, on ne devait jamais lui faire de la peine, le décevoir ou l'irriter. Et un certain code de l'honneur devait à tout prix être respecté.

C'était ce code de l'honneur qui avait amené Lucky à la porte du pénitencier.

— C'est vous, Tyler ?

Lucky se retourna d'une pièce. Et il se sentit tout de suite soulagé en constatant que Greg Shelby ne correspondait pas du tout à l'image qu'il s'en était faite. Il s'attendait à voir un individu au regard hanté... Un homme amaigri, pâle et hâve, mal rasé, tondu, vêtu de cette espèce de costume à rayures que les prisonniers étaient censés porter...

Au lieu de quoi, il se trouvait devant un sportif bronzé au visage reposé. Un homme assez séduisant, au fond, mais que Sally n'aurait pas qualifié de « super ». Avec une certaine satisfaction, Lucky constata que les cheveux de Greg Shelby se clairsemaient déjà.

— Monsieur Shelby ? interrogea-t-il.

— C'est bien moi.

Le détenu alla s'asseoir sur un canapé et, avec nonchalance, étendit ses bras derrière lui sur le dossier. Sa décontraction eut le don de surprendre Lucky. En même temps, il eut l'impression d'une provocation... Pourquoi ce salaud ne se jetait-il pas à sa gorge ? Comme si Devon ne méritait pas qu'on se batte pour elle !

— Je n'ai pas besoin de vous demander pourquoi vous avez demandé à me voir, fit Shelby.

— Non, je le suppose. Vous avez lu les journaux ?

— Comme tout le monde ! jeta Shelby avec amertume.

Lucky s'assit dans le fauteuil le plus proche du canapé où Greg Shelby avait pris place. Les deux hommes se mesurèrent du regard.

— Je suis désolé que vous ayez été prévenu de cette manière, dit Lucky avec sincérité. Cela n'a pas dû être drôle... mais ça a été encore pire pour Devon.

— Pfff ! Elle n'est pas en prison, elle.

— Elle n'a commis aucune action répréhensible, elle, rétorqua Lucky du tac au tac.

Son franc-parler laissa tout d'abord Shelby sans voix. Puis il ricana.

— Certains diraient qu'elle a commis avec vous une action très répréhensible.

— Ce n'est pas mon avis, assura Lucky. Et ce n'est pas le vôtre non plus.

— Comment pouvez-vous connaître mon opinion, Tyler ?

— Il est évident que vous n'accordez guère d'importance au fait que Devon vous ait trompé. Sinon nous ne serions pas en train de discuter tranquillement.

Shelby ricana de nouveau.

— Vous avez raison, admit-il, sarcastique. Devon est une sainte. Une vraie sainte ! Son seul péché a été d'épouser un malheureux prisonnier.

— On se demande pourquoi elle l'a fait !

Lucky se carra dans son fauteuil et Shelby en fit autant. Jamais on n'aurait pu imaginer que ces deux hommes s'affrontaient. On aurait plutôt cru qu'ils devisaient pour passer le temps.

Shelby regarda Lucky sans mot dire. Puis, après avoir haussé les épaules, il se leva et alla se servir un café.

— Vous en voulez ? lança-t-il.

— Non, merci.

Shelby souffla sur son café trop chaud et affecta la plus grande nonchalance.

— Pourquoi elle l'a fait ? répéta-t-il. C'est simple... Elle voulait écrire une série d'articles bien documentés au sujet des malversations commises par les hommes d'affaires. Elle s'est intéressée à moi parce que je clamais mon innocence, prétendant être la victime de manipulateurs trop malins pour se laisser prendre. Mon cas était intéressant pour une journaliste...

— Devon a beaucoup de talent.

— Ça, elle n'en manque pas ! Grâce à elle, tout Dallas a pris mon parti.

Shelby contempla avec une grimace son gobelet en plastique.

— Dommage que le juge et les jurés n'aient pas lu les journaux... On aurait dû la citer comme témoin ! Elle aurait sûrement réussi à convaincre le tribunal de mon innocence.

— Comme vous avez réussi à lui faire croire que vous n'aviez rien à vous reprocher ?

Shelby était bien trop astucieux pour se laisser prendre avec un tel piège. En guise de réponse, il se contenta de hausser les épaules avec un sourire supérieur. Lucky serra les poings. Il lui aurait volontiers sauté à la gorge...

— Devon a retiré ce qu'elle voulait de ce mariage, déclara enfin Shelby. Ses articles à mon sujet lui ont apporté la notoriété.

— Si vous croyez qu'elle désirait seulement écrire un bon papier, vous la connaissez mal !

Cette fois, Shelby éclata de rire.

— Je la connais mal ? Peut-être avez-vous raison, Tyler. D'ailleurs on peut dire que vous en savez autant sur elle que moi. Plus, même...

Lucky n'avait aucune intention de parler à Greg Shelby de ses relations avec Devon. Son mépris pour cet homme allait croissant...

Shelby termina son café et jeta la tasse dans la corbeille.

— Voyez-vous, je suis un prisonnier modèle. Je ne me plains jamais de la nourriture. Je tiens bien ma chambre. Je ne me bagarre pas avec les autres... J'avais bon espoir d'être libéré par anticipation.

Il adressa à Lucky un regard furibond.

— Et là-dessus, vous arrivez, vous compromettez cette Devon, et cette petite oie n'a même pas assez de jugeote pour être discrète ! Elle passe la nuit avec vous et il faut qu'elle aille le crier sur tous les toits !

Lucky serra les poings. Mais Shelby était si en colère qu'il ne remarqua rien.

— Après avoir fait tant d'efforts, je ne veux pas que mon plan soit démoli par deux inconscients. D'après mon avocat, tout aurait dû aller comme sur des roulettes. A condition bien entendu qu'aucune mauvaise note ne figure sur mon dossier. Et là-dessus, cette histoire !

Plus posément, il poursuivit :

— Remarquez, les faits ne me concernent pas personnellement mais les juges risquent de s'imaginer que ce mariage hâtif n'était qu'une manœuvre pour faire pencher l'opinion en ma faveur.

— Comme si c'était autre chose !

Lucky avait déjà percé à jour la personnalité de Shelby. Celui-ci avait manipulé Devon, c'était évident ! Tout d'abord, il avait éveillé sa pitié. Ensuite, il n'avait eu aucun mal à la décider à devenir sa femme. Devon s'était laissé entraîner sans réfléchir — un peu comme une fille épouse un soldat à la veille de son départ pour les tranchées.

Comment un être humain pouvait-il tomber si bas ? Utiliser quelqu'un de la sorte ? Et Greg Shelby semblait trouver cela tout naturel. D'ailleurs, il ne manifestait pas le moindre regret... Ah ! Il se moquait bien que Devon soit affectée par le scandale. Cet homme ne pensait qu'à lui-même.

— Si ma femme se compromet avec un autre, ce n'est pas un élément en faveur de la réussite de notre mariage... murmura-t-il.

— Non.

Lucky se leva.

— Dites-moi... L'avez-vous jamais aimée ?

— Si je l'ai jamais aimée ? Devon ? jeta Shelby avec mépris. Vous plaisantez ou quoi ? Il y avait une chance que sa prose m'évite d'aller en prison. Alors j'ai tablé là-dessus. Ça aurait pu marcher... Malheureusement ce ne fut pas le cas. Puis j'ai tenté de jouer sur un autre tableau. Je l'ai épousée. En pure perte. Je me retrouve avec une femme qui ne me sert à rien. Au contraire, c'est un boulet maintenant qu'elle fait les gros titres de la presse à scandales. Et par-dessus le marché, je n'ai même pas eu droit au prix de consolation ! Pas même le repos du guerrier...

Le cœur de Lucky battait à grands coups dans sa poitrine. Grâce au ciel, suffisamment maître de lui, il réprima de justesse une exclamation de stupeur incrédule. Les mots de Shelby continuaient à résonner dans ses oreilles. Un frisson le traversa.

— L'idiote ! jeta Shelby. Si elle veut courir de droite et de gauche, elle pourrait au moins se taire jusqu'à ce que je sois libéré.

Fou de bonheur, fou de rage, Lucky eut assez de sagesse pour se dire qu'il ferait bien de sortir d'ici avant de réduire Shelby en miettes. Au cours de ces dernières semaines, il avait appris à se contrôler.

Ses yeux bleus étaient devenus aussi froids qu'un fjord norvégien. Pointant son index en direction de la poitrine du détenu, il déclara :

— Quand vous sortirez d'ici, j'aurai une explication avec vous. Et moins amène que celle-ci.

Sur cette promesse, il tourna le dos à Shelby et se dirigea vers la porte. Avant de la franchir, il se retourna et ajouta :

— Bientôt, vous n'aurez plus à vous intéresser à la vie sentimentale de Devon, car elle va demander l'annulation de son mariage.

Rocky abandonna ses dossiers et leva la tête en entendant la porte du bureau s'ouvrir. Il eut la surprise de voir entrer Tanya suivie par une femme assez grande et très séduisante.

— L'asperge ! s'exclama-t-il.

Et il alla embrasser son ancienne camarade de classe sur les deux joues.

— Bonjour, Rocky ! Ça fait plaisir de te revoir.

— Surtout après si longtemps ! Pourquoi n'es-tu jamais venue aux réunions d'anciens ?

Rocky souriait avec chaleur.

— Tu es superbe, l'asperge !

— Oh ! Comment peux-tu appeler Marcie par cet horrible surnom ? s'écria Tanya.

— Tu n'es pas fâchée ? demanda Rocky à sa visiteuse.

— Pas du tout. Je ne me froissais pas autrefois — et Dieu sait si les adolescents sont susceptibles ! —, alors pourquoi voudrais-tu que je sois affectée aujourd'hui ? Quant aux réunions d'anciens... j'y serais volontiers allée. Mais comme j'ai vécu à Houston pendant toutes ces dernières années, ce n'était pas possible.

Rocky la regarda d'un air approbateur.

— Oui, tu es vraiment superbe, Marcie. La vie t'a gâtée... De plus, il paraît que tes affaires marchent à merveille ?

— C'est vrai. Ces deux dernières années, il y a eu un certain ralentissement dû à la mauvaise conjoncture économique, mais j'en ai souffert moins que les autres.

— Je voudrais bien pouvoir en dire autant ! fit Rocky avec une grimace.

— A propos, il paraît que je dois te féliciter ? lança Marcie.

— Je lui ai parlé du bébé, fit Tanya. Et elle a réussi à me convaincre que c'était le moment ou jamais pour acheter une maison... Même si notre budget est un peu serré.

— Tu veux que je sorte mon carnet de chèques ? plaisanta Rocky.

— Pas encore. Il faut d'abord que tu viennes voir avec nous la maison que j'ai visitée hier. À mon avis, c'est exactement ce qu'il nous faut. Tu nous accompagnes ?

— Quand ? Maintenant ?

— Oui, s'il te plaît.

— Je suis désolé, ma chérie, mais je ne peux pas.

Le joli visage animé de Tanya s'assombrit.

— Oh !

— À un autre moment, pas de problème. Mais j'attends un représentant de l'assurance. Il devait venir en début d'après-midi et une secrétaire a appelé pour me dire qu'il avait été retardé. Il faut tout de même que je sois là à son arrivée.

— J'ai lu dans le journal que plus aucune charge ne pesait sur ton frère, dit Marcie.

— Grâce au ciel !

— Tout va bien ? s'enquit Tanya. Tu as l'air soucieux... Des problèmes ?

Rocky lui pressa les mains.

— Non... Je dois simplement faire l'inventaire de l'équipement détruit avec l'expert. Et discuter du montant du remboursement.

Tanya laissa échapper un soupir déçu.

— Eh bien, tant pis ! Peut-être demain ?

— Ou plus tard dans la journée ? proposa-t-il. Pourquoi n'irais-tu pas revoir cette maison. Si elle te plaît toujours autant, téléphone-moi... Et avec un peu de chance, je pourrai vous rejoindre toutes les deux là-bas après le départ de l'expert.

Rocky se tourna vers Marcie.

— A condition que tu sois libre, bien sûr.

— Je vous ai réservé tout mon après-midi.

Tanya avait retrouvé son sourire. Se haussant sur la pointe des pieds, elle noua ses bras autour de la nuque de son mari et l'embrassa sur les lèvres.

— Je t'aime. Et je te promets que tu vas adorer cette maison !

Rocky la serra contre lui.

— Probablement. Mais pas autant que toi. Va... Et n'oublie pas de me téléphoner.

Il les accompagna jusqu'à la porte et agita la main en signe d'adieu.

— Je sais que vous êtes derrière le judas. Oui, je le sais ! Et je ne partirai pas avant de vous avoir vue. Même s'il faut que j'escalade encore une fois le mur. Autant éviter toutes ces complications, non ?

Devon ôta les verrous et ouvrit la porte.

— Vous n'auriez pas dû venir, Lucky. Vous ne faites qu'empirer les choses en...

Il l'interrompit d'un baiser. Puis, la maintenant étroitement enlacée, il l'adossa contre le mur le plus proche et lui reprit les lèvres.

Haletante, Devon ne parvenait plus à parler. Lucky en profita...

— J'arrive tout droit du pénitencier. Je viens de voir Greg Shelby.

Devon retint sa respiration. Sans paraître remarquer sa pâleur, Lucky poursuivit :

— Greg Shelby, oui ! Je ne l'ai pas appelé votre mari, vous avez remarqué ? Parce que dans le strict sens du terme, il ne l'est pas.

— Si ! protesta-t-elle avec désespoir.

— Non. Je suis bien plus votre mari que lui !

Lucky la souleva dans ses bras et l'emporta dans la chambre. Leurs regards demeuraient soudés, et il y avait tant d'incrédulité dans celui de Devon ! Après l'avoir déposée sur le lit avec douceur, il s'allongea à côté d'elle. Puis il se mit à parler si vite que les mots se télescopaient.

— La première nuit, j'avais bien remarqué quelque chose de bizarre... Mais je n'arrivais pas à définir quoi. Évidemment, ça paraissait tellement incroyable ! Maintenant, je sais... Vous étiez vierge. J'ai été votre premier amant, votre seul amant. Pas Shelby. Pas un autre. Moi. Dites-moi que c'est vrai, Devon.

Elle ferma les yeux et les larmes inondèrent ses joues. Puis elle hocha la tête affirmativement. Lucky laissa échapper un long soupir avant de poser son front au creux de l'épaule de Devon.

— Votre mariage n'a jamais été consommé.

— Non...

— Grâce au ciel !

Lucky but une larme qui glissait lentement sur les lèvres de Devon. Puis leurs bouches se cherchèrent, se trouvèrent dans un baiser à la fois plein de passion et d'émotion.

Sans hâte, Lucky déshabilla Devon, tout en l'affolant de caresses et de baisers. Ce corps qu'il n'avait connu que dans l'obscurité se révélait à lui en plein jour dans toute sa splendeur. Émerveillé, il ne se lassait pas de le regarder.

— Devon...

Oh ! Comme elle était belle. Comme elle était douce. Comme...

— Lucky ! fit-elle dans un cri passionné.

Il parsema son visage d'une pluie de baisers. Et enfin, se déshabilla à son tour.

Les volets étaient ouverts et le soleil de l'après-midi inondait la pièce, nimbant d'or le corps nu de Lucky. Pour la première fois de sa vie, ce dernier perdit un peu de son assurance.

Comment Devon le voyait-elle ? Soit, il était grand, mince, musclé... Mais lui plaisait-il vraiment ? Si, par exemple, elle n'aimait pas cette toison dorée qui couvrait sa poitrine ? Certaines femmes n'appréciaient pas...

Lucky reprit Devon dans ses bras. Et, aussitôt, comme pour conjurer ses craintes, elle effleura le léger duvet de caresses timides. A son tour elle prit possession du corps de Lucky. Il n'osait pas bouger. C'était si bon... Allait-il mourir de plaisir ?

Incapable de se contenir davantage, il la regarda d'un air suppliant.

— Oui ?

— Oui, murmura-t-elle.

Pour la première fois de sa vie, Lucky comprit ce qu'était l'acte d'amour. Ce n'était pas seulement prendre, c'était aussi donner. Ce n'était pas un fugitif moment de plaisir. C'était un échange sans fin. Et ce n'était pas seulement physique. Tout son être se trouvait impliqué. Pensées, émotions, sentiments. Cœur et âme...

Il la combla en même temps que s'échappait sa vie... exquise torture...

Amant passionné, du regard il l'interrogeait.

Devon reposait à côté de lui. Tous ses sens apaisés, elle rayonnait. Lucky lui mordilla le lobe de l'oreille.

— Tu es si petite...

Devon se blottit contre lui avec un petit gémissement tendre.

— Je t'ai fait mal, l'autre nuit, au motel ? s'inquiéta Lucky.

— Non.

— Non ?

— À peine.

— C'est vrai, j'étais intrigué... mais un peu groggy aussi et je n'ai pas réfléchi. Pourtant, j'aurais dû comprendre...

Confus, il ajouta :

— Et puis je n'y ai plus pensé. Jusqu'à aujourd'hui, quand...

Il s'interrompit, ne voulant pas prononcer le nom honni de Shelby. Surtout en cet instant !

— Quand j'ai pris conscience que j'étais le seul homme de ta vie, rien ni personne n'aurait pu m'empêcher de venir te retrouver. Oh ! Devon...

Le désir le submergeait de nouveau. Sans la moindre inhibition, elle s'offrit à lui...

Un peu plus tard, tendrement enlacés, ils tentèrent de retrouver leur souffle. Les yeux de Devon étaient dilatés, limpides, ses joues brûlantes... On aurait cru une droguée — droguée d'amour...

— Lucky, murmura-t-elle en lui effleurant les lèvres du bout des doigts.

Il sourit.

— Eh, oui ! C'est moi : Lucky ! On peut dire que j'ai de la chance !

Mais Devon ne souriait pas. Elle roula de l'autre côté du lit et se leva. Lucky eut à peine le temps d'admirer les lignes harmonieuses de son corps. Déjà, elle s'était drapée dans un peignoir. Lui tournant le dos, elle leva les bras et, à deux mains, rejeta ses cheveux en arrière. Lucky ne se lassait pas de la regarder.

Mais quand elle lui fit face, il eut l'impression de recevoir une douche froide.

— Que t'arrive-t-il, mon amour ?

— Maintenant, il faut que vous partiez.

Lucky se demanda s'il avait bien entendu. Hélas ! Il ne pouvait y avoir d'erreur. Pour cela, il suffisait de voir le visage pâle et tendu de Devon. Furieux et frustré, Lucky remit son jean avant de la rejoindre près de la fenêtre qui donnait sur le patio.

— Pourquoi dis-tu des choses pareilles ?

— Il faut que vous partiez. Et cette fois, pour ne plus jamais revenir.

— Tu es folle ?

— Ne vous fâchez pas...

— Je ne suis pas fâché. Je ne comprends pas...

— Je vous en prie, ne me rendez pas les choses plus difficiles.

Lucky laissa échapper un rire sans joie.

— Tout a été difficile. Et dès le début. Ça a commencé par une bagarre... Mais tu valais la peine qu'on se batte pour toi !

Évitant son regard, Devon se mordilla la lèvre inférieure. Avec des doigts tremblants, elle serra la ceinture de son peignoir. Sa détresse était évidente et Lucky reprit plus doucement :

— Voyons, qu'est-ce qui ne va pas ?

— Je suis mariée.

— Pas avec lui !

— Avec *lui* ! fit-elle avec emphase. Nos noms figurent sur le certificat de mariage. Un document que nous avons tous les deux signé. Aux yeux de la loi...

— Et aux yeux de Dieu ? Qui est ton véritable mari ? Lui ou moi ?

— Comment pouvez-vous mêler Dieu à tout cela ? s'écria-t-elle avec colère. Osez-vous suggérer que parce que vous me connaissez dans... dans le sens biblique du terme, vous avez plus de droits sur moi que Greg ?

De plus en plus furieuse, elle secoua la tête. Ses yeux, si limpides peu de temps auparavant, étaient devenus de la couleur de l'océan par un jour de tempête.

— Si vous vous croyez l'époux de toutes les femmes que vous avez séduites, vous vous assimilez à ces... polygames ! jeta-t-elle avec mépris.

La flèche porta. Lucky comprit que mieux valait poursuivre la discussion sur un autre terrain. De toute manière, il devait absolument trouver les arguments pour la convaincre...

— Tu n'aimes pas ce type !

— Non. Mais je suis sa femme.

— Il ne t'aime pas non plus. On se demande bien pourquoi vous vous êtes mariés !

— A ce moment-là, nous avons saisi tous deux l'opportunité...

— J'admire ton abnégation. Mais tu ne vas tout de même pas passer à côté du bonheur et rester toute ta vie avec un individu pareil !

— Il faut que je reste sa femme au moins jusqu'à ce qu'il sorte de prison.

— Il t'a manipulée !

— Je le sais.

— C'est un menteur, un tricheur...

— Je le sais.

— Tu sais aussi qu'il est coupable ?

Devon hocha la tête affirmativement.

— Oui. Au début, je le croyais innocent. Après, j'ai eu des doutes...

— Pourquoi ?
— Quand il a refusé de consommer le mariage... Il prétendait que c'était pour me rendre service. De cette manière, disait-il, je pourrais obtenir l'annulation plus facilement si je le souhaitais. Je pensais qu'il se sacrifiait...
Lucky secoua la tête.
— Non. Dans toute cette histoire, il n'a jamais songé qu'à lui-même. En mentionnant l'annulation, c'était à lui qu'il pensait. Il voulait pouvoir se libérer dès que tu aurais cessé de lui être utile. En ce moment, je suis sûr qu'il cherche le moyen de tourner à son avantage le scandale qui nous a éclaboussés tous les deux.
Devon gardait les yeux baissés.
— Le jour où je vous ai rencontré pour la première fois, à *cet endroit-là*, déclara-t-elle d'une voix unie, je venais d'apprendre que Greg avait refusé de bénéficier des visites conjugales. J'ignorais que les couples mariés pouvaient se retrouver dans l'intimité au pénitencier. C'est la femme d'un autre détenu qui m'a mise au courant. J'ai demandé des explications à Greg. Nous nous sommes disputés... Je n'ai pas encore compris pourquoi il n'avait pas voulu profiter de ses droits. A moins qu'il n'ait été doublement responsable... délit d'initié et manipulations...
— C'est évident !
— Oui, murmura Devon.
Cet aveu, qui avait dû lui coûter, n'eut pour effet que d'augmenter la frustration de Lucky.
— Pourquoi n'as-tu pas demandé le divorce ? Ou l'annulation ?
— Parce que je me suis servie de Greg autant qu'il s'est servi de moi. Son histoire m'a permis de mieux me faire connaître comme journaliste. Mon rédacteur en chef m'apprécie davantage, j'ai plus de lecteurs, etc. Par conséquent, j'ai profité de ce mariage, moi aussi.
— Tu as un talent fou ! Tu aurais réussi de toute manière. Pourquoi ne pas en finir avec cette parodie de mariage ?

— Parce que je prends mes responsabilités au sérieux. Je ne peux pas rompre avec Greg pour convenances personnelles. Ce serait un caprice, en fait.

— Quelle bêtise ! Tu ne veux pas admettre que tu as été dupée, tout simplement.

— C'est faux ! protesta-t-elle aussitôt.

Et avec tant de force que Lucky comprit que son argument était tombé juste.

— Tu veux toujours tout dominer, tout commander, tout contrôler... reprit-il. Alors, bien entendu, c'est difficile pour toi d'admettre qu'à deux reprises, tu as donné libre cours à tes sentiments. Greg a réussi à te circonvenir et tu ne veux pas l'admettre. Et maintenant, plutôt que de reconnaître que tu t'es trompée, tu t'obstines...

— Et s'il était innocent, en fin de compte ? Ce serait vraiment lâche de le laisser tomber quand il est en prison.

Lucky jura.

— Tu ne crois pas plus que moi à son innocence.

Il jeta un coup d'œil vers le lit en désordre et reprit avec plus de véhémence encore.

— Tu as lutté jusqu'au bout. Mais moi je sais que tu m'aimes. Et toi aussi, tu le sais ! Seulement, avec ton entêtement habituel, tu refuses d'écouter la voix de ton cœur et celle de ton corps. Tu t'es aperçue que le plaisir te rendait vulnérable et...

— Je vous en prie ! Je ne veux pas écouter ces...

— Tu ne veux pas être comme ta mère qui n'existait qu'à travers son mari et dépendait complètement de lui. Je comprends très bien, Devon ! J'approuve, même... Sache que je n'ai pas l'intention de me servir de toi. En aucun cas, je ne veux d'une partenaire soumise et silencieuse.

— J'ai un mari, s'entêta-t-elle.

— Il n'a jamais été ton mari, je viens de le découvrir. Tu te protèges derrière lui. Inutile ! En ce moment il s'agit de toi et moi.

Il la prit par les épaules.

— Tu veux travailler ? Très bien, je n'ai rien contre. Moi aussi, je travaille. Nous aurons chacun notre carrière... Pourquoi pas ? Mais je veux des enfants aussi. C'est à toi qu'incombera la responsabilité de les élever. Si tu consens à porter mes enfants, Devon, j'aurai infiniment de respect pour toi, beaucoup d'admiration...

Sa voix n'était plus qu'un murmure.

— Je sais que tu m'aimes, Devon. Mets tes bras autour de mon cou. Dis-moi que tu as besoin de moi.

— Deux fois déjà, vous m'avez amenée à rompre mon vœu de fidélité. Cela ne vous suffit pas ?

— Nous échangerons d'autres vœux. Ceux que nos corps ont déjà formés.

— Laissez-moi. Je ne peux plus vous voir, Lucky.

— Dis que tu m'aimes.

— Je ne peux pas.

— Est-ce à cause de la mort de ta mère que tu te conduis ainsi ?

Devon marqua un mouvement de recul.

— Quoi ?

— Elle se mourait et tu n'as pas voulu écouter ses plaintes. Maintenant, tu te crois responsable de sa mort.

— Oui, admit-elle dans un sanglot. Ne vous sentiriez-vous pas responsable, à ma place ?

— Était-elle handicapée ? Grabataire ? Infirme ? Incapable de se déplacer ?

— Où voulez-vous en venir ?

— A ceci, tout simplement : elle aurait très bien pu aller voir le médecin seule.

Le visage ravagé, Devon se détourna. Lucky poussa alors son avantage.

— Ta mère t'a laissée croire que tu étais coupable pour se venger. Elle avait raté sa vie et, peut-être inconsciemment, voulait-elle qu'il en soit de même pour toi... Quand elle est tombée malade, tu lui as enfin accordé l'attention dont elle estimait avoir été privée. Elle t'a enchaînée pour toujours. Et de la même manière, tu t'es enchaînée à Shelby.

— Il est peut-être innocent...
— Il ne l'est pas.
— Mais s'il l'était...
— Dans ce cas, tu aurais fait tout ce qui était en ton pouvoir pour lui éviter la prison.
Lucky l'étreignit.
— Devon, personne ne te demande de prendre en charge toute la misère du monde ! Tu ne peux pas sacrifier ainsi ton bonheur. Pense à toi, pense à moi... Si tu savais à quel point j'ai besoin de toi...
Jamais de sa vie Lucky n'avait ainsi imploré une femme. Et cela lui était difficile de commencer... C'était tellement opposé à sa nature ! Mais il voulait à tout prix gagner cette bataille. Sa vie en dépendait.
— Ne rejette pas l'amour que le destin vient de nous offrir. Ce serait trop bête ! Surtout pour une question d'orgueil, de principe ou... ou de je ne sais quoi. Je t'en supplie, mon amour, ne fais pas cela.
Il prit le visage de Devon entre ses mains et plongea son regard dans le sien. En détachant ses syllabes, il redemanda :
— Dis-moi que tu m'aimes.
Elle le fixa, le visage torturé. Puis, lentement, elle tourna la tête de gauche à droite...
— Je ne peux pas, fit-elle d'un ton déchirant. Je vous en prie, ne me redemandez plus jamais ça. Plus jamais !

20

La mauvaise humeur de Lucky ne s'améliora guère quand il se trouva pris dans un terrible embouteillage aux environs de Milton Point. Pêle-mêle, il se mit à maudire la chaleur, le soleil, la destinée... Jugeant qu'il était resté assez longtemps à cuire dans sa décapotable, il en sortit et fit signe à un camion à bestiaux qui venait dans l'autre sens.

— Qu'est-ce que c'est que ce cirque ?

— Un accident, cria le chauffeur du haut de sa cabine. Deux voitures complètement en miettes... Ça grouille d'ambulances, de motards, sans parler de la police locale. Vous n'êtes pas près de sortir de là, mon vieux.

— C'est ce que vous croyez, marmonna Lucky en retournant dans sa Mustang.

Il avait l'intention de se rendre à *cet endroit-là*, pour noyer dans l'alcool jusqu'au souvenir de cette idiote, de cette entêtée de Devon Haines. Et il y réussirait, même s'il devait pour cela ingurgiter cinquante litres de Jack Daniel's.

Il manœuvra pour sortir sa voiture hors de la voie où elle était coincée et, à la grande colère des autres conducteurs qui n'osaient pas en faire autant, emprunta la bande d'arrêt d'urgence et fonça... Il ne ralentit qu'en arrivant au niveau de l'accident.

Il espérait pouvoir passer sans se faire remarquer, mais sa chance légendaire semblait l'avoir abandonné aujourd'hui : un policier l'aperçut et lui fit signe de stopper. C'était l'un des adjoints du shérif.

— Merde ! grommela Lucky.

— Il me semblait bien que c'était vous, Tyler ! Attendez...

— Mais...

— Attendez ici.

Au pas de course, l'adjoint du shérif rejoignit le petit groupe de policiers qui se trouvait un peu plus loin. Lucky fit une grimace dégoûtée. Pourquoi l'avait-on arrêté ? Ah ! C'était bien le moment ! Il était sur le point de reprendre la route, désobéissant à l'injonction du policier, quand le shérif s'approcha.

— Patrick ! cria-t-il. Dites-leur de me laisser partir ! Je...

En voyant le visage sombre de Patrick Bush, Lucky se tut. D'ordinaire, le shérif dominait les situations avec un détachement tout professionnel. Jamais Lucky ne l'avait vu perdre son calme pour un banal accident de la route. Aussi son impatience fit-elle place à la curiosité.

— Que se passe-t-il ?

— Gare ta voiture là. J'ai à te parler.

— Mais que se passe-t-il ?

Lucky manœuvra pour se placer à l'endroit que venait d'indiquer le shérif. Il coupa le moteur, tira le frein à main et actionna les clignotants de détresse. Il ne comprenait plus... Pourquoi Patrick Bush se conduisait-il d'une manière aussi bizarre ?

On m'a disculpé de toutes les accusations concernant l'incendie. Alors, pourquoi...

Soudain alarmé, Lucky jeta un coup d'œil en direction des voitures accidentées et laissa échapper un soupir de soulagement. Dans cette masse de tôles tordues, il n'avait reconnu aucune des voitures familiales.

— Patrick, vous m'avez fait peur ! Un instant, j'ai pensé que...

Sans rien dire, le shérif se contenta de lui poser la main sur le bras dans un geste d'encouragement amical. Il n'en fallut pas plus pour que Lucky comprenne. Se dégageant, il partit comme une flèche vers les voitures.

Le shérif l'attrapa par sa chemise.

— Lucky !

— Qui... qui...

— C'est Tanya.

Lucky eut l'impression qu'on lui broyait la poitrine.

— Ta... Tanya ? Elle... elle est blessée ?

Le shérif se détourna sans répondre.

— Non ! s'écria Lucky. Non !

Comme un fou, il courut vers les ambulances, bousculant tous ceux qui se trouvaient dans son passage.

Plusieurs hommes en blouses blanches entouraient une femme allongée sur une civière. En l'entendant gémir, Lucky laissa échapper un soupir de soulagement. Mais en s'approchant, il s'aperçut que ce n'était pas Tanya.

Bouleversé, il regarda autour de lui. Deux ambulanciers transportaient une autre civière. Sur celle-ci, on ne voyait qu'un long sac en plastique noir fermé par une glissière.

Lucky se précipita. Patrick Bush tenta de le retenir.

— Lâchez-moi ! hurla-t-il.

— Écoute, il vaut mieux que tu ne la voies pas.

— Lâchez-moi !

Tel un taureau furieux, Lucky fonça vers la civière. Les ambulanciers voulurent s'interposer, il les repoussa avec tant de brutalité qu'il les fit tomber. Son expression était si terrible qu'ils n'osèrent pas protester quand il ouvrit le sac en plastique noir.

Alors il ferma les yeux et tout se mit à tourner autour de lui. Le shérif fit signe aux ambulanciers de reprendre leur travail. Comme assommé, Lucky ne bougeait plus. Il n'entendit même pas les portières se refermer, il ne vit pas non plus l'ambulance s'éloigner.

— Ça va ? interrogea le shérif avec inquiétude.

Lucky se tourna vers lui, hagard. Le visage couleur craie de sa belle-sœur le hantait.

— Ce... ce n'est pas possible, balbutia-t-il.

Patrick Bush se contenta de secouer la tête d'un air morne, tout en murmurant :

— Maintenant, il faut que j'aille prévenir ton frère.

Un poids terrible pesait sur la poitrine de Lucky. Soudain, il eut envie de vomir.

— Non. C'est une affaire de famille. J'y vais. Et c'est moi qui mettrai ma mère et ma sœur au courant. D'accord ?

— Lucky, ce n'est pas le moment de...

— D'accord ?

Le shérif soupira.

— D'accord. Si c'est ce que tu veux...

— C'est ce que je veux.

— Dès que tout sera fini ici, j'irai chez toi.

Lucky ne l'entendit pas. Il était déjà reparti vers sa voiture. Les bureaux de la compagnie Tyler n'étaient pas très loin. Pourtant, jamais trajet ne lui parut aussi long, jamais trajet ne lui parut aussi court... Comment trouver les mots qu'il fallait ?

La voiture de Rocky était devant l'immeuble. Lucky gara la sienne à côté. Tête basse, il se dirigea vers le bureau. Juste à ce moment-là, Rocky apparut.

— Où étais-tu ? s'écria-t-il. Maman a dit que tu étais parti ce matin de bonne heure sans dire où tu allais... Personne ne t'a vu depuis.

Rocky semblait très pressé. Sans même laisser à son frère le temps de répondre, il enchaîna :

— George Young a téléphoné pour savoir quand nous rembourserons les capitaux. Incendie ou pas, ce salaud continue à faire pression sur nous.

— Rocky...

— Attends ! J'ai appris par un employé du palais de justice que Little Alvin et Jack Ed avaient tous les deux plaidé coupable. Ils seront jugés la semaine prochaine. Et puis j'ai passé deux heures et demie avec le type de la compagnie d'assurances. Je peux t'assurer qu'on a bien fait de continuer à payer les primes ! Je te raconterai tout ça en détail plus tard. Pour le moment, je n'ai pas le temps. Il faut que j'aille retrouver Tanya à...

— Rocky...

Lucky posa la main sur l'épaule de son frère. Ses lèvres se mirent à trembler et ses yeux se brouillèrent de larmes. Il tenta de s'éclaircir la gorge.

— Rocky...

Comment dire à un homme que la femme qu'il aimait, la femme qui portait son enfant était morte ?

Le lendemain matin, on transféra Marcie Johns de l'unité des soins intensifs à une chambre de l'hôpital méthodiste Saint-Luke. Elle s'en tirait avec un bras et une clavicule cassés ainsi qu'un traumatisme général — mais rien de vraiment grave.

Au fond, elle avait eu de la chance. Sa passagère, Tanya Tyler, et le conducteur de l'autre voiture accidentée, un étudiant de l'université technique du Texas, étaient morts. Celui-ci était entièrement responsable de l'accident : il avait grillé un stop et percuté la voiture de Marcie. Certains disaient qu'il valait mieux que Tanya et lui aient été tués sur le coup...

Lucky avait eu envie de frapper ceux qui parlaient ainsi. Heureusement, personne encore n'avait osé dire une chose pareille devant Rocky.

Son frère n'était plus lui-même. Il semblait devenu fou. Soit, une certaine déraison se justifiait, étant donné les circonstances... Cependant, quand Rocky avait annoncé son intention d'aller voir Marcie à l'hôpital, les siens, choqués, l'avaient supplié de reconsidérer sa décision. Aucun argument n'avait réussi à le faire changer d'avis. Aussi Laurie avait-elle demandé à Lucky d'accompagner son frère.

Tous deux empruntèrent le couloir de l'hôpital qui menait à la chambre de Marcie Johns.

— Pourquoi veux-tu absolument la voir ? demanda Lucky.

Il espérait que Rocky ferait marche arrière à la dernière minute.

— Si on nous surprend dans sa chambre, on nous mettra dehors, poursuivit-il. Elle a été très secouée et n'a pas le droit de recevoir de visites.

Mais Rocky continua son chemin sans ralentir le pas. Arrivé devant la porte qu'il cherchait, il la poussa et pénétra dans une pièce aux rideaux tirés.

Après avoir jeté un coup d'œil inquiet derrière lui, Lucky le suivit. Il se souvenait vaguement de Marcie Johns, qu'il connaissait seulement de vue. Une jolie fille... Mais nul n'aurait pu le deviner en l'état actuel...

Au moment de l'accident, elle portait sa ceinture. Le choc l'avait malgré tout projetée contre le pare-brise avec assez de violence pour lui contusionner le visage. Ses yeux étaient tuméfiés, ses lèvres et son nez enflés de manière grotesque. Un plâtre lui immobilisait le bras du poignet à l'épaule.

La pitié submergea Lucky.

— Je t'en prie, Rocky, allons-nous-en. Ce n'est pas le moment de la déranger.

Il avait parlé très bas. Mais Marcie l'avait entendu et ouvrit les yeux. En reconnaissant Rocky, elle laissa échapper un gémissement et esquissa un mouvement vers lui.

— Rocky, je... je suis désolée, fit-elle d'une voix sifflante. Si désolée...

Apparemment, on lui avait appris la mort de sa passagère. Bien sûr, il fallait qu'elle le sache tôt ou tard. Mais Lucky estimait que mieux aurait valu attendre pour la mettre au courant. L'anxiété ne pouvait qu'affecter son moral, ce qui ne l'aiderait pas à se rétablir.

— On... on ne l'a même pas vu, fit-elle d'une voix très faible. Il y a juste eu un... un grand bruit, et... et...

Le visage ravagé, Rocky se laissa tomber sur la chaise placée près du lit. En une nuit, il semblait avoir vieilli de dix ans.

— Je veux savoir pour... pour Tanya.

Sa voix se déchira quand il prononça le prénom de sa femme.

— Comment était-elle ? Que disait-elle ? Quels ont été ses... ses derniers mots ?

— Rocky, pourquoi t'infliges-tu ce supplice ? grommela Lucky.

Avec irritation, Rocky repoussa la main que son frère avait posée sur son épaule.

— Raconte-moi, Marcie... Que disait-elle, que faisait-elle quand... quand ce salopard l'a tuée ?

Bouleversé, Lucky n'osait plus protester. Rocky vivait un véritable martyre. Un martyre dont il n'avait aucune idée. Un martyre qu'il ne pouvait même pas imaginer.

Un martyre qu'il ne pouvait imaginer ? Et si Devon était morte la veille ? Si, après qu'il l'eut quittée, elle avait pris sa voiture et s'était fait tuer par un chauffard... ? Ne serait-il pas alors dans le même état que son frère ? Ne serait-il pas en train de se maudire pour ne pas lui avoir dit une dernière fois qu'il l'aimait ?

— Tanya riait... murmura Marcie.

Abrutie par la souffrance et les calmants, elle poursuivit avec difficulté :

— On parlait de la maison. Elle... elle était surexcitée.

— Je vais acheter cette maison-là.

Rocky se tourna vers son frère. Son regard vacillait.

— Achète cette maison-là pour moi ! Elle la voulait ? Eh bien, elle l'aura.

— Rocky...

— Achète cette sacrée maison ! rugit-il. Peux-tu faire ça pour moi sans discuter ?

— O.K. !

Ce n'était pas le moment de le contrarier. Même si sa requête ne ressemblait à rien. Mais pouvait-on demander à un homme qui venait de perdre sa femme de faire preuve de bon sens ?

— Juste avant de... d'arriver au croisement, elle s'est demandé de quelle couleur elle... elle allait...

Marcie fit une grimace de douleur avant de poursuivre :

— ... de quelle couleur elle allait peindre la chambre du bébé.

Rocky se prit la tête entre les mains.

— Mon Dieu !

Des larmes glissèrent entre ses doigts.

— Rocky... murmura Marcie. Tu m'en veux ?

Il secoua la tête.

— A toi ? Non, Marcie. Non ! C'est à Dieu que j'en veux. Il l'a tuée. Il a tué mon enfant. Pourquoi ? *Pourquoi ?* Je l'aimais tant ! Je... je l'aimais...

Sa voix se brisa. Lucky posa la main sur les épaules secouées de sanglots de son frère. Les larmes brouillaient sa vue. Pendant de longues minutes, ils demeurèrent silencieux.

Quand Lucky s'aperçut que Marcie avait sombré dans l'inconscience, il secoua doucement Rocky.

— Viens, il faut partir.

Sur l'instant, son frère ne parut pas l'avoir entendu. Puis il laissa retomber ses mains, découvrant un visage torturé tout sillonné de larmes.

— Il faudra envoyer des fleurs à Marcie, dit-il en quittant la chambre.

Lucky vit alors Devon arriver au bout du couloir. Celle-ci s'approcha d'eux.

— Sally m'a téléphoné ce matin pour... pour me mettre au courant. Je suis venue tout de suite.

Elle prit la main de Rocky et la pressa entre les siennes.

— Tanya vous aimait. Elle vous admirait.

Tentant de sourire à travers ses larmes, elle ajouta :

— Je l'aimais beaucoup.

Rocky continuait de pleurer sans s'en apercevoir.

— Je rentre chez moi, finit-il par dire.

— Maman t'attend à la maison, lui rappela Lucky.

— J'ai besoin de solitude. J'ai besoin de me retrouver au milieu des choses auxquelles tenait Tanya. Dis à maman que je viendrai plus tard.

Était-il bon pour Rocky de rester seul ? Lucky n'en était pas sûr... Mais son frère paraissait très déterminé et il se rendait compte que, pour le retenir, il aurait fallu employer la force.

Rocky était déjà devant l'ascenseur. Comme un automate, il appuya sur le bouton d'appel. Les portes s'ouvrirent aussitôt. Il pénétra dans la cabine et les portes coulissèrent sur lui.

— Il a l'air complètement bouleversé, remarqua Devon. Vous croyez que c'est raisonnable de le laisser partir seul ?

— Non. Mais que faire ?

— ... Il sait qu'en cas de besoin, vous êtes là pour le soutenir...

— Je l'espère.

Lucky contempla Devon. Elle était vêtue de noir, ce qui contrastait avec son visage pâle. Même ses cheveux semblaient avoir foncé. Dans la lumière crue des tubes fluorescents, ses yeux brillant de larmes paraissaient plus verts que jamais.

— C'est bien que tu sois venue, Devon, fit-il avec émotion.

— J'y tenais.

— Comment as-tu su où nous trouver ?

— Je suis d'abord allée chez vous. Sally m'a dit que vous étiez à l'hôpital.

— Rocky a pris la voiture. Tu me ramènes ?

— Bien sûr.

Ils prirent l'ascenseur à leur tour et descendirent sans échanger un mot. Lucky ne pouvait détacher son regard de Devon. Il lui semblait qu'il ne l'avait pas vue depuis une éternité. Et pourtant, c'était seulement la veille...

Oui, seulement la veille ! En moins de vingt-quatre heures, des vies avaient été bouleversées, des rêves réduits en miettes, des amours brisées... La vie ne tenait-elle donc qu'à un fil ?

Lucky s'arrêta dans l'allée qui menait au parking à travers les jardins de l'hôpital.

— Devon...

Il la prit par les épaules et plongea son regard dans le sien.

— Je vais lutter de toutes mes forces pour que nous soyons ensemble le reste de notre vie. Je ne veux pas que tu sois malheureuse. Je ne veux pas l'être non plus. La vie est trop courte et trop précieuse pour qu'on la gâche — ne serait-ce qu'un seul jour. Devon... je t'aime.

A sa grande consternation, des larmes jaillirent de ses yeux. Trop, c'était trop... La mort de Tanya et de cet enfant qui ne verrait jamais le jour, le désespoir de son frère, son amour pour Devon... Il se sentait soudain tellement oppressé qu'il n'en pouvait plus.

Voyant sa détresse, Devon soupira. Puis elle le prit par la taille et posa sa tête contre sa poitrine.

— J'ai besoin de vous, murmura-t-elle. Je vous aime... Je t'aime !

Ils s'étreignirent désespérément. Puis, après s'être embrassés, ils se mirent à pleurer.

ÉPILOGUE

Lucky pénétra dans le hall de la maison.

— Bonjour ! Il y a quelqu'un ?

Pas de réponse... Sa mère était sortie. Quant à Sally, depuis qu'elle était à l'université d'Austin, elle ne revenait qu'à l'occasion des vacances et de temps en temps pour le week-end. Mais la voiture rouge de Devon était garée dans l'allée. Par conséquent elle devait être là...

Lucky entendit le clic-clac familier des touches de l'ordinateur. Guidé par ce son, il traversa le hall...

La pièce où Laurie avait l'habitude de se tenir pour coudre avait été transformée en bureau pour Devon. Cette conversion avait eu lieu quand Lucky et Devon étaient en voyage de noces. Laurie les avait mis devant le fait accompli à leur retour.

Elle avait coupé court aux protestations de Devon.

— De toute manière, je ne peux plus guère coudre à cause de mon arthrite. En fin de compte, cette pièce ne servait à rien.

Au cours de ces derniers mois, Devon en avait fait son fief. On y trouvait maintenant journaux, dictionnaires, ouvrages de références, livres. Beaucoup, beaucoup de livres... Sally avait apporté une petite contribution à la décoration de ce bureau : un calendrier mural proposant chaque mois la photo d'un playboy très peu vêtu. Lucky avait menacé d'en faire des confettis, mais Devon l'en avait empêché, sous prétexte de l'égalité entre les sexes. Et Sally avait menacé de couper la main de son frère s'il osait enlever son calendrier du mur.

La tragédie de la mort de Tanya et le départ de Sally

pour Austin avaient empêché Lucky de proposer à Devon une autre demeure que la maison familiale. Après leur mariage — une cérémonie très simple —, ils étaient venus s'installer avec Laurie. A vrai dire, cet arrangement convenait à Lucky. Quant à Devon, elle paraissait très contente.

Lucky devait admettre que les trois femmes de sa vie s'entendaient à merveille. Devon était ravie d'avoir une jeune sœur. Et Laurie entourait sa belle-fille de cette affection maternelle qui lui avait tant manqué autrefois.

Lucky n'obtint pas de réponse après avoir frappé à la porte, aussi se décida-t-il à l'ouvrir. Comme il s'en doutait, Devon était tellement absorbée par les lettres qui scintillaient sur l'écran qu'elle n'avait rien entendu. D'autant plus qu'elle écoutait de la musique : elle avait mis ses écouteurs. Ses goûts, aussi variés qu'éclectiques, allaient de Mozart à Madonna. Elle prétendait que la musique lui permettait de mieux se concentrer — ce que Lucky avait beaucoup de mal à comprendre. Mais la contradiction n'était-elle pas un trait de son caractère qui l'avait attiré dès le début ?

Pour que sa soudaine apparition ne l'effraie pas, Lucky agita la main. Quand Devon l'aperçut, elle tourna la tête en souriant et ôta ses écouteurs.

— Bonjour ! Il y a longtemps que tu es là ?

Lucky se pencha et déposa un léger baiser sur le front de la jeune femme.

— Assez longtemps pour qu'une rose se fane...

Et il lui tendit la rose qu'il cachait derrière son dos. Devon s'en empara, tandis que ses yeux étincelaient de plaisir. Des lèvres, elle effleura les pétales veloutés.

— Tu n'as pas oublié...

— Non. Il y a six mois, tu devenais Mme Lucky Tyler.

— Seulement douze heures après avoir cessé d'être Mme Greg Shelby.

— Chut ! Maman ne veut pas qu'on dise de gros mots dans cette maison.

Lucky ne ressentait aucune pitié envers le premier mari de Devon. Fidèle à sa parole, le jour où il avait appris que Greg Shelby avait obtenu sa libération anticipée, il était allé à Dallas. Se laissant guider par son flair, il s'était rendu à l'aéroport international. Son intuition ne l'avait pas trompé : Greg Shelby s'apprêtait à embarquer à bord d'un vol en partance pour la Suisse.

Lucky avait alors engagé la bagarre, s'arrangeant pour que Shelby frappe le premier. Puis il l'avait payé en retour... Sans pouvoir cependant infliger à Shelby la sévère correction qu'il méritait, car les services de sécurité de l'aéroport avaient été alertés. Quand ceux-ci découvrirent que Shelby, un prisonnier libéré par anticipation, cherchait à quitter le territoire national, ils prévinrent aussitôt la police. Et Greg Shelby se trouva obligé d'abandonner son projet d'aller se retirer en Suisse, où il avait placé la fortune obtenue frauduleusement.

Dans la confusion qui suivit, Lucky réussit à s'esquiver discrètement. Il préféra cependant ne pas se vanter d'avoir été l'instrument de la seconde arrestation de Greg Shelby. Pas même auprès de Devon. Et pourtant, il aurait aimé qu'elle sache qu'il l'avait vengée. Mais la prudence voulait qu'il se contente de la satisfaction personnelle ressentie en frappant cet homme.

Lucky prit Devon sur ses genoux.

— Tu trouves que je suis une fieffée coquine ? lui demanda-t-elle. Me marier le lendemain de l'annulation de mon premier mariage ?

— Oh, oui ! C'est honteux ! murmura-t-il dans son cou.

— Arrête ! Tu ne vois pas que j'ai du travail ?

Lucky l'avait encouragée à garder son poste au journal. Elle avait pu s'arranger avec le rédacteur en chef pour écrire ses papiers à l'extérieur et les lui faire parvenir une fois par semaine. Lucky jeta un coup d'œil à l'écran.

— À quel sujet, cet article ?

— Le deuil et ses conséquences.

— C'est d'actualité ! soupira Lucky.

— As-tu vu Rocky aujourd'hui ?

— Oui.

Toute la famille était préoccupée par le comportement de Rocky qui, depuis la mort de Tanya, vivait en zombie.

— Il est passé au bureau ce matin, fit Lucky.

— Et ?

— Et il était de nouveau ivre.

— Huit mois ont passé et il reste isolé dans son désespoir... murmura Devon en contemplant les pétales de la rose. Crois-tu qu'il guérira un jour ?

— Peut-être réussira-t-il malgré tout à réapprendre à vivre ? Quant à guérir vraiment...

Il secoua la tête.

— Non, je ne pense pas qu'il y ait d'espoir.

Le visage de Devon s'était assombri. Elle s'inquiétait beaucoup pour Rocky. Lucky l'en aimait d'autant plus... Elle avait fait siens tous les soucis des Tyler. Elle qui n'avait jamais eu de vraie famille s'était incroyablement bien adaptée à celle qui était devenue la sienne.

Elle avait pleuré avec Laurie la mort d'un petit-fils que cette dernière n'avait jamais connu. Son premier petit-fils...

Sally lui confiait tous ses secrets — des secrets dont le reste de la famille ne savait rien.

Oui, Devon était partout présente... Elle avait célébré avec Lucky le jour où, réussissant à rembourser une partie des capitaux avancés par la banque, il avait pu repousser l'échéance.

Elle le soutenait moralement — et il en avait bien besoin, car les affaires continuaient à stagner. Malgré le remplacement du matériel détruit dans l'incendie, la compagnie Tyler n'avait pas obtenu de nouveau contrat depuis celui qui avait été signé en Louisiane.

Muré dans son chagrin, Rocky ne s'occupait plus de rien. Lucky se retrouvait seul avec la responsabilité de sauver un bateau perdu dans la tempête. Par moments, il se sentait terriblement découragé. Heureusement, Devon était là pour l'épauler.

— Pauvre Rocky, il est si malheureux, murmura-t-elle. C'est terrible ! Gâcher sa vie ainsi... Oui, c'est terrible !

— Il n'est pas allé une seule fois visiter la maison qu'il m'a obligé à acheter. Il passe ses journées dans l'appartement où il a vécu avec Tanya, à se vautrer dans la crasse et le désespoir...

— Que peut-on faire pour l'aider ?

— Si seulement je le savais ! Si on essaie de le secouer ou si on le sermonne, il devient méchant. Si on lui témoigne de la compassion, ça le rend furieux. Et il va se faire tuer s'il continue à monter les taureaux. Il est trop vieux pour le rodéo.

— C'est peut-être ce qu'il cherche. La mort... Retourner au rodéo représente une forme de suicide.

— Seigneur !

Étreignant Devon de toutes ses forces, Lucky enfouit son visage entre ses seins.

— Je comprends son désespoir. Si jamais je te perdais...

— Il n'y a pas de danger.

— Je t'ai perdue après notre première nuit. Et j'étais fou furieux. Ça a duré une semaine — jusqu'à ce que je te retrouve.

Devon le fixa d'un air railleur.

— Tu étais fou furieux ? Tu ne me l'as jamais dit !

Malgré le deuil de Rocky, malgré le mauvais état de leurs affaires, Lucky était encore un jeune marié. Et il se comportait souvent comme tel. Taquiner sa femme faisait partie de ses prérogatives.

— Il y a beaucoup de choses que je ne t'ai encore jamais dites.

— Oui ? murmura-t-elle.

— Oui.

— Par exemple ?

— Que tu as l'air très sexy quand tu portes tes besicles.

Devon loucha derrière ses lunettes.

— Les garçons ne draguent jamais les binoclardes.

— Oh ! moi, je drague toutes les filles.

— C'est ce que j'ai entendu dire.

Lucky resserra son étreinte et lui prit les lèvres. Puis

il défit les boutons de son chemisier et lui caressa les seins. Devon se mit à son tour en devoir de le déshabiller et le couvrit de pétales de rose.

— Merci pour la fleur...

Lucky retint sa respiration.

— Tu as trop bien appris tes leçons...

— Comment ça ?

— Vois dans quel état tu m'as mis. On n'aura pas le temps de monter là-haut.

Devon alla s'étendre sur le tapis et lui tendit les bras. Un peu plus tard, leurs sens enfin apaisés, ils se reposèrent tendrement enlacés, au milieu de vêtements épars et de pétales de rose.

Lucky se souleva sur un coude et contempla Devon en souriant.

— C'est mieux que tous les articles du monde, non ?

Devon lui prit la main et déposa un léger baiser au creux de sa paume.

— Tu veux que je te dise quelque chose ? Je t'aime. Je t'aime de toutes mes forces, au rythme de chaque battement de mon cœur... Je ne sais pas ce que je ferais sans toi.

Lucky plongea son regard dans celui de Devon. Il y avait tant d'amour... C'était une femme exceptionnelle. Intelligente, sensible, aimante, généreuse, superbe, sexy... et si sensuelle !

— Ça alors ! s'exclama-t-il avec un rire heureux. Je comprends qu'on m'appelle Lucky.

3282

Composition Gresse B-Embourg
Achevé d'imprimer en Europe (France)
par Brodard et Taupin à la Flèche (Sarthe)
le 21 septembre 1992. 1300G-5
Dépôt légal sept. 1992. ISBN 2-277-23282-3

Éditions J'ai lu
27, rue Cassette, 75006 Paris
Diffusion France et étranger : Flammarion